Jan Costin Wagner

Nachtfahrt

Roman

GOLDMANN

Verlagsgruppe Random House FSC-DEU-0100
Das FSC-zertifizierte Papier *Holmen Book Cream* für dieses Buch
liefert Holmen Paper, Hallstavik, Schweden.

2. Auflage
Taschenbuchausgabe August 2006
Wilhelm Goldmann Verlag, München,
in der Verlagsgruppe Random House GmbH

Umschlaggestaltung: Design Team München
Umschlagfoto: Corbis/Mooney
Th · Herstellung: Str.
Druck und Bindung: GGP Media GmbH, Pößneck
Printed in Germany
ISBN: 978-3-442-45756-4

www.goldmann-verlag.de

Für Niina

»… und der Geist Gottes
schwebte auf dem Wasser …«

Erster Tag

1

Mittags komme ich an am Ende der Welt.

Ich miete mich ein in einem Hotel, sehe durch das Fenster meines Zimmers einen dunkelblauen Streifen des Ozeans hinter der goldenen Sanddüne, auf der Urlauber einen Ball hin- und herwerfen.

Ich lege mich auf das schmale Bett, schließe die Augen und amüsiere mich mit dem Gedanken, Fraikin warten zu lassen, Fraikin, der mich erwartet mit wachsender Ungeduld, um mir seine Geschichten zu erzählen, endlich wieder einer, der sich dafür interessiert, interessieren muß, endlich einer, der an seinen Lippen hängen wird, ja, noch eine Anekdote und noch eine von den vielen, die Fraikin zu erzählen hat. Fraikin, der plant, die Nachwelt mit seinem ereignisreichen Leben zu langweilen.

So stelle ich mir Fraikin vor, den ich nicht kenne, Fraikin, der mich beauftragt hat, seine Biographie zu schreiben.

Ich muß wohl eine Weile eingenickt sein, denn als ich die Augen öffne, schwitze ich, das T-Shirt, die Hose kleben an der Haut. Ich bleibe so liegen ein, zwei Minuten, gestatte meinem Zustand, sich weiter zu verschlechtern, wieder der Schüttelfrost, dann richte ich mich ruckartig auf, zerre die Kleider von meinem Körper, werfe sie in die nächste Ecke, schalte die Dusche an und lasse lauwarmes Wasser an mir herunterlaufen.

Ich gehe hinaus, ein Hitzeschauer, als ich auf die Straße

trete, mein Gesicht, mein Nacken brennt schon. Mein erster Eindruck von Cap Ferret: Kleines Dorf am Meer, überall schneeweiße Ferienbungalows mit sonnigen Namen, gutgelaunte, braungebrannte Urlauber.

Ich laufe auf der Avenue de l´Océan in Richtung der Sanddüne, auf der sich vor einer Weile Urlauber einen Ball zugeworfen haben (vielleicht sind es auch Einheimische gewesen), aber die sind schon gegangen, ins Hotel, hinunter an den Strand, zum Essen, wohin auch immer. Ein schmaler Steg führt mich hinauf auf den höchsten Punkt der Düne, der Wind bläst mir ins Gesicht, keine hundert Meter entfernt begraben die Wellen des Meeres Schwimmer und Surfer, die gleich wieder auftauchen, lachend, Strichmännchen im Atlantik.

Ich gehe langsam weiter, die Düne hinab, entledige mich der Turnschuhe, der Sand brennt, angenehm.

Ich stehe am Rand des Wassers, die Wellen schlagen sanft gegen meine Beine, dieselben Wellen, die wenige Meter weiter lachende Schwimmer durch die Luft wirbeln. Ein Gedanke aus Kinderzeiten kommt mir, loszuschwimmen Richtung Horizont, nachzuprüfen, was dahinter ist, oder ob es sich tatsächlich um das Ende der Welt handelt.

Ich stehe frontal gegen den Wind, spüre das kalte Wasser an meinen Oberschenkeln und denke, daß ich Geschichten schreiben könnte über die Tankstellenkassiererin mit den starren Augen, leer, blau, die an mir vorbeisah, als ich ihr den 200-Francs-Schein reichte zwischen Orléans und Bordeaux.

Oder über den Fahrer des weißen PKW, deutsches Kennzeichen, der schlief, tief, träumte, auf dem Fahrersitz, im trüben Schein der Parkplatzlampe. Den ich aus seinem Fahrzeug hätte locken und erdrosseln können, nachts um drei Uhr, wenn ich nicht selber müde gewesen wäre und eine kurze Pause benötigt hätte. Den ich hätte ermorden können, ohne jemals zur Rechenschaft gezogen zu werden.

Ich schenkte ihm das Leben. Ich frage mich, wohin er fuhr.

Ich werde keine Geschichten schreiben, wahrscheinlich.

Ich spüre das Wasser an den Oberschenkeln, sehe die weite Fläche des Meeres und denke an Fraikin, den ich nicht kenne und der glaubt, daß ich darauf brenne, seine Biographie zu schreiben. Und ich denke an Röder, ganz kurz. Röder, der lächeln und mir auf die Schulter klopfen würde, Röder, der sagen würde: Ein Anfang, mein Lieber, Fraikin war mal ein Großer, vergiß das nicht.

Aber Röder ist weit weg.

Der Wind treibt mir eine Träne ins Auge, die an meiner rechten Backe herunterläuft und klebt.

2

Den Abend verbringe ich im Hotel, weil ich weiß, daß Fraikin auf mich wartet und möglicherweise seinen Unmut an seiner Ehefrau ausläßt, die ich nicht kenne, die er aber erwähnte in jenem Telefongespräch, das wir führten, kurz bevor ich mich ins Auto setzte und losfuhr.

Ich sitze im Speisesaal des Hotels, der gedämpft beleuchtet ist. Draußen hat es zu regnen begonnen, man kann kaum hinausschauen durch die Scheiben, ich frage mich, wo die Hitze geblieben ist, die den Sand unter meinen Füßen brennen ließ, kaum zwei Stunden ist das her.

Ich lasse mir Fleisch, Kartoffeln und Wein schmecken, plaudere mit der für meinen Tisch zuständigen Hoteldame, die immer nur lacht, egal, was ich sage, sogar, wenn ich schweige. Das Hotel ist spärlich belegt, im hintersten Winkel speist ein Ehepaar, Engländer, wenn ich die Wortfetzen richtig verstanden habe, am Nebentisch sitzt ein Mann meines Alters, vielleicht etwas älter. Ich schätze ihn auf Mitte dreißig, werde ihn bei Gelegenheit fragen, obwohl es mich nicht interessiert.

Während die Bedienung mir den Nachtisch reicht, kommt noch einer, einer mit langen weißen Haaren, tiefen Furchen im Gesicht, der Mann ist sechzig und fühlt sich wie dreißig, denke ich unwillkürlich, nein, will sich wie dreißig fühlen, ein vorschnelles, ungerechtes Urteil, aber ich bin es gewohnt, vorschnell zu urteilen, hastig endgültige Bilder zu entwerfen. Ich liebe es, Charaktere einfach aus der Luft zu greifen, hier ein schmales Gesicht, dort ein harter Zug um den Mund, so machte ich das in meinen kleinen Geschichten (Röder gefiel das alles sehr gut, damals).

Der Weißhaarige lächelt, die Augen leuchten, die Dame an der Rezeption macht ein schiefes, amüsiertes Gesicht in seine Richtung, ein Gesicht, das mißbilligend und wohlwollend zugleich ist und das er nicht sehen kann, weil er ihr den Rücken zukehrt. Er ist ganz Dynamik und Unternehmungslust und kommt auf meinen Tisch zu, ich weiß nicht, warum.

Sein Name sei Fignon, Bernhard Fignon, sagt er, er habe schon gehört, daß ich aus Deutschland komme, er spreche sehr gerne Deutsch, habe mal in Nürnberg gelebt, na ja, das sei lange her, aber gelernt ist gelernt, drückt meine Hand, klopft mir auf die Schulter.

Guten Abend, sage ich.

Ich müsse ihn heute abend ins Casino begleiten, unbedingt, er werde jetzt essen, gegen 22 Uhr möchte er losfahren, Richtung Bordeaux, er wäre sonst alleine gefahren, ja, er mache keinen Hehl daraus, er sei ein Spieler, ein Trinker, ein Wahnsinniger, wenn ich so wolle, aber wir werden viel Spaß haben, verspricht er.

Wunderbar, sage ich, zehn Uhr. Warum soll ich nicht ins Casino gehen. Es spielt ohnehin keine Rolle, was ich tue, wichtig ist nur, Fraikin warten zu lassen, der in seinem Ferienhaus sitzt und möglicherweise seine Frau beschimpft, weil ich nicht komme.

Ich gehe hinauf in mein Zimmer, ziehe meinen schwarzen Anzug an und verbringe die Zeit, die noch totgeschlagen werden muß, auf meinem Bett, dahindämmernd. Mein Zimmer ist alles in allem braun und weiß, braun die Fliesen am Boden, weiß der Kleiderschrank an der Wand, braun der Holztisch, weiß die Tapete, braun das Bett, weiß das Laken, braun die Tagesdecke, weiß das Waschbekken, braun der Duschvorhang, weiß die Zimmerdecke, die ich anstarre für eine ganze Weile, bis ich auf die Idee komme, daß es möglicherweise bald zehn Uhr ist und ich in der Halle erscheinen muß, um mit Bernhard Fignon ins Casino zu fahren. Ich suche nach meiner Uhr, die ich verlegt habe. Sie findet sich schließlich in meiner Jackentasche, ich weiß nicht, wie sie dahin kam, es ist 21.43 Uhr.

Ich nehme mein Geld, alles, was ich habe, und gehe hinunter, vorzeitig, finde Fignon bereits wartend vor, glühend vor Ungeduld. Er plaudert mit der Rezeptionsdame, redet gestikulierend auf sie ein, und sie lächelt nur und nickt. Dann sieht er mich, stößt einen langgezogenen Ausruf der Begeisterung und Erleichterung aus und kommt auf mich zu. »Da sind Sie ja, mein Freund. Kommen Sie, wir fahren.«

Ich bin derjenige, der fährt, Fignon sitzt breit auf dem Beifahrersitz und lobt mein Fahrzeug, er selbst besitzt leider nur einen Kleinwagen, mit dem er angereist ist aus Paris, wo er lebt und irgendein Handwerk betreibt, ich verstehe nicht genau, welches. Ich stelle das Radio lauter, um Fignon das Reden zu erschweren, aber Fignon redet weiter, ist nicht zu bremsen, schreit auch, wenn es sein muß.

Ich konzentriere mich auf die Straße, fahre absichtlich mit hoher Geschwindigkeit in die kleinen Kreisel, aber das stört Fignon nicht, er scheint es gar nicht zu bemerken. Einmal verliere ich um ein Haar die Kontrolle über den Wagen, die Reifen quietschen, wir enden fast im Straßengraben und Fignon sagt nur: »Das war knapp.«

Ich lache mit kurzen Pausen für den Rest der Fahrt, die noch etwa zwanzig Minuten dauert, ich lache, Fignon redet, ich fahre 170 Stundenkilometer auf der Landstraße, die Musik ist so laut, Fignon redet und redet ... Als wir im Parkhaus unter dem Casino zum Stillstand kommen, stehen mir die Tränen in den Augen, Lachtränen natürlich, die kleben auch, ich habe mich amüsiert.

Im Casino berührt mich sofort das feierliche Stimmengewirr, dazwischen die strengen Ansagen der Croupiers, das alles hören wir schon, als wir die weinroten Stufen der Treppe hinaufsteigen, die in goldenem Licht liegt. Wir betreten das Casino durch eine breite Flügeltür, Fignon hüpft hin und her beim Anblick der Spieltische, er hat mir schon im Auto versichert, daß er ein sehr gutes Gefühl habe, er werde gewinnen heute und »dann, mein Freund, machen wir kräftig einen drauf.«

Ich achte nicht weiter auf Fignon, lasse ihn mit seiner Begeisterung alleine und schlendere an den Tischen entlang, beobachte die Gesichter, die unbeteiligten der Croupiers, die fiebrig-erhitzten der bedauernswerten Menschen, die ihre Hoffnung auf eine kleine Kugel und eine Zahl setzen.

Ich könnte Geschichten schreiben über die junge Frau mit den gelben Zähnen, die aus dem Kichern nicht herauskommt und ständig versucht, sich unauffällig in den Besitz fremder Gewinne zu bringen. Über den fetten Mann im gelben Anzug, der glaubt, ihm gehöre die Welt, weil er mit 100-Francs-Chips um sich werfen kann.

Ich werde es nicht tun, wahrscheinlich.

Irgendwann verliere ich die Lust am Herumstehen, am unbeteiligten Zusehen und gehe, um mein Geld, alles, was ich habe, in Chips umzutauschen, kleine Chips aus Plastik, die man eigentlich in den nächsten Müllkorb werfen könnte, wenn nicht eine Zahl daraufstünde, die ihren Wert anzeigt.

Ich bitte den jungen Mann hinter dem Wechselschalter, mir Tausender-Chips zu geben und lege ihm 35.900 Francs hin, alles, was mir der Bankbeamte gab, als ich mein Konto leerte in Deutschland, kurz bevor ich losfuhr. Alles, abgesehen von den 74 Francs in meiner Hosentasche, die reichen nicht, um das Hotel zu bezahlen.

Den jungen Mann, so scheint es, trifft fast der Schlag, sogar der Fette im gelben Anzug ist so weit nicht gegangen. Ich lächle, fühle mich gut, während der Mann mir ungeschickt die Chips zuschiebt, ein Tausender fällt auf den Boden. Ich verzichte darauf, ihn aufzuheben.

Ich gehe mit meinem ganzen Reichtum zum Tisch, an dem der fette Gelbe sitzt, direkt neben dem Croupier, dem er dann und wann mit Gönnerblick ein Trinkgeld zukommen läßt. Fignon, der beim Black Jack steht, auf- und abhüpfend, erhitzt grinsend, sieht mich von weitem, winkt mir zu, registriert mit dem geübten Blick für das Sensationelle die Geldmenge in meinen Händen und rennt in meine Richtung, mit weit aufgerissenem Mund. »Was machen Sie da, mein Freund, das sind ja Tausender, um Gottes Willen!«

Ich lächle nur, stelle mich neben den fetten Gelben, warte, bis die Kugel eine Zahl findet. Der Gelbe gewinnt und wirft dem Croupier einen Hunderter zu.

Ich errege einiges Aufsehen, eine alte Frau in geschmacklosem Kostüm kreischt, als ich 30.000 Francs, den Höchsteinsatz, auf die Zahlen Vier bis Sechs lege, warum ich diese Zahlen wähle, weiß ich nicht, ich verbinde nichts mit ihnen, sie sagen mir nichts. Dem fetten Gelben fallen fast die Augen aus dem Kopf, er läuft rot an, die junge Frau, die an seiner Schulter hing, läßt ihn los. Der Croupier, ebenfalls etwas irritiert, wirft die Kugel, Fignon schreit entsetzt, das könne ich nicht machen, was sei denn in mich gefahren. »Ich bitte Sie, zumindest eine Drittelchance müssen Sie wahrnehmen bei diesem Einsatz, mein Freund!« Das alles ist sogar Fignon, dem Verrückten, zuviel. Er macht Anstalten, die Chips zu verrücken, schaut mich an wie ein Hund, der seinen Herren vor einer Dummheit bewahren will. Ich tue ihm den Gefallen, schiebe meinen Einsatz in das Drittel der Zahlen Eins bis Zwölf, kurz bevor der Croupier »Rien ne va plus« verkündet und die Kugel langsam ausrollt.

Ich schaue gar nicht hin, es interessiert mich nicht, wie die Zahl lautet, es interessiert mich wirklich nicht (und diese Erkenntnis versetzt mir einen Magenstoß, ich spüre Brechreiz für einen Moment), dann grölt Fignon, der fette Gelbe sitzt zerschlagen auf seinem Stuhl (obwohl er einige hundert Francs gewonnen hat), ein erregtes Raunen geht um den ganzen Tisch, von anderen Tischen kommen Neugierige. Die junge Frau an der Schulter des Fetten schaut mich an, mit großen Augen, und Fignon grölt noch immer: »Gewonnen, gewonnen, gewonnen!«

Gewonnen, tatsächlich, die Kugel blieb in der Sieben liegen, der Croupier schiebt 90.000 Francs in meine Richtung, und ich muß wieder lachen, wie im Auto, als Fignon redete, die Musik dröhnte und wir fast im Straßengraben gelandet wären.

Fignon verliert völlig die Kontrolle, seine Pupillen weiten sich vor Erregung, das hellblaue Hemd klebt an seinem stark behaarten Bauch, man kann den Nabel durchschimmern sehen. »Gewonnen, gewonnen«, schreit er immer wieder, und sein Gesicht verzerrt sich, ein Schleier legt sich über seine Augen, er droht ohnmächtig zu werden, als ich ihm Plastikchips im Wert von 10.000 Francs in die Hände lege, zum Zeichen meiner Dankbarkeit, den Gewinn habe ich schließlich ihm zu verdanken.

»Aber nein, mein Freund, das ist Ihr Geld, aber nein, aber nein«, stammelt er glückstrahlend, will gar nicht mehr aufhören, und er hätte wohl auch nicht mehr aufgehört, wenn ich nicht die verbliebenen 80.000 Francs zurückgeschoben hätte auf den Spieltisch, was ihn endlich veranlaßt, den Mund zu halten, denn dazu fällt ihm gar nichts mehr ein.

Der ganze Saal hallt wider vom kollektiven Stöhnen der Spielbankbesucher, die sich längst alle um unseren Tisch versammelt haben, an den anderen Tischen wird nicht mehr gespielt, die Menschen stehen um mich herum, verfolgen jede meiner Bewegungen, wittern das Außerordentliche, das Unglaubliche, als ich die Plastikchips zurückschiebe auf das Spielfeld. 30.000 setze ich auf das Drittel Eins bis Zwölf, 30.000 auf rot, 20.000 auf die ungeraden Zahlen.

Ansonsten liegt nichts auf dem Tisch, so fixiert sind die anderen auf mich, so stark das Verlangen, mitzuerleben, wie ich mich ins Unglück stürze, daß sie gar nicht auf die Idee kommen, selbst einen Einsatz zu machen. Es ist also mein Spiel, denke ich, für mich wirft der Croupier die Kugel, der Croupier, der blaß geworden ist und in alle Richtungen schaut, wahrscheinlich in der Hoffnung, seinen Vorgesetzten zu entdecken und ihm mit einem sprechenden Blick klarzumachen, daß er unschuldig ist, ganz und gar unschuldig an dem unvorhergesehenen Zwischenfall.

Es ist mein Spiel, auf dem Tisch liegt alles, was ich habe, meine materielle Existenz, begafft vom fetten Gelben, von der jungen Frau mit den großen Augen, von der kreischenden Alten im rosa Kostüm, von denen, die mich verlieren sehen, stürzen sehen wollen, von denen, die mich, gestützt vom treuen Fignon, hinausgehen sehen wollen. Ich muß wieder lachen, dieses Lachen beunruhigt mich selbst, es kommt unvermittelt, wühlt sich nach oben und verläßt als heiseres Quäken meinen Rachen, die Leute starren mich an, als sei ich von allen guten Geistern verlassen und der Croupier wirft die Kugel, endlich.

Ich horche wieder in mich hinein, spüre wieder kein Verlangen hinzusehen, während die Kugel rollt und ihre Entscheidung fällt über den weiteren Verbleib meiner Plastikchips. Ich lache immer noch, die Leute wissen nicht, sollen sie mich anstarren oder die Kugel, die gerade ausrollt, noch ein paar Bögen schlägt, da und dort aneckt und schließlich liegenbleibt, ich weiß nicht, wo.

Fignon gibt mir diesmal keinen Hinweis, kein Ausruf der Begeisterung, aber auch keiner des Bedauerns, ihm stockt einfach der Atem. Um mich herum wird gemurmelt, erst zaghaft, dann lauter, während ich Richtung Boden schaue, ein Tränennetz bedeckt meine Augen, mir ist schwindlig, und dann höre ich den schrillen Schrei, das ist Fignon, der sich nicht mehr halten kann, der seinen Siegesschrei lang und länger zieht.

Gewonnen, tatsächlich, alle drei Einsätze, es ist nicht zu glauben, aber wahr, die Kugel fiel in die rote Neun, richtige Farbe, richtiges Drittel, ungerade. Für einen Moment schwankt der Boden unter meinen Füßen und ich neige dazu, alles für nicht real zu halten, angefangen bei meiner Abfahrt von Röders Wochenendhaus bis zum schrillen Siegesschrei Fignons, aber es stimmt alles. Der Croupier, Haltung wahrend, schiebt mir meinen Gewinn entgegen, 90.000 Francs für das Drittel, 60.000 Francs für die Farbe, 40.000 Francs für die Ungeraden, 190.000 Francs, schade, daß ich 10.000 Francs an Fignon verschenkt habe, es wäre eine runde Zahl gewesen.

Ich packe Fignon bei der Hand und gehe zielstrebig zum Wechselschalter, die Leute sehen hinterher, ich bin die Sensation des Abends. Der Mann an der Geldausgabe ist perplex und bespricht sich kurz mit einem eleganten Herren, der schließlich zustimmend nickt.

Fignon, als wir ins kalte, dunkelgraue Parkhaus kommen, späht nach rechts und links, mahnt zur Vorsicht, als lauere hinter jeder Ecke ein Raubmörder. Bereits oben im Foyer hat er mir den abwegigen Rat gegeben, mein Geld im Schuh zu verstecken, so wie er es macht mit seinen 10.000 Francs, für die er sich alle zwei Sekunden bedankt.

Es erscheint niemand, wir steigen unbehelligt in den Wagen und fahren durch die menschenleere Stadt Richtung Landstraße. Ich fahre ganz langsam, bin müde, sehr müde, während Fignon wieder ins Reden gerät, auch er muß sich erst sammeln, so etwas, versichert er mir, hat er noch nicht erlebt, so etwas nicht.

Fignon will noch ein Fläschchen aufmachen im Hotel, möchte feiern, beteuert, daß man jetzt unmöglich schlafen könne, er erzählt die ganze verrückte Geschichte der Rezeptionsdame, fischt zum Beweis sogar seine 10.000 Francs aus den Schuhen. Die Rezeptionsdame, die eigentlich schlafen gehen wollte, ist plötzlich hellwach, möchte nicht glauben, daß ich wirklich 190.000 Francs in meiner Jackentasche herumtrage, ich habe den Eindruck, sie möchte mir am liebsten an die Wäsche gehen.

Ich lasse die beiden stehen, gehe die Treppe hinauf, Fignon macht einen letzten Versuch, mich zurückzuhalten, dann läßt er mich ziehen, wirft mir Kußhände hinterher und plaudert schon wieder mit der Hotelangestellten.

Mein Zimmer ist kühl und dunkel, ich schalte nur die Nachttischlampe an, ziehe meine Schuhe aus, dann den Anzug, die Krawatte, das Hemd. Ich wasche meine Hände, bespritze mein Gesicht mit Wasser, nehme das Jackett meines Anzuges, das über dem Stuhl hängt, und ziehe das

Geld heraus, werfe es auf den Holztisch, einige Scheine sind bereits eingerissen.

Es ist bald halb zwei, ich gehe zum Fenster, öffne es. Hinter der Sanddüne, die im Dunkel liegt, sehe ich den schmalen Streifen des Ozeans, auf den das rote Licht des Leuchtturmes fällt, in regelmäßigen Abständen.

Zweiter Tag

1

Ich werde geweckt von einer Hotelangestellten, die erst an meine Tür klopft, dann die Klinke herunterdrückt, die Tür aufschließt und das Zimmer betritt, offensichtlich in dem Glauben, es sei leer. Ich muß abgeschlossen haben, bevor ich mich schlafen legte, ich kann mich nicht daran erinnern.

Das Zimmermädchen stößt einen leisen Schrei aus, stammelt, sie habe nicht gewußt, daß ich da sei, sie werde später wiederkommen. Ich rufe ihr nach, sie solle bleiben, das sei kein Problem. Sie kommt zaghaft zurück und beginnt mit ihrer Arbeit, während ich mich im Bett aufrichte, meinen freien Oberkörper präsentiere und auf ihre Reaktion warte. Sie sieht angestrengt an mir vorbei.

Statt dessen fällt ihr Blick auf das Geld, das auf dem Holztisch liegt, sie ist so entsetzt, daß sie doch einen Blick auf mich wagt. Ich lächle und sage leichthin, daß ich gewonnen habe, gestern, im Casino.

Sie ist hübsch, schlank, Anfang zwanzig, mir gefallen ihre schmalen dunklen Augen, deren Wirkung sie mit schwarzem Schminkstift zu steigern hofft, am Morgen, vor dem Spiegel in ihrem Badezimmer, wo immer das ist. Obwohl sie weiß, daß sie nur zur Arbeit geht.

Ich begreife nicht, wie ich darauf komme, aber ich höre mich plötzlich Englisch sprechen und Deutsch, ich möchte sie testen und stelle fest, daß sie kein Wort versteht, sie lächelt nur und macht eine abwehrende Handbewegung.

Mir wird heiß, ich fühle wieder dieses Lachen aufsteigen, Schüttelfrost, dann kommen die Worte aus meinem Mund, einfach so, ohne mein Zutun. »Möchtest du mit mir schlafen?«, und sie lächelt nur, versteht nichts. »Möchtest du? Komm doch her zu mir, komm, I want you, now, come to me!« Ich sage das mit einem netten, liebenswürdigen Lächeln, ganz unverbindlich, vermutlich denkt sie, ich rede vom Wetter und hält mich für einen Trottel, weil ich nicht verstehen will, daß sie kein Englisch spricht und kein Deutsch. Jedenfalls lächelt sie nur und zieht den Staubsauger hinter sich her.

2

Nach dem Frühstück erkundige ich mich bei der Rezeptionsdame nach Fraikin, ob sie ihn kenne, ob sie wisse, wo sich sein Ferienhaus befinde. Natürlich kennt sie ihn, wer kennt den nicht, den deutschen Schauspieler meine ich, nicht wahr, ja, ja, den kennt sie, der verkehrt sogar des öfteren hier im Hotel und unterhält die Gäste, erzählt Geschichten aus seinem Leben. Sein Wohnhaus ist nur ein paar Schritte entfernt, in der Avenue de l´Atlantique, einmal rechts, einmal links, es ist ein sehr schönes Haus.

Ob sie denn mal einen Film mit ihm gesehen hat, frage ich boshaft, ich schätze sie auf Ende zwanzig, zu jung für Filme mit Carl Fraikin. Sie muß tatsächlich verneinen, es scheint ihr peinlich zu sein, »aber ich weiß, daß er Schauspieler ist«, sagt sie, als wolle sie sich rechtfertigen. Natürlich weißt du das, denke ich, wer weiß das nicht, Fraikin wird nicht versäumen, es jedem zu erzählen, der ihm über den Weg läuft.

»Er spricht immer von seinen Filmen«, fügt sie hinzu, er könne sehr spannend erzählen, alle seien immer ganz hingerissen von seinen Geschichten.

Sie fragt, woher ich ihn denn kenne, ob ich ein Bekannter von ihm sei. Ich könnte sagen, ich sei ebenfalls Schauspieler, sie würde sicherlich ein Autogramm verlangen, aber ich bleibe bei der Wahrheit und sage, daß ich sein Biograph bin, ich werde ein Buch über ihn schreiben.

Auch das beeindruckt sie, sie fragt, welcher seiner Filme mir denn am besten gefalle und ich antworte wahrheitsgemäß, daß ich seine Filme nicht kenne. Die junge Frau ist ganz erschüttert, einer, der ein Buch über Fraikin schreibt, sollte doch wohl seine Filme kennen. Ich zucke mit den Achseln, lächle freundlich und um Nachsicht bittend und verabschiede mich.

Sie sieht mir irritiert hinterher, vermute ich.

Es dauert eine ganze Weile, bis ich das Haus des Schauspielers finde, so einfach, wie die Rezeptionsdame gemeint hat, ist es nicht, eine Straße gleicht der anderen, überall die weißen Bungalows mit den sonnigen Namen, *Haus Sonnenschein, Haus Meerblick*. Überall das Rauschen der Wellen im Hintergrund, überall Hitze.

Ich finde das Haus schließlich, mit Hilfe eines Einheimischen, der sein Fahrrad repariert. Er hat einen beängstigenden Sonnenbrand, die Haut vom Nacken bis zur Badehose ist dunkelrot, sein faltiges Gesicht ebenso. Er scheint das gar nicht zu registrieren. Natürlich weiß er, wo Fraikin wohnt, die nächste rechts, dann links und wieder links, dann stünde ich direkt davor.

Ich danke und folge seinen Anweisungen, dieses Mal mit Erfolg, am Briefkasten steht unübersehbar, in großen, weißen Buchstaben: *Carl Fraikin*. Und seinem Haus hat er einen ganz sinnigen Namen gegeben: *Zur hohen Kunst*, das steht in blumigen grünen und blauen Buchstaben über dem Eingangstor, das nicht verschlossen ist. Im Haus zur hohen Kunst sind alle willkommen.

Fraikin hat allerdings auch alle Zeit der Welt, sich zu entscheiden, ob ein Besucher gelegen oder ungelegen kommt, denn wer nach oben gelangen möchte, zur Eingangstür des kleinen Ferienschlößchens, muß Treppenstufen steigen, ich zähle sie, während ich bergauf gehe.

Ich habe das Gefühl, daß ich dabei beobachtet werde, und Fraikin, wenn er wollte, könnte mich beizeiten hinabstoßen, aber ich bin gekommen, um seine Biographie zu schreiben, ein sehr gerne gesehener Gast also.

Während ich nach oben wandere, betrachte ich das beeindruckende Anwesen. Hinter den hohen Glastüren, die zur Terrasse hinausführen, mag sich das Wohnzimmer befinden, ich kann nicht hineinschauen, bin noch zu weit weg, außerdem scheint die Sonne darauf. Überall hängen Pflanzen und Blumen, rot, gelb, violett, ein braungebrannter Gärtner macht sich daran zu schaffen, der muß kürzlich auch den Rasen gemäht haben, der ist saftiggrün und kurzgeschoren. Links und rechts ragen Türme in die Höhe, die das Haus einem Schloß ähnlich machen.

Am Rand des Gartens liegt ein Schwimmbad, ich höre Schläge im Wasser, jemand schwimmt da. Fraikin ist es nicht, denn Fraikin kommt mir entgegen, noch bevor ich die Haustür erreicht habe, er spricht mich schon an, aber ich höre nicht zu, weil ich mich auf das Zählen der Stufen konzentriere, dreiundsechzig, vierundsechzig, fünfundsechzig, das wäre geklärt. Ich hebe den Kopf, sehe in das faltige, dunkelbraune Gesicht eines 70-Jährigen und sage: »Herr Fraikin, nehme ich an.«

»Ganz recht«, sagt Fraikin. »Und der Teufel soll mich holen, wenn Sie nicht Mark Cramer sind, ich freue mich.«

Er schüttelt mir die Hand, während ich mich frage, warum ihn der Teufel holen sollte, wenn ich nicht Cramer wäre. Ich muß seine rhetorische Frage im übrigen gar nicht beantworten, es ist entschieden, daß ich Cramer bin, leugnen ist zwecklos, selbst wenn ich es nicht wäre.

Fraikin geht voran, wir betreten das Haus über die Terrasse, dahinter befindet sich tatsächlich das Wohnzimmer, ein riesiger Raum, zwei braune Sessel, ein braunes Sofa, ein silberner Kronleuchter an der Decke, das ist ein Stilbruch, was macht das schon.

Es ist angenehm kühl im Innern des Hauses, ich bemerke erst jetzt, wie stark ich geschwitzt habe. Fraikin bittet mich, Platz zu nehmen, ich lasse mich fallen, klebe sofort fest an dem glatten, bereits angeschwitzten Bezug des Sessels.

»Schatz, unser Gast ist angekommen«, ruft Fraikin plötzlich und mir ist, als glänzten seine Augen, es muß mit seiner Gattin zusammenhängen.

Während wir auf die Ankunft seiner Frau warten und er ohne echtes Interesse nach dem Verlauf meiner Reise fragt, betrachte ich ihn näher, er ist klein, das habe ich gesehen, als ich ihm gefolgt bin Richtung Terrasse, er hat graue Haare, die ihm allmählich abhanden kommen, aber sie sind geschickt nach vorne gekämmt. Seine Augen sind blau, davon hatte ich schon gehört, damit konnte er beeindrucken, damals. Auf mich wirken sie nicht, es ist ein trübes, leeres Blau. Sie glänzten nur ganz kurz, als er nach seiner Frau rief. In seinen Mundwinkeln hängt ein Lächeln, das abrufbar ist und nie ganz verschwindet.

Er hat die notwendigen Fragen mit seiner sonoren Stimme abgespult, ich habe die gewünschten einsilbigen Antworten gegeben. Seine Stimme ist beeindruckend, das muß ich zugeben, sie ist warm, tief, der ganze Raum scheint mitzuklingen, wenn er spricht. Die Stimme paßt nicht zu den Falten im Gesicht.

Er bietet mir ein Getränk an, besser, er drängt es mir auf, eine Kreation seiner Frau, sagt er, Orange, Birne, Pfirsich und irgendein Schnaps. Er schüttet das Ganze aus einer Karaffe in ein kunstvoll geschwungenes Glas mit goldenem Rand. Ich nippe daran und sage »nicht übel, ja«, obwohl es nicht schmeckt.

»Ja, das ist ein Getränk für die ganz heißen Abende, wenn die Sinne sich selbständig machen, wir lieben es, meine Frau und ich«, sagt er und lacht, ein lüsternes, gewolltes Lachen, das nicht zu der sonoren Stimme paßt. Ich schaue auf mein Glas, etwas irritiert von der erotischen Anspielung des 70jährigen und frage mich allmählich, was er die ganze Zeit mit seiner Frau hat, da erscheint sie im Türrahmen. Ich muß gestehen, mir bleibt der Atem stehen für einen Moment und mit Mühe gelingt es mir, mich nicht zu verschlucken.

Ich hätte es mir denken können, natürlich.

»Darf ich vorstellen, meine Frau Sarah«, sagt Fraikin, der sofort aufgesprungen ist und schon neben ihr steht. Er streckt den Arm nach ihr aus, sieht dabei mich an, ja, er präsentiert sie mir wie ein Moderator, der einen Interpreten ansagt, er präsentiert mir sein Eigentum, auf das er stolz ist, zu Recht.

Sarah Fraikin trägt einen schwarzen Badeanzug, der naß ist und an ihrer sonnengebräunten Haut klebt. Sie hat rote, lockige Haare, die ihr auf den Rücken fallen. Sie ist schlank, einen Kopf größer als ihr Mann und mit Sicherheit noch keine dreißig. Sie ist zu jung, um seine Tochter zu sein, denke ich und grinse, ein der Situation ganz unangemessenes Grinsen, diesen Eindruck zumindest hat Sarah. »Sie lächeln?« sagt sie, ironisch, aber verunsichert.

Ich richte mich abrupt auf und gehe auf sie zu. »Ich lächle«, sage ich, »weil ich mich freue, Sie kennenzulernen.« Das ist keine originelle Erwiderung, aber sie gefällt ihr, sie gibt mir die Hand und ich werfe einen Seitenblick auf Fraikin, dessen Augen glänzen, leer sind sie trotzdem.

Wir setzen uns wieder, Fraikin und Gattin auf das Sofa, sie legt den Kopf an seinen Nacken. Ich sitze wieder im selben Sessel, klebe wieder fest, und während Fraikin mir lang und breit erklärt, wieso er sich entschlossen hat, seine Biographie zu schreiben (schreiben zu lassen, müßte er sagen, aber das tut er nicht), während Fraikin also eine erste Kostprobe seiner sonoren Geschwätzigkeit abliefert, fresse ich seine Gattin mit gierigen Blicken. Fraikin muß blind sein, daß er es nicht bemerkt, fast ärgert mich das.

Sarah bemerkt es natürlich und ihre Verunsicherung wächst, nach einer Weile verschwindet sie unter dem Vorwand, sich anziehen zu müssen (warum eigentlich?). »Geh nur, Schatz, geh nur«, sagt Fraikin, er hat sie mir ja jetzt präsentiert, ich weiß jetzt ja, was ihm da ins Netz gegangen ist, ich glaube, Fraikin ist dumm genug, sich für einen attraktiven Mann zu halten, er scheint einen gesichtsglättenden Zerrspiegel zu haben in seinem Badezimmer.

Irgendwann kommt Fraikin auf Röder zu sprechen, er verlasse sich ganz auf seinen alten Freund Jakob Röder, der mich empfohlen hat, und er ist sicher, daß ich ihn nicht enttäuschen werde. »Wenn ich mich recht erinnere«, sagt er und legt das Gesicht in Falten, »wenn ich mich recht erinnere, betonte Jakob, daß er Ihnen keineswegs aufgrund Ihrer Verwandtschaft einen Bonus einräume. Er bezeichnete Sie als sehr talentiert, eine Aussage, die dem guten Jakob nicht leicht über die Lippen kommt, glauben Sie mir.«

»Ich weiß«, sage ich.

»Wenn ich mich recht entsinne«, fährt er fort, legt wieder die faltige Stirn in Falten, »haben Sie bereits eine Kurzgeschichtensammlung veröffentlicht und vor allem die Biographie von Strassner, zu der ich Ihnen nur gratulieren kann. Ich habe sie gelesen, wollte ja wissen, mit wem ich es zu tun habe, Jakobs hohe Meinung in allen Ehren, Sie verstehen, diese Biographie ist hervorragend.«

»Danke«, sage ich.

Die Biographie des Skirennfahrers Bernd Strassner schrieb ich vor drei Jahren. Mein Name taucht nur einmal auf in dem Buch, ganz klein, Bernd Strassner lautet der Autorenname auf dem Einband, obwohl Bernd Strassner kein Wort selbst geschrieben hat und dazu auch nicht in der Lage gewesen wäre. Das Buch ist natürlich nicht hervorragend, wie Fraikin glaubt, es ist miserabel, die Lebensgeschichte eines unerheblichen Menschen, der sich für wichtig hält, weil er auf Brettern einen Schneeberg hinunterfahren kann.

»Im Moment, wie ich hörte, arbeiten Sie an einem großen Projekt«, sagt er.

Ich nicke.

»Ein Roman, wie Jakob mir sagte?«

»Ja«, sage ich.

»Sie arbeiten daran bereits seit einigen Jahren?«

»Seit zwei Jahren«, bestätige ich.

»Und, wenn ich Jakob recht verstanden habe, steht die Fertigstellung kurz bevor.«

»Der Roman ist abgeschlossen.«

»Aha, aha«, murmelt er, schweigt. »Jakob setzt große Hoffnungen in Sie«, fährt er versonnen fort, starrt mit seinen leeren Augen hinaus auf seinen Blumengarten, sammelt Kraft für die nächste Frage: »Sagen Sie, wenn ich fragen darf, warum haben Sie mein Angebot zunächst ausgeschlagen?«

Ich sacke zusammen, erleichtert, daß er das Thema wechselt, jetzt wendet sich das Blatt, jetzt ist er es, der mich mit Spannung fixiert, er ist nervös, er hängt an meinen Lippen, er muß sich Gewißheit verschaffen, muß einfach wissen, wie ich es wagen konnte, mich nicht für seine Lebensgeschichte zu interessieren.

»Hing es vielleicht mit der Arbeit an Ihrem Roman zusammen, die Sie nicht unterbrechen wollten?« fragt er hoffnungsvoll.

»Richtig, Herr Fraikin«, sage ich, nicke mit ernstem Gesicht, während ich in mich hineinlache bei dem Gedanken an das erste Telefongespräch, das wir geführt haben, zwei Wochen ist das her.

Ich saß am Schlußkapitel des Romans, kam nicht weiter, als Fraikin mich störte und fragte, ob ich Interesse hätte, seine Biographie zu schreiben. Sein Freund Röder habe mich empfohlen, ich sei ein hoffnungsvoller Autor seines Verlages, und die Biographie über den Skifahrer Strassner habe er bereits gelesen, die gefalle ihm hervorragend ... weiter ließ ich ihn nicht kommen. Ich sagte, daß ich keine Zeit hätte, weder, dieses Telefonat zu führen, noch, seine Lebensgeschichte zu schreiben und verabschiedete mich.

Ein Armutszeugnis für Fraikin, daß er nun doch auf mich zurückgreifen muß, seine Stimme überschlug sich fast vor Freude, als ich ihn anrief vor zwei Tagen, kurz nachdem ich Röder verlassen hatte.

Nein, nein, das Angebot stehe noch, selbstverständlich, er freue sich, daß ich mich nun doch entschlossen hätte, wunderbar, ich solle so bald wie möglich losfahren, Saarbrücken, Metz, Paris, Bordeaux, dann sei Cap Ferret schon ausgeschildert, als sei das ein Katzensprung, als brennte ich plötzlich darauf, Fraikin und seine Lebensgeschichte kennenzulernen.

»Ich freue mich, Herr Fraikin, daß ich nun doch gekommen bin und hoffe auf gute Zusammenarbeit«, sage ich, erhebe mein Glas mit dem schrecklichen Frucht-Schnaps-Getränk, was für eine theatralische Geste. Fraikin ist ganz begeistert von meiner Begeisterung und prostet mir zu.

»Auf gute Zusammenarbeit«, sagt er und: »Sie gefallen mir, Herr Cramer, ich glaube, Sie sind der richtige Mann für mich.«

Ich lächle demütig, bediene mich der üblichen Floskel: »Das will ich hoffen« und denke: Fraikin ist blind, absolute Leere hinter den Augen, so viel steht fest.

»Wo ist im übrigen Ihr Gepäck?« fragt Fraikin gerade, »Sie werden selbstverständlich eines unserer Gästezimmer beziehen, das erleichtert unsere Arbeit.«

Ich sei vorläufig im Hotel abgestiegen, entgegne ich, gestern abend, ich habe nicht mehr stören wollen und könne gerne im Hotel bleiben, wolle keine Umstände machen ...

»Unsinn, Herr Cramer, Sie werden natürlich hier wohnen, ich werde Gilbert schicken, er soll Ihr Gepäck abholen. Ihren Wagen können Sie neben der Garage parken, Sie sind doch mit dem Wagen gekommen?«

Ich nicke.

»Also«, er steht auf und hebt wieder sein Glas. »Willkommen im Haus zur hohen Kunst.«

Mir läuft ein wohlig kalter Schauer über den Rücken, dieser Satz fehlte noch, ich stehe ebenfalls auf, hebe mein Glas und sage: »Danke. Gilbert brauchen Sie nicht schikken, ich muß ohnehin meinen Wagen holen, da kann ich auch meinen Koffer mitnehmen.«

»Wie Sie wollen, wie Sie wollen, wenn Sie sich beeilen«, er schaut auf seine goldene Armbanduhr, »können Sie am Mittagessen teilnehmen. Marianna, meine Haushälterin, serviert um ein Uhr, Sie haben eine Stunde Zeit, sie ist eine hervorragende Köchin, ich rate Ihnen, sich zu beeilen.«

Er lacht, gibt mir die Hand zum Abschied, obwohl ich in Kürze wiederkomme, und seine Augen glänzen wieder, als er ankündigt: »Am Nachmittag könnten wir mit der Arbeit beginnen, ich habe bereits einige Kapitel strukturiert, Sie werden selbstverständlich ein gewichtiges Wörtchen mitsprechen, aber so einige Geschichten sind wirklich unentbehrlich, Schauspielerleben, Sie verstehen, da sammelt sich was an im Laufe der Jahre, man ist ja nicht mehr der Jüngste ...«

Er sieht mich an, lechzt nach meiner Widerrede, aber den Gefallen kann ich ihm nicht tun. Ich lächle nur freundlich und versonnen.

Fraikin ist ein wenig enttäuscht, das spüre ich, obwohl er es glänzend überspielt, natürlich, er ist Schauspieler. »Wir werden einiges zu lachen haben«, sagt er, »glauben Sie mir, ich habe Dinge erlebt ...«, er lacht wieder, schüttelt den Kopf, tut so, als erinnere er sich gerade an ungeheuerliche Ereignisse, auf die er jetzt nicht näher eingehen kann, das sind wohl abendfüllende Erzählungen.

Ich mache keine Anstalten nachzuhaken.

»Ich werde dann mal gehen«, sage ich, gehe Richtung Terrassentür. Fraikin läuft hinter mir her, mit kleinen, tapferen Trippelschritten, alter Mann.

Der Gärtner, Gilbert, vermute ich, gräbt in den Blumenbeeten, eine stämmige Frau kommt uns entgegen mit zwei Einkaufstüten, es ist die Köchin, Marianna, der ich vorgestellt werde, sehr erfreut.

Dann, endlich, gehe ich die Stufen hinunter, Fraikin winkt mir nach, ruft: »Bis bald.«

Unten angekommen, schwitze ich über die Maßen, ich kehre nicht ins Hotel zurück, ich erscheine nicht zum Mittagessen bei Fraikin, ich gehe direkt hinunter an den Strand, wieder brennt der Sand an meinen Füßen, ich renne, werfe die Schuhe weg und lasse mich von den Wellen begraben.

3

Mit Verspätung erscheine ich im Haus zur hohen Kunst, früher Abend, Gilbert mit seiner Heckenschere und seinem Rasenmäher ist verschwunden, ich gehe ganz langsam die Stufen hinauf, die ich nicht mehr zählen muß. Hinter den schneeweißen Türmen ziehen Wolken auf, aber noch scheint die Sonne.

Wieder höre ich Schläge im Wasser, ich sehe die braungebrannten Arme, das sind nicht die von Fraikin.

Ich gehe quer über den Rasen, bleibe am Beckenrand stehen, setze meinen Koffer ab. Sie ist eine gute Schwimmerin, langer, dynamischer Armzug, sie liegt gut im Wasser. Ich habe Zeit, sie zu betrachten, denn sie sieht mich nicht, bis ich mich hinunterbeuge und ihr bei der Wende leicht die Schulter streichle.

Sie taucht noch unter, verschluckt sich vor Schreck, hustet, als sie an die Oberfläche kommt. »Sie sind es!« ruft sie, erleichtert, überrascht und verärgert, die Sonne scheint auf ihr Gesicht, Wassertropfen fallen von ihren Lippen. Die Verärgerung steht ihr gut.

»Ich wollte Sie nicht erschrecken, tut mir leid«, sage ich, »ist Ihr Mann im Haus?«

»Nein, er ist unten im Dorf, heute nachmittag sind überraschend Freunde aus Deutschland angekommen, die er ein wenig herumführt. Wo waren Sie, wir dachten, Sie kommen zum Mittagessen?«

»Tut mir leid, es hat doch etwas länger gedauert. Ich

hoffe, es ist nach wie vor ein Zimmer frei für mich im Haus zur hohen Kunst, trotz der unerwarteten Besucher?«

Sie steigt aus dem Wasser, schief grinsend, wieder diese eigentümliche Mischung aus Ironie und Verunsicherung. Ich reiche ihr das Handtuch, berühre ihren Rücken, ganz leicht, sie zuckt trotzdem zusammen, macht einen Schritt von mir weg.

Ich schenke ihr ein Lächeln als Entschuldigung und entwerfe erste Ideen: Sie ist eine untalentierte Schauspielschülerin, die die Falten und den verblassenden Ruhm Fraikins dem eigenen Scheitern vorgezogen hat. Vielleicht hat sie auch als Flugbegleiterin gearbeitet und Fraikin das kalte Hühnchen aufgetischt in 10.000 Metern Höhe.

»Kommen Sie, ich zeige Ihnen Ihr Zimmer«, sagt sie.

Sie geht mit federndem Schritt voraus, der Badeanzug hinterläßt feine rosa Striemen auf ihrer Haut, sie sieht sich alle drei Sekunden um, kontrolliert die Richtung meiner Blicke.

Mein Zimmer liegt im rechten Flügel des Hauses, direkt unter der Turmspitze, Sarah zeigt mir alles, sogar das Geheimfach im Nachttischchen, dabei lacht sie albern. »Ich habe nichts zu verbergen«, sage ich, lache ebenfalls und fixiere ihr Gesicht, die weit auseinanderstehenden grünen Augen, das weiche Kinn. Sie bemüht sich, an mir vorbeizusehen.

»Ich hoffe, daß Sie und Carl sich gut verstehen werden«, sagt sie, während wir den Korridor entlang Richtung Treppe gehen, »er freut sich auf das Buchprojekt, Sie haben vielleicht schon gemerkt, daß er sehr gerne von früher erzählt.« Sie kichert, aber nicht boshaft, sondern liebevoll.

Fraikin als Vaterersatz, spekuliere ich schnell.

Wir sitzen dann unten im Wohnzimmer, sie im Sessel, ich auf dem Sofa, Marianna ist in der Küche beschäftigt, singt Opernarien, gar nicht schlecht, sie ist Italienerin.

In Sarahs Benehmen gewinnt allmählich die Unsicherheit die Oberhand, sie steht auf, gießt Blumen, setzt sich wieder, ich bin sicher, Gilbert wird sich wundern, Blumengießen ist doch seine Sache.

»Sagen Sie, darf ich Ihnen eine Frage stellen?« beginne ich in, wie mir scheint, melodramatischem Tonfall.

Sarah sieht mich an, mit großen Augen, fast erleichtert, als habe sie die ganze Zeit auf diese Frage gewartet:

»Bitte, fragen Sie.«

»Herr Fraikin und Sie, wo haben Sie sich kennengelernt?«

Sie wartet auffällig lange mit der Antwort, sieht mir jetzt ganz offen ins Gesicht, dann sagt sie mit veränderter, weicher Stimme: »In einem Restaurant in Arcachon. Ich war in Urlaub mit zwei Freundinnen. Carl lebte bereits hier in Cap Ferret, seine Frau, seine erste Frau, war drei Monate zuvor gestorben.« Sie zögert. »Ich denke, das darf ich erzählen, Sie sind ja sein Biograph.«

Sie sitzt jetzt ganz entspannt, kehrt in Gedanken zurück zu jenem Abend. »Ziemlich genau ein Jahr ist das her«, sagt sie, sieht an mir vorbei Richtung Wand. »Er kam einfach an unseren Tisch, stellte sich mit Verbeugung vor. Eine meiner Freundinnen erkannte ihn, ihre Mutter … ihre Mutter habe alle seine Filme gesehen, sagte sie. Carl strahlte, das weiß ich noch, dieser Glanz in den Augen. Wir gingen tanzen, Carl tanzte nur mit mir, meine Freundinnen sahen zu und amüsierten sich.« Sie lächelt schwach. »Ich habe mich an diesem Abend in ihn verliebt.«

Ich zwinge mich, ernst zu bleiben, nicke langsam, lasse

die Augenlider ein wenig sinken, ganz der loyale Zuhörer, der für alles Verständnis hat, sogar für die abwegige Geschichte, die Sarah Fraikin mir auftischt.

»Einen Monat später haben wir geheiratet«, sagt sie, noch immer mit weicher, verträumter Stimme.

Ich nicke und nicke, meine Augenlider sinken tiefer und tiefer, und ich frage mich, wie Sarah Fraikin auf die Idee kommt, mir diese Komödie vorzuspielen.

»Das hört sich nach einer echten Romanze an, Romeo und Julia mit glücklichem Ende«, sage ich mit begeisterter Stimme und beobachte genau ihre Reaktion. Die ganze Maskerade wird in sich zusammenfallen jetzt, vermute ich, aber Sarah Fraikin träumt weiter Richtung Wand, nickt langsam und sagt: »Ja, das denke ich auch manchmal.«

Ich verliere allmählich die Geduld, hätte gute Lust, mit beiden Händen die Platte des Glastisches zu zerschlagen, während Sarah Fraikin fortfährt: »Mein Freund hatte mich einige Wochen, bevor ich nach Frankreich fuhr, verlassen. Er war ... nicht der Richtige für mich, das weiß ich heute, aber damals ... das waren schlimme Monate ... ich kam nicht von ihm los ... und dann hat er mich verlassen.«

Ich nicke verständnisvoll, senke meinen Kopf und betrachte das Muster des Teppichs. Ich versuche, das Lachen zu kontrollieren, das sich wieder nach oben wühlt, was veranlaßt Sarah Fraikin, ihr Intimleben vor mir auszubreiten, reicht ihr schon das freundliche Lächeln, das ich mühsam auf mein Gesicht presse?

»Carl mag vierzig Jahre älter sein als ich«, sagt sie, »was macht das schon? Wer bitte hat das Gesetz erlassen, das es einer 28jährigen verbietet, einen 69jährigen zu lieben?!«

Sie redet sich richtig in Rage, ich weiß nicht, warum,

aber ich stimme ihr sicherheitshalber zu. »Sie haben völlig recht, Sarah, ich darf doch Sarah sagen? Sie haben völlig recht, ich halte das, was Sie da sagen, für ganz bemerkenswert.«

Ich rücke ein wenig in Richtung ihres Sessels, lege meine Hand auf ihren Arm, der über der Sessellehne hängt, als habe sie ihn vergessen. Sie zuckt nicht zusammen, läßt mich gewähren. So sitzen wir ein, zwei Minuten, Marianna singt in der Küche, irgendetwas brutzelt in ihrer Pfanne, und draußen geht die Sonne unter. Am Horizont brodelt ein Gewitter.

Dann kommt Fraikin, wir hören ihn schon von weitem, er redet auf seine Freunde ein, danke Klaus, danke, ja, Gilbert ist ein Genie in Sachen Gartenkunst, da hast du recht. Ich entferne meine Hand von Sarahs Arm, kurz bevor Fraikin eintritt, gefolgt von einem hünenhaften Mann und einer kleinen, zierlichen Frau mit rundem Gesicht, die hinter dem Rücken des Hünen kaum zu sehen ist.

»Ah, da ist er ja, der Dichter des Hauses«, ruft Fraikin, »ich hoffe, Sarah hat Sie gut unterhalten. Darf ich bekanntmachen: Klaus und Elfie Weißhaupt, alte Freunde, Mark Cramer, Autor und Biograph des großen Carl Fraikin.« Er lacht schallend, geht zu Sarah, küßt sie auf die Wange, sagt leise: »Hallo, Schatz.«

»Wissen Sie eigentlich, mein lieber Cramer«, meint Fraikin, als wir beim Essen sitzen, »wissen Sie eigentlich, daß Sie dem ganzen Dorf Gesprächsstoff liefern? Marianna hat mir erzählt, Sie hätten im Casino Geld gewonnen, eine beträchtliche Summe, sie hat es von der Verkäuferin in der *boulangerie* gehört. 190.000 Francs angeblich!«

Fignon hat ganze Arbeit geliefert, denke ich, während Klaus Weißhaupt sich an seinem Getränk verschluckt und seine Ehefrau leise »ohhhh« stöhnt.

»190.000 Francs, ist das wahr, Herr Cramer?« fragt der Hüne, nachdem er sich erholt hat, seine Frau mußte ihm eine ganze Weile auf die Schulter klopfen.

»Ja, ich hatte Glück, großes Glück«, entgegne ich kurz und spüre Sarahs Blick, die neben mir sitzt und mich anstarrt. »Sie müssen mit sehr hohem Einsatz gespielt haben«, sagt sie mit ausdrucksloser Stimme, als spreche sie zu sich selbst, aber sie starrt mich nach wie vor an, und als ich den Blick erwidere, taucht sie tief ein in meine Augen.

»Das stimmt wohl«, gebe ich zu.

»Unglaublich«, sagt Klaus Weißhaupt, »unglaubliche Geschichte, unglaublich.«

Fraikins Augen glänzen wieder, er genießt die Szene, sucht meine Augen und zwinkert mir wohlwollend zu, ganz väterlicher Freund, er kann viele Rollen spielen.

Marianna bringt den Nachtisch, der die Aufmerksamkeit auf sich zieht und meinen Geldgewinn allmählich in Vergessenheit geraten läßt. Ich erfahre, daß Klaus Weißhaupt ebenfalls Schauspieler ist, noch aktiv sogar, von Zeit zu Zeit am Theater seiner Heimatstadt, ich frage mich, in welchen Rollen: Der Mann ist mit Sicherheit zwei Meter groß, hat ein kantiges Gesicht und scheint einigermaßen begriffsstutzig zu sein.

Über seine Frau werden nicht viele Worte verloren, sie sei sein Goldstück, sagt Weißhaupt, das glaube ich ihm aufs Wort. Sie hängt an seinen Lippen und beteiligt sich am Gespräch nur mit vereinzelten Lauten, die Bewunderung oder Überraschung ausdrücken, ab und zu lacht sie auch, vor allem über die Kalauer ihres Mannes.

Bevor die Tafel aufgehoben wird, hat Fraikin noch eine Idee, er möchte einen Vorführabend veranstalten, am besten gleich morgen oder übermorgen, einen seiner großen Filme will er zeigen. Im Keller sei ein Vorführraum, informiert er mich, alle anderen wissen bereits Bescheid, ein richtiges kleines Kino. Er werde noch einige Freunde aus dem Dorf einladen, das werde ein wunderbarer Abend und für mich die Gelegenheit, einen ersten Eindruck von seinem Schauspielerleben zu gewinnen. Er ist begeistert von der Idee, das Ehepaar Weißhaupt ebenso, Sarah schenkt ihm ein liebes Lächeln, ich vermute, sie kennt die Filme in- und auswendig, aber er ist ja auch ihr alter, faltiger Romeo.

Fraikin ist wie aufgedreht, streift sein Alter ab wie eine Rolle, die er spielte, rennt hin und her, nimmt Marianna bei der Hand und erklärt ihr, was sie alles besorgen muß für morgen, zehn, fünfzehn Gäste solle sie einplanen. Das Ehepaar Weißhaupt verabschiedet sich, wünscht herzlich gute Nacht, es sei ein netter Abend gewesen, sie freuen sich, mich kennengelernt zu haben.

Ich stehe ebenfalls auf, gehe auf Sarah zu, die lächelnd ihren Mann beobachtet, der redet wie ein Wasserfall, die arme Marianna, scheint mir, versteht nur die Hälfte von dem, was er sagt.

»Gute Nacht, Sarah«, sage ich.

»Gute Nacht, Herr Cramer ... Mark«, sagt sie.

Ich warte, bis Fraikin mit Marianna in der Küche verschwindet, dann streife ich ihr mit der Hand durch die roten Haare, den Nacken entlang. Sie zuckt zusammen, sagt leise »nein«, ich schenke ihr wieder ein falsches Lächeln als Entschuldigung und gehe Richtung Treppe. Sie sieht mir nach, vermute ich.

Ich lege mich eine Weile unausgekleidet auf das Bett in meinem Zimmer, das weicher ist als das im Hotel und nicht nach Schweiß riecht. Das Gemälde, das über dem Bett hängt, zeigt zwei Angler, die unter blauem Himmel auf einem Steg stehen, Boote im Hintergrund. Ich glaube, wenn ich das Gefühl der Angst nicht verloren hätte, würde ich in Panik verfallen und behaupten, das könne kein Zufall sein.

Röder ist weit weg, ich habe mich angemessen von ihm verabschiedet.

Ich gehe zum Fenster und stelle fest, daß ich den Ozean auch von hier aus sehen kann, deutlicher sogar und eine größere Fläche.

Das rote Licht des Leuchtturmes kreist wieder.

Ab und zu noch ein Blitz und ein schwacher Donner, das Gewitter ist vorübergezogen.

Meine Augen brennen, ich fürchte, dieses Mal weine ich wirklich.

4

Der Mann übrigens, der schlief, tief, träumte, im trüben Licht der Parkplatzlampe, der Mann, den ich hätte ermorden können (wenn ich nicht selbst müde gewesen wäre und eine Ruhepause benötigt hätte), der Mann also, dem ich das Leben geschenkt habe, war auf dem Weg nach Bordeaux, wo sein Vater wohnt, der lebt dort mit einer Französin und liegt im Sterben.

Der Mann setzt seine Fahrt gegen fünf Uhr morgens fort, nicht ahnend, daß ich mit dem Gedanken spielte, ihn zu ermorden, gegen drei Uhr war das, als ich eine Pause benötigte zwischen Paris und Orléans.

Der Mann fährt zügig, er weiß, daß nicht viel Zeit bleibt, sein Vater hat ihn angerufen, er hat seine Stimme am Telefon kaum verstanden. Der behandelnde Arzt bat ihn dringend, sich Zeit zu nehmen und nach Frankreich zu fahren, es gehe zu Ende.

Der Mann nimmt sich Urlaub, verabschiedet sich von Frau und Kindern und fährt los, gequält von der Frage, was passiert ist, sein Vater sei kerngesund, dachte er.

In Bordeaux wird er von der Ehefrau seines Vaters empfangen, die seit sechs Tagen am Krankenbett wacht, sie trägt das Unglück mit Fassung, nein, man wisse nicht, was es ist, die Ärzte stünden vor einem Rätsel.

Der Vater des Mannes stirbt noch in dieser Nacht (der Nacht, in der ich 190.000 Francs gewinne in derselben Stadt), er drückt fest die Hand seines Sohnes, bedankt sich, daß er gekommen ist, er könne sich gar nicht vorstellen, was ihm das bedeute, der behandelnde Arzt spricht sein Beileid aus.

Der Mann tröstet die Witwe.

So könnte es gewesen sein.

Dritter Tag

1

Ich erwache gegen sechs Uhr, im Schweiß liegend.

Die Sonne scheint grell in mein Zimmer, ich bewege mich nicht, ich höre das Rauschen und Schlagen der Wellen, die rufen mich, sie sollen sich gedulden.

Ich ziehe mich an, T-Shirt und Shorts, und wandere im Haus herum, Reste des gestrigen Abends in der Küche, eine Zigarette des Hünen im Aschenbecher, außerdem die Schalen, in denen der Nachtisch serviert wurde, ein wenig Sahne darin und hier und da eine kleine, dunkelrote Kirsche. Gestern sah das appetitlicher aus.

Die Sonne bricht durch die heruntergelassenen Jalousien, es ist angenehm kühl und ganz still im Haus, als sei ich alleine. Die anderen schlafen, vermute ich, wie mag das aussehen bei Romeo und Julia?

Das Schlafzimmer des glücklichen Paares befindet sich am Ende eines langen Korridors, direkt unter meinem Turmzimmer, es ist nicht schwer, das zu erraten, da können die beiden abends, bei Kerzenlicht vielleicht, die weite Wasserfläche betrachten und den Mond darüber.

Ich stehe ein paar Minuten unentschlossen davor, dann öffne ich behutsam die Tür, das Zimmer ist weiß und hellblau, hellblau die Tapete, hellblau die Vorhänge, weiß und hellblau die Bettdecke, hellblau die Kissen, weiß das Bett, hellblau und weiß der Fußboden.

Die beiden schlafen fest, Fraikin mit freiem Oberkörper

und hellgrüner Pyjamahose, Sarah ganz nackt, die Decke hat sie auch weggeschoben. Sie liegt abgewandt von Fraikin auf dem Bauch, ihr rechter Arm hängt schlaff herunter.

Sie wälzt sich auf die Seite und stöhnt leise, als ich vorsichtig näher trete. Sie dreht sich auf den Rücken, bedeckt mit dem linken Arm unbewußt ihre Brüste, spreizt die Beine, streckt sich, ich lasse meinen Blick wandern, nehme mir die Zeit, alles genau anzusehen, ihr Mund ist leicht geöffnet, dunkelbraun die Haare unter den Achseln und zwischen den Beinen.

Ich bereite mich gedanklich auf einen schnellen Rückzug vor, bevor ich ganz leicht die Hand auf ihre Oberschenkel lege. Sie öffnet die Augen, starrt nach oben, ich ziehe die Hand zurück. Sie schließt die Augen und dreht sich auf die Seite, ihr Arm fällt zufällig auf Fraikins Stirn. Fraikin schreckt auf, sagt »Was ist los?« und sinkt wieder zurück.

Sarah kratzt sich am Rücken, ein Moskitostich wahrscheinlich, die Stelle ist rötlich geschwollen. Ich kann mich nicht losreißen, obwohl ich spüre, daß sie jeden Moment aufwachen könnte, ihr Schlaf ist nur noch leicht. Ich beuge mich hinab und lege meinen rechten Zeigefinger in ihren Mund, befeuchte ihn an ihrer Zunge, sie wirft den Kopf zurück, sagt unwillig: »Nein!« Ich gehe mit langen Schritten Richtung Tür, schaue zurück, sie liegt da mit geschlossenen Augen, sucht im Halbschlaf den Fremdkörper in ihrem Mund, indem sie mit der Zunge an den Lippen entlangstreicht.

Ich schließe die Tür und gehe die Treppe hinauf in mein Zimmer, versuche, das Gefühl des trocknenden Speichels an meinem Finger festzuhalten.

2

Am Nachmittag beginnt Fraikin, mir seine Geschichten zu erzählen.

Wir sitzen in seinem Arbeitszimmer, das ganz in Braun gehalten ist, jedem Zimmer seine Farbe, aus edlem Holz der antike Schreibtisch, aus braunem Leder die Stühle, braun die Fliesen des Fußbodens, braun der Vorhang am Fenster, braun sogar die Bücher, die im braunen Regal stehen, weiß nur das Tablett und die Tassen darauf, die Marianna hereinbrachte mit dunkelbraunem Kaffee.

Fraikin erklärt mir, wie er sich das Ganze vorstellt, im Mittelpunkt sollen Film und Theater, kurz, das Leben des Schauspielers Fraikin stehen, Kindheit und Jugend sollen natürlich auch zu ihrem Recht kommen, vor allem seine Mutter, Gott hab' sie selig. Er schiebt eines der Fotoalben, die er auf seinem Schreibtisch gestapelt hat, in meine Richtung und weist mich auf ein vergilbtes Foto hin, das eine Frau um die dreißig zeigt mit einem Kleinkind im Arm. »Das bin ich«, sagt Fraikin und deutet auf das Kleinkind, ich sehe keinerlei Ähnlichkeit mit dem 70jährigen, der mir gegenüber sitzt. »Und das ist meine Mutter«, fährt Fraikin fort, »wirklich, Gott hab' sie selig, ich habe ihr viel zu verdanken.«

Er schaut an mir vorbei mit seinen leeren Augen, dann sagt er mit tonloser Stimme: »Mein Vater starb, als ich zwei Jahre alt war, in Ausübung seines Berufes.« Kleine Kunstpause, er greift nach seiner Kaffeetasse, trinkt einen

Schluck. »Er war Artist in einem bekannten Wanderzirkus. Er stürzte in den Tod, nicht abends, im vollbesetzten Zelt, sondern morgens, bei einer Probe, nur seine Kollegen und ein paar Hilfsarbeiter sahen es.«

Ich weiß nicht genau, was Fraikin damit sagen will, was macht es für einen Unterschied, ob man im vollbesetzten oder im leeren Zirkuszelt zu Tode kommt? Im übrigen liegt mir die Frage auf der Zunge, warum sein Vater nicht auf die naheliegende Idee kam, ein Fangnetz anbringen zu lassen, bevor er sein Gerüst hinaufstieg. Wahrscheinlich litt er, wie sein Sohn, unter Selbstüberschätzung.

Ich verzichte darauf, die Frage laut zu stellen, aus Rücksicht auf Fraikin, dem tatsächlich Tränen in den Augen stehen, die nehme ich ihm nicht ab, Fraikin spielt eine seiner Rollen, behaupte ich.

Er blättert inzwischen im Fotoalbum und findet schließlich das Bild, das er mir zeigen will, seinen Vater, in Ausübung seines Berufes und ganz lebendig, mit dem einen Arm hält er eine Frau fest, die gequält lächelt, mit dem anderen Arm hängt er an seinem Gerüst. Er scheint starr geradeaus zu blicken mit zusammengepreßten Lippen, genau kann man sein Gesicht nicht sehen, der Fotograf schaute weit und fast senkrecht nach oben, als er die beiden auf das Bild bannte. Dementsprechend tief wird Fraikins Vater an jenem unerfreulichen Morgen gefallen sein.

»Meine Mutter, glauben Sie mir«, setzt Fraikin neu an, »meine Mutter hatte es nicht leicht mit mir, ich war kein einfaches Kind, im Gegenteil, ich schuf mir meine Traumwelten und weigerte mich, diese zu verlassen.« Er lächelt mit nostalgischem Blick. »Schon als Kind war ich ein kleiner Schauspieler, heute Pirat, morgen ein großer Feldherr. Auch den Schwerkranken zu mimen fiel mir nicht schwer, ich weiß noch, wie der Arzt mich ein ums andere Mal mit besorgtem Blick musterte und strenge Bettruhe empfahl, obwohl ich kerngesund war, Mark, das hätten Sie sehen sollen.« Er lacht laut, kann sich gar nicht beruhigen, dann plötzlich stößt er virtuos das Lachen vom Gesicht. »Ja, ich habe meiner Mutter Rätsel aufgegeben und ihr Sorgen bereitet, das können Sie mir glauben, Mark. Und dafür, daß sie mir dennoch den richtigen Weg gewiesen hat, bin ich ihr ewig dankbar.«

Wenigstens spart er sich das »Gott hab' sie selig.«

»Sie starb, als ich gerade anfing, Fuß zu fassen als Schauspieler. In meiner ersten großen Rolle auf einer großen Bühne hat sie mich noch erleben dürfen, Sie können sich nicht vorstellen, was mir das bedeutet hat. In Wien war das, 1951, ich spielte den jungen Herzog in Hebbels *Agnes Bernauer*, meine Mutter saß in der ersten Reihe, sie weinte vor Glück während des ganzen Stückes. Warten Sie.« Er blättert in einem anderen Fotoalbum. »Hier ist es, schauen Sie!«

Ein Foto zeigt Fraikin auf der Bühne, ein junger Fraikin, der wieder keine Ähnlichkeit aufweist mit dem alten Mann mir gegenüber. Fraikin, der junge, hält eine bildhübsche Frau in seinen Armen, das muß Agnes Bernauer sein, die den Kopf an seine Brust legt, er selbst, als junger Herzog Albrecht, blickt dramatisch Richtung Himmel, am linken Bildrand sieht man undeutlich einige offene Münder im Publikum.

Ein zweites Foto zeigt eine alte Frau, der die Tränen in den Augen stehen, das muß seine Mutter sein, am rechten Bildrand ist ein Teil der Bühne zu sehen, sie saß in der ersten Reihe.

Fraikin betrachtet die Bilder gedankenverloren, wieder kämpft er mit den Tränen, wenn das so weitergeht, wird diese Biographie eine traurige Angelegenheit.

»Ich hoffe, Sie verstehen, daß diese Fotos einen ganz besonderen Wert für mich haben, Mark.«

»Natürlich, Herr Fraikin.«

Er nickt, sitzt eine Weile sinnend da, dann klappt er das Album zu und legt es ganz behutsam zu den anderen.

»Lassen wir es gut sein für jetzt«, sagt er dann, »lassen wir die Vergangenheit ruhen für eine Weile und wenden uns der Gegenwart zu, auch wenn es schwerfällt. Ich muß noch einiges besprechen mit Marianna und Gilbert wegen der Feier heute abend. Ich hoffe, daß Ihnen der Film gefallen wird.«

»Ganz bestimmt, Herr Fraikin«, lüge ich.

3

Ich erscheine elegant gekleidet, rasiert und mit unverbindlichem Lächeln auf der mit Girlanden geschmückten Terrasse, als gerade die ersten Gäste eintreffen. Fraikin in seinem Nadelstreifenanzug rennt von hier nach dort, will jedem gerecht werden, seine leeren Augen glänzen, er begrüßt die Männer mit einem freundschaftlichen Schlag auf die Schulter, die Frauen mit galantem Handkuß.

Marianna bringt Tabletts mit Sektgläsern, der braungebrannte Gilbert macht sich am Grill zu schaffen, mir steigt der Geruch von Steaks in die Nase. Sarah folgt ihrem Mann auf Schritt und Tritt, schenkt jedem Gast ein anmutiges Lächeln und ein liebes Wort, sie trägt ein rotes Sommerkleid, der Ausschnitt gerade hoch genug, um die Brüste zu bedecken. Ihre Haare glänzen in der Sonne, ihre Lippen sind zart geschminkt, ihre grünen Augen lachen, Sarah, in deren Mund mein Finger lag am Morgen, ich verspüre einen schwer zu bändigenden Drang, in ihre schmalen, braunen Schultern zu beißen, bis Blut spritzt.

Sarah kommt auf mich zu mit federnden Schritten, sie lacht, freut sich, mich zu sehen, sagt »guten Abend, Mark, wir haben uns heute kaum gesprochen, ich war ständig mit Marianna unterwegs, wegen der Feier«, als müsse sie sich entschuldigen. »Kommen Sie, ich stelle Sie den anderen vor.«

Sie zieht mich am Arm wie einen kleinen Jungen, ich

schüttle Hände, sage »angenehm, angenehm, freut mich sehr« und werde schnell Gegenstand des allgemeinen Interesses. Sie also schreiben Carls Biographie, wir sind alle schon sehr gespannt, Sie können doch einige Passagen vorlesen heute abend, ach so, Sie fangen erst an, macht ja nichts, viel Erfolg jedenfalls.

Die meisten Geladenen sind Deutsche, die auf Cap Ferret Ferienhäuser besitzen, hier ein Geschäftemacher mit Vollbart, dort ein Chirurg mit aufgedunsenem Gesicht und ein Rechtsanwalt mit Hakennase, alle im Anzug und mit gutgekleideter Ehegattin erschienen. Außerdem werde ich mit dem Besitzer eines Eiscafés bekannt gemacht und mit einem Surflehrer, beides Franzosen. Klaus und Elfie Weißhaupt sind natürlich auch da, eigentlich könnte man von ihnen in der Einzahl sprechen, denn Elfie Weißhaupt im Blumenkleid steht immer neben ihrem Mann, lacht über seine Kalauer und fragt schüchtern, ob sie ein Glas Sekt trinken dürfe.

Als letzter Gast erscheint einer, den ich schon kenne, und ich bin reichlich überrascht, als ich ihn die Stufen hinaufstolzieren sehe, tatsächlich, Bernhard Fignon, er trägt einen grünen Anzug, dazu eine Krawatte mit Maikäfermuster, Bernhard Fignon, ganz Dynamik und Unternehmungslust, trotz der tiefen Furchen im Gesicht. Er wird begrüßt mit lautem Hallo, es stellt sich heraus, daß er Goldschmied ist, Fraikin kennt ihn schon seit Jahren, hält große Stücke auf ihn, er sei ein Meister seines Fachs und eine Bereicherung für jede Feier, letzteres kann ich mir vorstellen, ersteres kann ich nicht beurteilen.

Er ist ganz begeistert, als er mich sieht, ruft »alter Freund, alter Freund, da sind Sie ja, ich habe mich darauf gefreut, Sie zu treffen, Sie schreiben Carls Biographie, wie ich hörte.«

»Das stimmt«, bestätige ich und nippe an meinem Sektglas.

Natürlich ist Fignon wieder in Redelaune, er gerät in Hysterie, exaltiert sich, kratzt sich am Bauch, trinkt ein Glas Sekt nach dem anderen und erzählt mir das Neueste von Gott und der Welt, kein Radio in der Nähe, um ihm das Reden zu erschweren. Er kommt schließlich auf unseren Casinobesuch zu sprechen, das sei ja ein Ding gewesen, so etwas habe er noch nicht erlebt, so etwas nicht, unter allen Umständen müßten wir das Ganze wiederholen, er habe ein gutes Gefühl, mit mir könne ja gar nichts schief gehen, wir machen kräftig einen drauf, das sei ja keine Frage, vielleicht gleich morgen oder übermorgen und ob ich denn mein Geld gut verwahrt habe.

»Natürlich«, sage ich, deute mit Verschwörermiene in Richtung meiner Schuhe. Fignon braucht einen Moment, dann begreift er, lacht laut los, gut, mein Freund, sehr gut, sehr gut, Sie machen sich lustig über den alten Fignon, aber Sie können sagen, was Sie wollen, Schuhe sind ein sicheres Versteck, welcher Räuber kommt auf die Idee, dort nachzusehen, glauben Sie mir, ich habe da Erfahrung, ich bin ja Goldschmied.

»Ah ja«, sage ich.

Fraikin hat die glänzende Idee, den Tisch für gedeckt zu erklären, der mitten im Garten steht auf dem frisch gemähten Rasen neben roten und gelben Blumenbeeten. Gilbert steht grinsend hinter dem Grill, als habe er irgendetwas besonders Witziges getan, vielleicht sind seine Steaks vergiftet.

Marianna baut auf der Terrasse ein Salatbuffet auf, Fignon stürzt ihr entgegen, immer hilfsbereit, schöne Frau, lassen Sie mich das machen, er stemmt den Tisch in die

Ecke und greift ihr ans Gesäß. »Bernhard, lassen Sie das!« schreit Marianna, lachend.

Es gelingt mir, mich neben Sarah zu plazieren, die mit kleinen Bissen Nudelsalat ißt und nach wie vor jeden anlächelt, der ihren Blick erwidert. Fraikin kommt kaum zum Essen, er sitzt am Kopf der Tafel und wirft mit guter Laune um sich, er freut sich ja so, daß alle gekommen sind. Die Salate seien ganz hervorragend, sagt schmatzend der Rechtsanwalt mit der krummen Nase, ja, ja, schreit Fignon, italienische Spezialitäten, betont Fraikin und winkt Marianna heran, die ganz rot wird vor Glück, als er sie als Meisterköchin bezeichnet und der Rechtsanwalt eine kleine Lobrede anstimmt, ihr Tag ist gewonnen.

Gilbert öffnet eine Weinflasche nach der anderen, edler Tropfen, edler Tropfen, meint der Rechtsanwalt, der Bankier, scheint mir, ist bereits betrunken, ebenso der Surflehrer. Ich frage mich, wie Fraikin das findet, es sollen doch wohl alle auf der Höhe sein, wenn der Film beginnt.

Das Gespräch am Tisch ist lebhaft, jeder hat etwas zu erzählen, der Rechtsanwalt hat einen ganz außerordentlichen Fall erlebt kürzlich, der Chirurg berichtet von einer tragischen Operation, für die natürlich nicht er selbst die Verantwortung trug. Manchmal möchte man meinen, Gott verschließe die Augen, sagt er mit Trauermiene, sein Kollege habe alles richtig gemacht und dennoch …

»Aber schauen Sie doch«, sagt mit weit ausladender Geste die Gattin des Bankiers, »schauen Sie nach oben, der blaue Himmel, da hinten geht in blassem, rotem Licht die Sonne unter, wir sitzen hier zusammen, um uns herum die Blumen in allen Farben … ich glaube fest, ganz fest, daß Gott für uns da ist und er weiß, was er tut, auch, warum er die Sterbenden zu sich nimmt.« Und sie preßt kampflustig die Lippen zusammen.

Alle sind hingerissen von ihren schönen Worten, sie habe ja so recht, sagt der Chirurg, göttlicher Ratschluß sei eben unergründlich.

Neben Leid gebe es ja auch viel Freude in der Welt, sagt Elfie Weißhaupt, das rutscht ihr so raus, sie ist selbst ganz überrascht, greift sich an den Mund und sieht ängstlich hinauf zu ihrem Mann, aber der lächelt nachsichtig und tätschelt ihren Arm.

Fignon ist aufrichtig begeistert, bescheinigt der Bankiersgattin, sie sei eine Poetin, die beiden anderen Franzosen stimmen ebenfalls lebhaft zu, sie verstehen allerdings nur die Hälfte von dem, was gesprochen wird. Vielleicht fanden sie die Worte der Bankiersgattin nur schön einfach.

Man ist sich einig, auf uns alle wartet nach dieser irdischen Qual das Paradies, man macht Anstalten, sich anderen Themen zuzuwenden, als plötzlich meine Stimme zu hören ist, ich weiß nicht, warum, ich hatte mir fest vorgenommen, zu schweigen und zu lächeln den ganzen Abend.

»Das ist natürlich Unsinn«, sage ich, und alle drehen sich in meine Richtung, überall die gleiche Fassungslosigkeit auf den Gesichtern.

»Nichts ist da«, fahre ich fort mit einer merkwürdig trockenen Stimme, ich will eigentlich gar nicht reden. »Was soll da sein? Was soll Gott sein? Glauben Sie, die Toten schweben auf Wolken und schauen herunter?«

»Gott ist da«, zischt mit eisiger Freundlichkeit die Bankiersgattin, die sich zuerst von ihrem Schreck erholt hat, sie ist wahrscheinlich Mitglied irgendeines Kirchenvorstandes und solche Diskussionen gewöhnt. »Gott ist da«, betont sie noch einmal, ganz giftig.

»Aber Mark, mein Freund, das glauben Sie doch nicht,

was Sie da sagen«, ruft Fignon ganz bestürzt, fuchtelt mit den Armen herum.

»Ich denke auch, daß Sie es sich sehr einfach machen, Herr Cramer«, sagt süffisant der Rechtsanwalt, der die Situation augenscheinlich genießt. »Dieses Nichts, von dem Sie sprechen, ist gar nicht vorstellbar, nichts gibt es nicht, also muß etwas sein, auch nach dem Tod.« Er schaut in die Runde, wartet auf den verdienten Beifall für seinen Scharfsinn.

»Ist Ewigkeit vorstellbar?« kontere ich, steigere mich immer weiter hinein in dieses ganz und gar unsinnige Gespräch. »Ewiges Leben, ja? Wie soll das aussehen, Ihrer Meinung nach? Wollen Sie Ihre Anwaltskanzlei vor der Himmelspforte weiterführen, unter der besonderen Protektion Gottes? Oder sind Sie vielleicht doch ganz und gar Seele, schweben oben in den Lüften und sehen schöne Farben bis in alle Ewigkeit, ja, wird es das sein? Und neben Ihnen schweben all die anderen Seelen, wie sieht so eine Seele eigentlich aus?«

»Punkt für Sie«, sagt der Rechtsanwalt, grinst, reibt sich die Hände, atmet tief ein durch seine krumme Nase und will neu ansetzen, aber er wird unterbrochen von Sarah, deren heißen Atem ich schon die ganze Zeit an meinem Arm spüre.

»Mark«, beginnt sie und taucht tief ein in meine Augen, »es gibt Rätsel, die der Mensch nicht lösen kann, auch Sie können das nicht, und Ihre zynischen Bilder sind wirklich nicht genug. Schauen Sie«, sie zeigt in Richtung des violetten Himmels, »wissen Sie, was dahinter ist? Und wissen Sie, was hinter dem ist, das dahinter ist? Nichts vielleicht? Wenn ja, wie sieht das Nichts aus? Sagen Sie mir, wie das aussehen soll, wenn Sie mir das erklären können, dürfen sie von mir aus Witze machen über die Idee des ewigen Lebens, vorher nicht.« Sie sieht mich zornig und herausfordernd an, ein zartes Feuer brennt in ihren grünen Augen.

Einige Sekunden herrscht Stille, alle betrachten fasziniert die couragierte Rednerin und warten gespannt auf meine Reaktion.

Ich nehme mein Glas, in dem noch eine Pfütze des edlen roten Tropfens schwimmt, erhebe es und schenke Sarah ein falsches, um Vergebung bittendes Lächeln. »Ich muß gar nicht in den Himmel schauen, um die Ewigkeit zu sehen, mir reicht das bezaubernde Lächeln der Gastgeberin«, sage ich, halte das Glas in die Höhe und warte geduldig darauf, daß sie das ihre hebt. Sie zögert einen Moment, dann lächelt sie und stößt ihr Glas an meines, ich lasse meinen Blick immer weiter hinabsinken in ihre Augen.

Kollektiver Ausruf der Erleichterung, alle beteiligen sich am allgemeinen Versöhnungszuprosten, Fignon stammelt glückselig, er habe ja gewußt, daß ich sie nur ein wenig habe ärgern wollen, die Bankiersgattin lacht triumphierend, ich weiß nicht, warum.

»Sie sind der charmanteste Nihilist, der mir je begegnet ist«, sagt der Rechtsanwalt, nickt mir wohlwollend zu.

»Gut gesprochen, gut gesprochen«, ruft Fraikin zustimmend, Fraikin, der die Szene mit unwilligem Blick verfolgt hat, wahrscheinlich hatte er gehofft, daß das Gespräch bereits beim Essen nur um den Film kreisen werde, den er uns zeigen will. »Ein Toast auf Sarah, die den Frieden wiederhergestellt hat«, sagt er, und seine Augen glänzen, sie ist sein ganzer Stolz, sein ganzes Glück. »Und natürlich auch einen Toast auf Mark«, fügt er an, »der sich so elegant aus der Affäre gezogen hat.« Er nickt mir wohlmeinend zu. Man kann diese Leute nicht beleidigen, ich kann tun und lassen, was ich will, es ist rätselhaft.

»Gut gesprochen, gut gesprochen, Carl«, sagt Klaus Weißhaupt, der schon seit geraumer Zeit mit merkwürdig hohlem Blick dasitzt, als bleibe ihm der Sinn des Hin- und Hergeredes gänzlich verborgen.

»Gut gesprochen«, echot Elfie und Fraikin nutzt die Gelegenheit, endlich zum Wesentlichen überzugehen, es wird ja auch höchste Zeit. Er ruft Marianna herbei, die nur auf ihren Einsatz gewartet hat, fünf Minuten später hat jeder einen Becher mit Schokoladencreme vor sich stehen, dazu Vanillesauce und Früchte. Marianna, Sie sind eine Künstlerin, sagt der Rechtsanwalt, Marianna wird rot, wie gehabt, alles, wie es war. Und Fraikin kommt auf den Film zu sprechen, er habe einen ganz romantischen gewählt, der eine oder andere habe ihn natürlich schon gesehen, aber er hoffe sehr, daß alle Gäste sich erneut erfreuen werden an der Geschichte von ...

Er legt eine Pause ein, läßt die Spannung ins Unermeßliche steigen, was, was ist es, welchen Film hast du nur gewählt, Carl, oh, bitte, sag es, sag es ... an der Geschichte, fährt er fort, hebt den Zeigefinger in die Höhe (meiner lag im Mund seiner Frau heute morgen), an der Geschichte von: »Leander und Klara«.

Alle Gäste im Chor (bis auf mich): »Jaaaaaaaa, wie schön, oh jaaaaaa.«

Elfie stehen fast die Tränen in den Augen. »Ich liebe diesen Film, ich liebe ihn«, stammelt sie selbstvergessen, »der ist herrlich.«

Fraikin weidet sich an der Begeisterung, seine leeren Augen glänzen hellblau in der Dämmerung, sein abrufbares Lächeln ist ganz breit, gelbe Zähne blitzen. Er ruft Gilbert herbei und bittet ihn, alles vorzubereiten, Gilbert ist auch der Filmvorführer des Hauses, er hat das sogar mal beruflich gemacht, erzählt Fraikin.

Während Marianna ihre Kunstwerke beiseite räumt, führt Fraikin uns alle in den Keller des Hauses, dort befindet sich ein Fitneßraum mit allem Drum und Dran, ein Hallenbad, aus dem Chlorgeruch dringt, und, natürlich, der Vorführraum, Fraikin hat nicht übertrieben, es ist tatsächlich ein richtiges kleines Kino. Der Raum ist schon abgedunkelt, ganz schwach der Schein der kleinen Lampen an den Wänden, die Leinwand leuchtet düster weiß, und Fraikin stolpert vor Aufregung über eine der Stufen, er kann den Sturz gerade noch auffangen.

Er nimmt mich an der Hand und bietet mir den Ehrenplatz in der ersten Reihe an, links neben mir sitzt Sarah, an ihrer linken Seite sitzt natürlich Fraikin selbst, rechts neben mir läßt sich der unermüdliche Fignon nieder. Ich sitze bequem, meine Hand liegt wie zufällig an Sarahs Oberschenkel, ganz dünn der Stoff des Sommerkleides.

Die Lichter verlöschen dann ganz, die Gäste stöhnen, es ist dunkel, so schwarz muß es im Himmel sein. Die Vorfreude ist groß, scheint mir, ich schaue mich kurz um, sehe Elfie direkt hinter mir mit weitaufgerissenen Augen, ihr Mann befindet sich bereits im Halbschlaf, der Rechtsanwalt flüstert noch grinsend mit dem betrunkenen Bankier und dem Chirurgen, und Fignon neben mir zupft mich am Arm: »Es geht los, mein Freund, es geht los, schauen Sie!« und er zeigt überflüssigerweise auf die Leinwand.

Carl Fraikin steht da gerade in altertümlich geschwungenen Buchstaben, im Hintergrund ist eine Gebirgslandschaft zu sehen, das Ganze in schwarz und weiß natürlich, der Film stammt aus den 50er Jahren, vermute ich. Der Name Fraikin wird dann langsam ausgeblendet, statt dessen erscheint *Annabel Dahl*, das ist wohl die weibliche Hauptdarstellerin, und die Kamera schwenkt in eine Dorfidylle.

Das geht eine Weile so weiter, immer mehr Namen und immer kürzere Einblendungen, bis schließlich der Regisseur zu seinem Recht kommt. Der hat, wissend um den Effekt, einen Kameraschwenk in die Lüfte eingebaut, hinter seinem Namen liegt nur der klare, blaue Himmel, der für den Betrachter natürlich grau ist, die Filmtechnik war noch nicht so weit. Aber ich vermute, er ist blau gewesen, damals, als der Kameramann auf Anweisung des Regisseurs seinen Schwenk in die Höhe machte, das mag 45 Jahre her sein.

Der ganze Vorspann wird begleitet von gewollt dramatischer, kratziger und schiefer Musik, die wohl die Luft des Gebirges atmen soll. Wenn mich nicht alles täuscht, kommen neben den üblichen Instrumenten auch Waldhörner zum Einsatz, aber man wird den Eindruck nicht los, daß da die Combo irgendeines Turnsportvereines am Werk ist, das mag am Alter des Filmes liegen.

Die Handlung des Ganzen ist leicht durchschaubar, melodramatisch und reichlich rührselig. Leander, den Jüngling aus dem Dorfe (das ist Fraikin, ein junger, gutaussehender Fraikin, der nichts gemein hat mit dem alten Mann, der zwei Plätze neben mir sitzt), den jungen Mann also (dessen hellblaue Augen glänzen, damals wirkte das noch, auch in schwarz und weiß) zieht es in die große weite Welt, er macht sich auf, das Abenteuer zu suchen, wohlwissend, daß er damit einen Schwur bricht, denn eigentlich hat er seiner Klara ewige Treue und ewige Liebe geschworen, es ist wirklich traurig, wie mag das enden? Elfie Weißhaupt weint schon, bevor etwas passiert ist.

Ich beginne bald, mich außerordentlich zu langweilen und wende meine Aufmerksamkeit Sarahs Oberschenkel zu, ich streichle ein wenig mit meiner Hand daran entlang, wie heute morgen, nur ist sie dieses Mal wach und rutscht ruckartig ein Stück in Richtung ihres alten Ehemannes, der gar nichts mehr sieht. Ich könnte Sarah auf den Mund küssen und nach ihren Brüsten greifen, Fraikin sieht nur noch den jungen Helden auf der Leinwand, der er mal gewesen ist und der er so gerne wieder sein würde.

Fraikin, der Junge, verstrickt sich inzwischen in der großen Hauptstadt in undurchsichtige Geschäfte, zigarrenrauchende Verbrecher entwerfen dunkle Pläne in düsteren Kneipen und machen sich die Naivität des jungen, unschuldigen Leander-Fraikin zunutze. Leander-Fraikin endet schließlich auf einem Stuhl in seiner kleinen Wohnung mit der Pistole vor der Nase, er ist fest entschlossen, sich das Leben zu nehmen, fuchtelt ein wenig herum mit dem todbringenden Gerät, hält es an seine Schläfe, hält Monologe, verflucht den Tag, an dem er seine Klara verließ. Dabei schwitzt er in Großaufnahme, er spielt das hervorragend, das muß ich zugeben.

Fraikin und Selbstmord, wieso eigentlich nicht?

Ein Gedanke veranlaßt ihn dann doch zum Rückzieher, der an Klara natürlich, er legt mit zitternden Händen die Pistole auf den Tisch und sagt ständig: Klara, Klara.

Dieses wehleidige Getue macht mich nervös, ich rutsche ein wenig zu hoch unter Sarahs Sommerkleid, an den Innenseiten ihrer Schenkel, ich fühle schon die Unterwäsche. Sarah schlägt blitzschnell die Beine zusammen, klemmt meine Hand ein und schreit kurz auf.

»Sei ruhig, Schatz«, zischt Fraikin, ohne den Blick von der Leinwand zu nehmen, auf der Fraikin, der Junge, nach wie vor verzweifelt »Klara, Klara« flüstert.

Ich löse langsam meine Hand aus der Umklammerung, Sarah ist ganz ruhig plötzlich, sie sieht mich nicht an und sie wehrt sich nicht, als ich ganz dezent ihren Unterarm streichle, ihr Gesicht ist versteinert, aber mir ist, als ob sie ihren Arm ein wenig in meine Richtung legt, um mir das Streicheln zu erleichtern.

Fraikin, der Junge, schlägt währenddessen die verdutzten Verbrecher in die Flucht, perfekt dieser Ausdruck von Schmerz und trotzigem Heldentum auf seinem Gesicht, Fraikin ist ein brillanter Grimassenschneider, kein Zweifel. Er kehrt dann, voll rehabilitiert und von denen, die an ihm zweifelten, in allen Ehren verabschiedet, in sein Dorf zurück, wieder die Waldhörner und die schiefe Dramatik, Klara, natürlich, hat auf ihn gewartet, hat an ihn geglaubt, sie fliegen sich in die Arme, alles bestens. Fraikin, der Junge, rasiert seinen Drei-Tage-Bart ab, und im Dorf wird Hochzeit gefeiert.

Das Brautpaar verläßt die Kirche, eine Pferdekutsche wartet darauf, sie in die Flitterwochen zu transportieren und die Kamera schwenkt wieder in die Höhe, blauer, grauer Himmel, Abspann, Ende, kratzige Walzermusik, ich entferne behutsam meine Hand von Sarahs Unterarm, sie sieht mich nicht an, hält die Augen geschlossen.

Eine Weile herrscht Schweigen, andächtiges Schweigen, man läßt das Gesehene Revue passieren, was für eine schöne Geschichte, so ganz aus dem Leben gegriffen, man nickt vor sich hin, Elfie Weißhaupt versucht, ihren Mann unauffällig dem Tiefschlaf zu entreißen.

Fignon ist es, der das Schweigen bricht, er fängt plötzlich an zu klatschen in seiner hysterisch-euphorischen Art, die anderen, sogar der in nervösen Zuckungen erwachende Weißhaupt, stimmen ein, aus dem hysterischen wird ein rhythmisches und aus dem rhythmischen ein allmählich versandendes Klatschen. Ich beteilige mich, um nicht unangenehm aufzufallen, was für eine Heuchelei. Fraikin stehen die Tränen in den leeren Augen.

»Danke, meine Freunde, danke, ich danke euch«, sagt

er ganz ergriffen, die grauen Haare liegen ein wenig wirr auf seinem Schädel, und der Raum ist plötzlich grell beleuchtet, Gilbert muß den falschen Knopf erwischt haben. Alle starren in diesem Moment auf Fraikin, den Alten, und ich bin sicher, alle haben den gleichen Gedanken: Was ist nur aus diesem gutaussehenden jungen Leander geworden, dem, der das Böse in seine Schranken wies, dem, der die personifizierte Unschuld heiratete, gerade eben erst, das schöne junge Paar, was ist aus ihm geworden?

»Haben Sie noch Kontakt zu Annabel Dahl?« frage ich, einer plötzlichen Eingebung folgend.

»Annabel starb vor vier Jahren, Gott hab' sie selig«, sagt Fraikin, eine kurze Pause betretenen Schweigens, das schöne Paar.

Aber man erholt sich schnell, man hält sich lieber an den gerade gesehenen Film, gewissermaßen an die Gegenwart oder zumindest die unmittelbare Vergangenheit, Fraikin wird wieder beglückwünscht und mit Komplimenten überschüttet, während wir Hallenbad und Fitneßraum passieren und ans Tageslicht zurückkehren, nein, vom Tageslicht ist nichts mehr zu sehen.

Licht, immerhin goldenes Licht, spendet nur der Kronleuchter im Wohnzimmer, draußen ist es dunkel, die gelben und roten Blumen und der saftig-grüne Rasen sind ganz in schwarz versunken, die zartrote Sonne und der blaue Himmel sind spurlos verschwunden. Ich sollte die Bankiersgattin fragen, woran sie jetzt die Existenz Gottes festmacht. Vermutlich am Mond, obwohl der nur von Zeit zu Zeit schimmert zwischen Wolken.

Die Party, so scheint es, beginnt jetzt erst richtig, Fraikin öffnet die Weinflaschen, Marianna bringt die Gläser, Gilbert bringt Licht, das war ja auch kein Zustand, sein schöner Rasen so ganz in schwarz. Er schleppt Fackeln herbei, rammt sie in das Gras, wenig später leuchten die kleinen Feuer überall im Garten.

Fraikin ist gar nicht mehr zu bremsen, er schüttet den Alkohol in sich hinein und lacht unablässig, die anderen folgen seinem Beispiel, nur der bereits betrunkene Bankier hält sich jetzt gezwungenermaßen zurück, er liegt auf einem Gartenstuhl und kann nicht mehr geradeaus schauen. Gilbert sollte aufpassen, daß er sich nicht auf seinen schönen Rasen erbricht. Seine Gattin läßt ihn mit seinem Brechreiz alleine, sie unterhält sich angeregt mit dem Rechtsanwalt, ohne den Ehegatten in seinem armseligen Zustand eines Blickes zu würdigen.

»Es lebe Leander!« ruft der Rechtsanwalt, »es lebe Carl Fraikin!«

Fraikin wird ganz melancholisch, hantiert im Wohnzimmer an der Stereoanlage herum, sucht etwas Bestimmtes, wird schließlich fündig, legt eine staubige Schallplatte auf. Die quäkende Stimme einer jungen Frau dringt hinaus auf die Terrasse, begleitet von einem ganzen Orchester. »Das ist sie«, stammelt Fraikin, »das ist sie, Gott hab' sie selig, das ist Annabel Dahl, sie war auch eine begnadete Sängerin, hören Sie nur ...«

Allen bleibt der Mund offenstehen, nein, ist das schön, schöne kratzige alte Schallplatte, die einen Sprung hat bei »wann werd' ich dich wiedersehen?«.

Die Gesellschaft teilt sich allmählich in lose Gesprächsrunden auf, der Bankier und der Surflehrer diskutieren auf Gartenstühlen sitzend über den Grad ihrer Trunkenheit, Fignon flirtet auf- und abhüpfend mit der dicken Marianna. Alle anderen versammeln sich auf der Terrasse um Fraikin, hängen an seinen Lippen, Fraikin, der immer redseliger wird und kräftig nachschenkt. Im Wohnzimmer legt Gilbert alte Schallplatten auf, eine kratziger als die andere.

Das alles registriere ich nur nebenbei, meine Aufmerksamkeit gilt Sarah, die sich an Fraikins Seite hält und lächelt, von Zeit zu Zeit wirft sie einen hastigen Blick auf mich, sucht meine Augen, wendet sich sofort wieder ab, lächelt wieder die Gäste an und hängt ihre Arme um Fraikins Hals.

Ich gehe müßig herum, bleibe mal hier, mal dort stehen, nippe an meinem Weinglas, während ich in Gedanken Sarah das Kleid vom Körper reiße, ich verspüre ungeheure Lust, in sie einzudringen, alle meine Finger will ich in ihren Mund stecken, nicht nur einen. Wieder wühlt sich dieses Lachen nach oben, ich wende mich ab von Fraikin, der gerade Hamlet rezitiert, er lallt schon ein wenig dabei.

Ich gehe schnell hinunter in den Garten, in Richtung des Schwimmbades, lasse meinem Lachen freien Lauf, als ich außer Hörweite bin. Dieses Lachen will gar nicht mehr aufhören, quält mich, die Tränen kleben schon wieder auf meinem Gesicht, ich schreie sogar, komme kaum zum Atemholen. Ich weiß vorübergehend nicht, ob ich lache oder weine.

Ich beruhige mich schließlich, zurück bleibt ein stechender Magenschmerz, ich versuche, tief einzuatmen, atme einen ganzen Schwall heißen Rauches, der stammt von Gilberts Fackeln, ich setze mich an den Rand des Schwimmbeckens, dann höre ich Schritte hinter mir. Es ist Sarah, sie setzt sich neben mich, ihre Schulter berührt meinen Arm.

Sie sagt gar nichts, sieht mich von der Seite an.

»Sarah«, beginne ich mit dieser merkwürdig trockenen Stimme. »Sarah, zieh das Kleid aus.« Ich greife mit meiner rechten Hand fest ihren Nacken, sie wirft den Kopf zurück, die Worte kommen einfach so aus meinem Mund, die Bewegungen sind nicht gesteuert, entspringen keiner

Überlegung, ich bin wieder ganz der Alte, weiß nicht warum, keine Spur mehr von dem Lachkrampf.

»Mark«, flüstert Sarah, ich bilde mir ein, ihre Stimme sei erregt und entgegenkommend, »Mark, ich weiß nicht ...« Sie starrt mich an, hängt plötzlich an meinem Hals, ihr Kopf streicht an meinem Gesicht entlang, ihre Haare kleben an meinen noch tränenfeuchten Wangen, sie leckt meine Lippen, ich öffne den Mund, sie dringt ein, ihre Zunge an meinen Zähnen, an meiner Zunge.

»Mark«, sagt sie, »Mark«, ich drücke sie auf den Boden, öffne einige Knöpfe ihres Kleides, greife nach ihren Brüsten, beiße in die Brustwarzen, fest, zu fest. Sie schreit schrill auf, drückt mich noch einmal fest an sich, dann stößt sie mich weg, richtet sich auf, schlägt das Gras von ihrem Sommerkleid, panische Verwirrung in ihrem Gesicht.

»Mark, es tut mir leid, Mark, ich liebe ihn, Carl, ich liebe ihn, Sie können das nicht verstehen vielleicht ...«

Sie steht noch einige Sekunden so vor mir, ich richte mich ebenfalls auf, greife nach ihrem Arm, halte ihn fest und suche ihre Augen, aber sie reißt sich los und rennt Richtung Terrasse. Auf halber Strecke bleibt sie stehen, sammelt sich und kehrt zu Fraikin zurück, als sei nichts passiert, Fraikin, der da noch immer Anekdoten erzählt und Rotwein in sich hineinschüttet, wahrscheinlich.

Ich bleibe einige Minuten stehen, dann kehre auch ich zurück auf die Terrasse, das Fest hat inzwischen seinen Höhepunkt überschritten. Sarah sitzt neben Fraikin und hält seine Hand, Fraikin, der jetzt allzu deutlich lallt. Auch über den Augen der Zuhörer hängen Alkoholschleier, nur Fignon und Marianna sind noch allerbester Laune, sie spielen an einem kleinen Tisch mit schwer begreiflicher Begeisterung irgendein Würfelspiel.

Der Rechtsanwalt fängt plötzlich an, Zoten zu erzählen, wird von seiner Ehegattin, die den ganzen Abend kaum ein Wort gesprochen hat, energisch gebremst und bei der Hand genommen. Die beiden verabschieden sich, geben damit das Signal zum allgemeinen Aufbruch. Es sei ein wunderbarer Abend gewesen, man müsse das bald wiederholen, Carl habe schließlich viele sehenswerte Filme gemacht, das Essen, Marianna war phantastisch, auch die Steaks, Gilbert, vielen Dank für alles. Auf Wiedersehen, Herr Cramer, es hat uns sehr gefreut, Sie kennenzulernen, wir werden uns sicherlich noch sehen, man könnte sich doch in den nächsten Tagen mal am Strand treffen.

Das zieht sich so hin, etwa zehn Minuten, dann stolpern alle die fünfundsechzig Stufen hinunter, Fraikin, ganz Melancholie, winkt hinterher, ebenso Klaus und Elfie Weißhaupt. Sarah lehnt an Fraikins Arm, sie weicht meinen Blicken aus. Fignon, immer hilfsbereit, stützt den Bankier, der völlig hinüber ist.

Auch die Weißhaupts gehen dann auf ihr Zimmer, »es war ein so schöner Abend«, sagt Elfie noch und umarmt Fraikin. Dann stehen wir alleine, Fraikin, Sarah und ich, unter uns die steile Treppe und weiter hinten der Ozean, die Wellen rauschen und schlagen. Sarah hängt sich fest an den Arm ihres alten Mannes, als hätte sie Angst vor mir. Fraikin hat keine Ahnung, ist stark angetrunken und, wenn ich richtig beobachte, sehr traurig. Ich stehe ihnen gegenüber und weiß plötzlich nicht mehr, ob ich die Situation genieße oder ob sie mir zuwider ist.

»Komm, mein Schatz«, sagt Fraikin mit schwacher, weinerlicher Stimme, »komm, es ist spät«. Seine Euphorie ist dahin, seine Maske fällt. »Gute Nacht, Mark«, sagt er und zieht Sarah hinter sich her, Sarah, die sich noch einmal umdreht und mir einen bedauernden Blick nachwirft, ich glaube, es ist ein bedauernder Blick, es könnte auch ein entschuldigender, ein schmachtender, ein bittender Blick sein, ich werde nicht schlau daraus. Fraikin ist der Störfaktor, Fraikin, unglaublich, dieser alte Mann.

Ich bleibe am Fuß der letzten Stufe stehen und lasse all die wirren Gedanken zu ihrem Recht kommen, Sarah unter mir, Sarah mit dem alten Mann an der Hand, dann die blasse, unerhebliche, aus der Luft gegriffene Figur meines Romans, der Familienvater, dem ich zwei Jahre meines Lebens gewidmet habe.

Röder hatte Recht, Röder, der am Steg angelte in grüner Trainingshose und Unterhemd und keinen Besuch erwartete. Ich spüre kein Bedauern, spüre es einfach nicht, auch keine Angst, ich weiß nicht, warum.

Ich bin doch nicht ganz allein, stelle ich fest, Gilbert läuft über seinen Rasen und sammelt die Fackeln ein. »Gute Nacht, Herr Cramer«, verabschiedet er sich noch, bevor er im Innern des Hauses verschwindet.

»Gute Nacht, Gilbert.«

Jetzt bin ich wirklich allein.

Jetzt …

Ich hole tief Luft und renne die Stufen hinab, nehme die Gefahr eines Sturzes in Kauf, ich sehe die Hand kaum vor den Augen, ich nehme zwei, drei Stufen auf einmal, meine Beine schmerzen. Ich renne Richtung Strand, werfe die Schuhe weg, der Sand ist ganz kalt jetzt.

Die Wellen rauschen und schlagen. Sie rufen mich.

Ich gehe ganz nah an sie heran, sie schlagen gegen meine Beine, hohe Wellen, kalter Wind, links und rechts zieht sich der Strand kilometerweit, mein Auge reicht nur ein paar Meter.

Der Mond hängt hinter Wolken nach wie vor.

Fraikin und Selbstmord. Warum nicht?

Röder, der Fische angelt im Unterhemd.

Ich habe mich angemessen von Röder verabschiedet.

Röder hat gar keine Tochter.

Es geht mir nicht gut, glaube ich, ich weiß nicht, warum. Meine Beine geben nach, ich sinke ein, liege zusammengekrümmt auf dem nassen Sand, die Ausläufer der Wellen schlagen sanft gegen meinen Körper, der Anzug ist schon durchnäßt. Der Sand klebt an Jackett und Hose. Ich liege da wie tot und verstehe mich selbst nicht mehr, was ist das für ein Spiel, das ich spiele?

Keine Kraft aufzustehen, keine Kraft, mich zu bewegen.

Die Wellen rufen mich. Sie sollen sich gedulden.

Röder hat gar keine Tochter, und seine Ehefrau ist alt und häßlich.

Das Wasser eiskalt.

4

Meine Rückkehr bleibt unbemerkt. Ich betrete das Haus durch die Terrassentür, die Gilbert offengelassen hat, in dem Glauben, ich werde bald nach ihm hineingehen.

Die Schuhe klopfe ich draußen ab, ich achte peinlich darauf, keinen Sand in die Wohnung zu tragen, meinen Anzug breite ich zum Trocknen mitten in meinem Zimmer aus, natürlich lege ich ein Handtuch darunter, um den Teppich zu schonen.

Es wird schon hell, scheint mir, ein paar Stunden werde ich noch schlafen können.

Ich entferne das Bild mit den Anglern und den Booten von der Wand und lege es unter das Bett. Mir wird schon eine Erklärung dafür einfallen, möglich auch, daß es niemanden interessiert.

Vierter Tag

1

Es kommt dann doch zu dem unangenehmen Zwischenfall, mit dem ich rechnen mußte.

Fraikin steht wie vom Donner gerührt neben dem gedeckten Frühstückstisch, stammelt »nein, nein, nein«. Sarah tritt gerade neben ihn, beginnt, seinen Rücken zu streicheln, und starrt dabei mit offenem Mund die beiden Männer an, die auf der Schwelle zum Wohnzimmer stehen. Dahinter Marianna, händeringend, mit großen, traurigen Augen, Marianna, die die beiden unerwarteten Besucher an der Haustür empfangen und ins Haus geführt hat, vermute ich.

Das alles sehe ich von oben, ich war gerade im Begriff, die Treppe hinunterzusteigen und mir das Frühstück schmecken zu lassen, daraus, so scheint es, wird wohl nichts.

Die beiden Männer, ein junger in dunkelblauer Stoffjacke, ein alter in braunem Mantel (was muß der schwitzen), sind Polizisten, das sehe ich sofort, sie sehen wirklich aus, als kämen sie gerade von den Dreharbeiten, wie überhaupt das Ganze wie eine Filmszene wirkt, hohe Kunst im *Haus zur hohen Kunst*, aber es ist alles echt, sogar die Tränen, die Fraikin jetzt weint, dabei sagt er dauernd: »Mein Gott, mein Gott!« und Sarah tätschelt seine Hände, als gelte es, ein kleines Kind zu beruhigen.

»Es tut uns leid, Herr Fraikin, wir wußten nicht, daß Ihnen diese Nachricht so nahe gehen würde«, sagt der Ältere im braunen Mantel. »Eigentlich sind wir gekommen ...«

Weiter kommt er nicht, denn er sieht mich am Treppenabsatz stehen, ich gehe gemessenen Schrittes und mit fragendem Gesicht auf die Szene zu und habe immer noch das Gefühl, es handle sich um einen Auftritt. Cramer, der Ahnungslose, die erste, Kamera läuft.

»Guten Morgen«, sage ich und lasse meinen fragenden Blick von einem zum anderen wandern. Fraikin dreht sich in meine Richtung, ein dichtes Tränennetz über seinen Augen, er kommt schnell auf mich zu, faßt mit beiden Händen meinen rechten Arm und sagt mit zitternder, erstickter Stimme: »Mark, Mark, es ist etwas Schreckliches passiert ...« Er zerrt mich bewußt oder unbewußt weiter in das Zimmer hinein, als sei ich der rettende Engel, derjenige, der das Schreckliche ungeschehen machen könnte.

»Herr Cramer? Mark Cramer?« sagt der Alte im Mantel, während Fraikin noch quengelnd an meinem Arm hängt.

»Das bin ich«, entgegne ich mechanisch.

»Herr Cramer, mein Name ist Leblanc, wir sind eigentlich Ihretwegen aus Bordeaux gekommen«, fährt der Alte in schnellem Französisch fort, ich nutze die Zeit, um sein Gesicht näher zu betrachten, ich weiß ja schon, was er sagen wird. Rötlich-braune unreine Haut, Ränder unter den eng aneinanderliegenden, dunklen Augen, die Lippen sind eingerissen, ein schmales Gesicht ist das, häßlich, eher bedauernswert als furchteinflößend, aber in den wunden Mundwinkeln, scheint mir, liegt eine merkwürdig dumpfe Entschlossenheit, das Fieber des Jägers. Vorsicht!

»Herr Cramer, wir erhielten eine Nachricht von Kollegen aus Deutschland, die Sie betrifft. Ein Mann namens

…«, er fischt einen Zettel aus seiner Manteltasche, der Name geht ihm nicht leicht über die Lippen, »ein Mann namens …«, er schaut auf den Zettel, während er weiterspricht, »ein Mann namens Jakob Röder wurde tot aufgefunden, ermordet an einem See, der sich in unmittelbarer Nähe seines Wochenendhauses befindet.«

Er schweigt, läßt die Worte wirken, er beobachtet mich, daran besteht kein Zweifel.

Cramer, der Ahnungslose, die zweite, Cramer, der Bestürzte, ich habe das Gefühl, daß alles hervorragend gelingt, während ich den Ausdruck vollkommener Verständnislosigkeit auf mein Gesicht presse.

»Ich verstehe nicht ganz …«, sage ich dann, meine Stimme klingt hohl und begriffsstutzig, genau das richtige jetzt. Cramer, der Ahnungslose, steht ganz gewaltig auf dem Schlauch, blickt sich hilfesuchend um, wovon ist hier eigentlich die Rede?

»Jakob?« sage ich. »Jakob Röder? Ich glaube, ich habe wirklich nicht ganz verstanden.«

Mein Gesicht ein einziges großes Fragezeichen, ich hoffe, Leblanc, der Alte mit den eingerissenen Lippen, nimmt mir den Zustand vorübergehender Idiotie ab.

»Herr Röder«, sagt er, jetzt langsamer und jedes Wort betonend, »ist ermordet worden, am See seines Landhauses.«

Jetzt bin ich es, der Zeit verstreichen läßt.

Cramer, der völlig Überraschte, der Fassungslose, das ist eine Schlüsselstelle natürlich, eine ganz wichtige Passage meines Textes, und ausgerechnet jetzt wühlt sich das Lachen nach oben, ich spüre diesen unwiderstehlichen Drang, das Spiel für beendet zu erklären und Leblanc, dem Alten mit der wunden Haut, ins Gesicht zu lachen. Röder, der Gute, mein väterlicher Freund, ach ja, Röder in

Trainingshose und Unterhemd, ach, den meinen Sie, ja, was wollen wir noch mit dem? Lassen Sie mich doch mit Röder in Ruhe, was wollen wir mit dem?!

Das Lachen wühlt sich nach oben, so gewaltig, daß ich es nicht mehr am Ausbruch hindern kann, aber es gelingt mir mit aller Willenskraft, den Ausbruch zu steuern, das Lachen verläßt meinen Mund als ein Signal trotzigen Aufbegehrens, als ein Zeichen des Nicht-glauben-Wollens. Hahaha, Röder, nein, haha, Röder ist nicht tot, wäre ja gelacht, nein, nein, ich bitte Sie!

Dann, erleichtert, wieder Herr meiner Selbst, mache ich das ganz ernste Gesicht, das jetzt von mir erwartet wird, mein Mund ein schmaler Strich, in das Spiel meiner Augen versuche ich den Ausdruck allmählichen Verstehens zu legen.

Röder, mein Freund Röder, tot? Es ist wirklich wahr? Um Himmels willen, mein Freund, mein guter Freund?!

Ich schwitze am ganzen Körper und habe das Gefühl, daß ich allmählich meine Sprache wiederfinden muß, überlege kurz, dann stoße ich die Worte hervor. »Jakob Röder? Ermordet? Unmöglich! Wieso? Wie? Ich sah ihn ja noch kurz vor meiner Abreise, er war bester Laune!«

Das ist naiv, aber ein kluger Schachzug, ich nehme dem alten Polizisten die Worte aus dem Mund, beraube ihn seiner Trümpfe.

»Das ist genau der Grund unseres Besuches«, sagt der Alte, ich bilde mir ein, daß sein Jagdfieber bereits ein wenig sinkt, aber Vorsicht, Vorsicht. »Wir sind gekommen, weil Sie nach Angaben der deutschen Kollegen möglicherweise der letzte waren, der den Ermordeten gesehen hat, Sie hatten einen Termin in seinem Verlag am vergangenen Freitag um 16 Uhr. Ist das richtig?«

»Das ist richtig«, bestätige ich, sachlich, aber mit stokkender Stimme, Cramer, der Gefaßte, Cramer, der ehrlich Bestürzte.

»Am Abend desselben Tages wurde Herr Röder ermordet.«

Wieder schweigt das Schmalgesicht, kneift die Augen zusammen. Jedoch erzielt er nicht die beabsichtigte Wirkung, niemand außer mir selbst versteht die Anspielung. Fraikin verfolgt das Gespräch mit leerem traurigen Blick, winselt vor sich hin. Sarah tätschelt seine Hände und seinen Rücken nach wie vor, und Marianna steht wie angewurzelt hinter den beiden Polizisten, sie sagt nichts und sie denkt auch nichts, scheint mir. Mein Blick fällt zufällig auf den Käseteller und die Baguettes auf dem Tisch, ich habe Hunger.

»Die deutsche Polizei«, sagt der Alte mit den eingerissenen Lippen, »die deutsche Polizei ...«, und er zieht den Satz ganz lang, »mißt Ihrer Person einige Bedeutung bei in diesem Fall. Heute mittag ...«, wieder eine effektvolle Pause, »heute mittag wird einer der zuständigen deutschen Ermittlungsbeamten erscheinen, wir möchten Sie bitten, um 13 Uhr in Bordeaux zu sein.« Wieder Pause, dann langgezogen: »Man möchte Ihnen einige Fragen stellen.«

Ich setze wieder das Gesicht des Begriffsstutzigen auf, Cramer, der Ahnungslose versteht gar nicht, was das alles zu bedeuten hat.

Meine Gedanken machen sich währenddessen selbständig, wirbeln durcheinander, kehren immer wieder ohne Antwort zu denselben Fragen zurück: Wo liegt der Fehler? Wieso erscheint ein deutscher Beamter in Bordeaux? Habe ich Spuren hinterlassen, wenn ja, welche? Oder hält man mich nicht für den Täter, glaubt man lediglich, ich könne Informationen beisteuern, die der Klärung des Verbrechens dienen? Warum ich? Röder lud mich an guten Tagen zum Essen ein, ab und zu auch in sein Wochenendhaus, er ließ mich die Biographie eines Skifahrers schreiben, er lobte meine Kurzgeschichten, und ich bin weitläufig mit ihm verwandt, na und? Kein Grund, einen Beamten nach Bordeaux zu schicken.

Laßt mich doch mit Röder in Frieden, was wollen wir noch mit dem?! Überhaupt ist die ganze Szene unerfreulich, ich hätte gute Lust, das Spiel für beendet zu erklären, ich weiß gar nicht, was mich davon abhält.

»Wenn Sie keine Möglichkeit haben, selbst nach Bordeaux zu fahren, könnten wir Sie jetzt mitnehmen. Wir würden Sie selbstverständlich auch wieder hierher zurückbringen«, sagt das alte Schmalgesicht.

Unter meiner Kopfhaut sticht es, in meinen Ohren hängt ein monotoner Pfeifton. »Nein, nein, ich habe einen Wagen, ich werde pünktlich dort sein«, höre ich mich sagen. »Könnten Sie mir den Weg beschreiben?«

»Ich werde Sie begleiten«, sagt plötzlich Sarah, »ich kenne mich gut aus in Bordeaux, das ist kein Problem. Aber was soll das Ganze?« Das sagt sie in Richtung Leblanc.

Auch Fraikin erwacht allmählich aus seiner Lethargie, er läßt sich von Marianna ein Taschentuch reichen, wischt sich die Augen und macht einige Schritte in Richtung des alten Polizisten. »Ich verstehe auch nicht, was das alles zu bedeuten hat? Was sind das für Fragen, die Sie Mark stellen wollen?« ruft er.

»Ich weiß lediglich, daß die deutsche Polizei an einem Gespräch mit Herrn Cramer interessiert ist, das ist alles«, sagt Schmalgesicht Leblanc, sein Mund bewegt sich kaum, wenn er spricht, wahrscheinlich wegen der eingerissenen Lippen.

Fraikin, das ist erstaunlich, scheint plötzlich ein Licht aufzugehen, er wechselt die Rolle, vom trauernden Freund zum energischen Fürsprecher: »Mein lieber Mann«, sagt er und macht noch einen Schritt in Richtung des Polizisten, »mein lieber Mann, ich glaube, Sie sind hier gewaltig auf dem Holzweg, mein guter Mann, mir scheint, Sie wollen allen Ernstes Mark mit der Ermordung meines Freundes Jakob Röder in Verbindung bringen! Mein lieber Mann, das ist stark, das wäre fast witzig, wenn die ganze Sache nicht so verdammt traurig wäre!«

Fraikin, der Alte, mimt Fraikin, den Jungen, er steht fast Brust an Brust mit Leblanc, rührend, wie er sich für mich einsetzt. Der Text, den er da aufgesagt hat, muß aus einem seiner Filme stammen, und der 70jährige, der sich Schmalgesicht entgegenstemmt, wirkt lächerlich, trotzdem: Rührend.

Das Pfeifen und die Stiche unter der Kopfhaut lassen allmählich nach, dafür packt mich wieder der Schüttelfrost, ich könnte mich jederzeit übergeben, und auch das Lachen wühlt sich nach oben, so schlimm wie heute war es selten.

Sarah springt ihrem Ehegatten bei und ruft mit schriller Stimme, daß das wohl kaum sein könne, Mark Cramer werde doch wohl nicht verdächtigt, das sei wirklich der reine Unsinn, wieder das zarte Feuer in ihren Augen, während sie das sagt. Leblanc weicht ein wenig zurück, alle mögen mich, alle glauben an mich, ich weiß nicht, wieso, es ist rätselhaft. Ich bemühe mich, das Lachen am Ausbruch zu hindern und ein Gedanke zuckt auf, Sarah unter das T-Shirt zu greifen, gestern Abend hielt ich ihre Brüste allzu kurz in meinen Händen.

»Ich bin lediglich gekommen, um Herrn Cramer mitzuteilen, daß er um 13 Uhr bei uns in Bordeaux erscheinen soll«, betont noch einmal der alte Eingerissene, etwas beleidigt und nicht gewillt, sich einschüchtern zu lassen, ebensowenig allerdings daran interessiert, sich unbeliebt zu machen. Er wirft die ganze Zeit schon heimliche Seitenblicke auf Sarah, wahrscheinlich hat er eine unansehnliche Ehefrau zu Hause sitzen oder seine Gattin ist ihm weggelaufen.

»Sie müssen sich nicht rechtfertigen«, sage ich zu Leblanc, »ich werde pünktlich da sein, 13 Uhr.« Ich habe längst genug gehört, es ist Zeit, diese Szene zu beenden, sogar die angemessenen Abschiedsworte liegen mir plötzlich auf den Lippen. »Was nutzt dieses Hin- und Hergerede«, sage ich, es gelingt mir sogar, Tränen in die Augenwinkel zu pressen. »Was nutzt das Hin- und Hergerede, wir alle ...«, meine weit ausladende Geste schließt Fraikin, Sarah und auch Marianna ein, die noch immer sprachlos mit einer Packung Taschentücher neben Fraikin steht, »wir alle haben gerade die Nachricht erhalten, daß ein sehr guter Freund gestorben ist ...«, kurze Pause, »... ermordet worden ist. Sie müssen doch bitte verstehen, daß wir diese Nachricht verarbeiten müssen, daß wir jetzt gerne alleine wären.«

»Selbstverständlich«, entgegnet Leblanc, seine Lippen bewegen sich gar nicht, während er das sagt, sein Gesicht verrät nicht, was er denkt, aber ich glaube, er hat mir die Tränen abgenommen. Er gibt seinem jungen Kollegen, dessen Anwesenheit überflüssig war, einen Wink und geht Richtung Haustür, wir folgen. Er nennt sicherheitshalber die Adresse der Kriminalpolizei Bordeaux, und ich versichere noch einmal, daß ich pünktlich dort sein werde, während sie schon die fünfundsechzig Stufen hinabgehen.

Fraikin wendet sich ab und kehrt mit hängendem Kopf ins Wohnzimmer zurück, winselt wieder, »Jakob, mein

Freund, mein Freund, warum nur?« Sarah redet ihm gut zu, und auch Marianna findet ihre Sprache wieder, ich denke, sie übertreibt ein wenig, als sie hysterisch zu weinen beginnt, man hat Jakob Röder sehr gemocht in diesem Haus, scheint mir.

Fraikin hat plötzlich wieder Lust, Geschichten zu erzählen, er hält eine kleine Laudatio auf den Verstorbenen, und ich wage nicht, nach Baguette und Käse zu greifen, obwohl ich Bärenhunger habe.

»Ja, ja, Jakob und ich haben manche Schlacht geschlagen«, sagt Fraikin halb im Selbstgespräch, »Jakob war ein guter Freund seit mehr als vierzig Jahren, Jakob, meine Güte, ich könnte Geschichten erzählen ... vor vier Wochen war er ja noch hier mit Johanna, weißt du noch, mein Engel, wie wir uns amüsiert haben?«

»Natürlich, mein Schatz«, sagt Sarah, wie im Traum, sie hängt anderen Gedanken nach, scheint mir, oder steht unter Schock, was weiß ich.

»Ja, Jakob war ein feiner Kerl, mein Gott, ermordet, unglaublich ... mein Gott!« meint Fraikin, steht abrupt auf und fuchtelt mit den Armen. »Johanna, die arme Johanna, wie muß die sich jetzt fühlen, Sarah, wir müssen sie anrufen, müssen ihr helfen, die muß ja verzweifelt sein, und der arme Junge, Viktor. Du weißt doch, wie er an Jakob hing!« Er ist ganz aufgelöst, rennt hin und her, vom Sofa zum Telefon, vom Telefon zurück zum Sofa, rauft sich die Haare. »Ich habe die Nummer vergessen, Sarah, haben wir die irgendwo notiert? Ich weiß nicht, wo mir der Kopf steht!«

Sarah reagiert gar nicht zunächst, dann steht sie behäbig auf, wühlt in der Schublade des Telefontischchens, blättert in einem Notizbuch und sagt plötzlich: »Ich verstehe einfach nicht, was die Polizei von Ihnen will, Mark, es ist doch absurd, daß Sie etwas mit Jakobs Tod zu tun haben sollen!« Das also war es, was sie beschäftigt, sie macht sich Gedanken über mich, sie ist besorgt um mich, scheint mir. Oder lauert doch irgendwo der Verdacht, daß ich tatsächlich …? Nein, nein, das Feuer in ihren Augen lodert zu meinen Gunsten.

»Ach, laß doch diese Polizisten«, sagt Fraikin, winkt ab. »Machen Sie sich keine Sorgen, Mark, das wäre ja lachhaft, wenn die Sie wirklich in Verbindung bringen mit …« Er bricht ab, ihm kommt wieder zu Bewußtsein, daß Jakob, sein guter Freund, nicht mehr unter den Lebenden weilt. »Gib mir doch die Nummer, Sarah«, sagt er ungeduldig, reißt ihr das Notizbuch aus der Hand und beginnt gerade zu wählen, als von draußen Gesang ins Wohnzimmer dringt, kurz darauf stehen Klaus und Elfie Weißhaupt in der Terrassentür, ganz rot im Gesicht und offenbar glänzender Laune. »Wir haben einen Strandspaziergang gemacht«, sagt Elfie.

Die gute Laune der beiden ebbt allmählich ab beim Anblick der inzwischen leise vor sich hin weinenden Marianna und des völlig neben sich stehenden Fraikin.

»Was ist denn passiert, um Himmels Willen?« fragt Elfie, und Sarah ist es, die die traurige Nachricht weiterleitet. »Wir haben eben erfahren, daß Jakob, Jakob Röder, gestorben ist … es war wohl … ein Verbrechen.« Sie macht das hervorragend, ich vermute, es ist Elfie, die sie schonen will, denn den Hünen kann so schnell nichts umhauen. Er bleibt auch tatsächlich ungerührt und in dumpfer Trägheit stehen, während Elfie die Hände vors Gesicht schlägt und ausruft: »Unmöglich, nein, das kann nicht sein!«

Das geht eine Weile so weiter, Sarah berichtet in kurzen Sätzen, was man uns mitgeteilt hat, Röder, Jakob, tot, ermordet, gefunden am See seines Wochenendhauses.

Fraikin folgt Sarahs Ausführungen mit offenem Mund, als höre er das alles zum ersten Mal, der Telefonhörer hängt in seiner rechten Hand, Marianna schluchzt von Zeit zu Zeit auf, und Elfie ruft alle zwei Sekunden: »Nein, das darf nicht sein.«

Klaus Weißhaupt blickt ganz verdutzt hinunter auf seine Gattin und nickt langsam mit dem Kopf, als besinne er sich jetzt, den Mann, von dem die Rede ist, gekannt zu haben.

Irgendwann tritt Ruhe ein, wenn auch nur für einen Moment, ein kurzes, besinnliches Schweigen, scheint mir, auch die ganz bitteren Tränen versiegen mal, Jakob, der Arme, wir werden ihn vermissen.

Dann meldet sich Fraikin zu Wort, erinnert sich an den Telefonhörer in seiner Hand und verkündet: »Ich möchte Johanna anrufen, mein Gott, Johanna, vor vier Wochen waren die beiden hier, wir haben uns amüsiert ... und der Junge, Viktor, ihr kennt ihn ja ...«

»Natürlich!« ruft Weißhaupt, offensichtlich ist der Groschen gefallen. »Natürlich, Viktor, ein hübscher Bursche, es ist einige Jahre her, ja, wir haben deinen Fünfundsechzigsten gefeiert, Carl, und Viktor wollte partout Fußball spielen im Garten, und Gilbert tobte, als der Ball eines der Blumenbeete niedermähte ...«

Er lacht schallend und blickt triumphierend in unsere Gesichter, als erwarte er Beifall dafür, daß er jetzt auch im Bilde ist.

Niemand stimmt ein in Weißhaupts herzhaftes Gelächter, und ihm bleibt es schließlich im Halse stecken, immerhin ist der Vater des hübschen Burschen kürzlich ermordet worden.

»Ja, Viktor, ein so fröhlicher Junge«, murmelt Elfie, »und Johanna ...«

Johanna, das ist das Stichwort für Fraikin, er beginnt wieder zu wählen, seine Finger zittern, sein Oberarm schlenkert hin und her. Er verwählt sich, setzt neu an, hält plötzlich inne und ruft: »Was soll ich ihr sagen? Was kann ich ihr sagen?!«

Er blickt ratlos in die Runde, ich möchte meinen, er sollte diese Rolle schon gespielt haben, erschütterter Freund kontaktiert trauernde Witwe, spul deinen Text ab, Fraikin, laß die sonore Stimme klingen!

Aber Fraikin ist ratlos.

Sarah, natürlich, eilt ihm zu Hilfe, Sarah, die aufsteht, neben ihn tritt und seine Hand nimmt.

»Sag ihr, was du fühlst, sag ihr, daß wir ihr und Viktor helfen werden«, ihre Stimme kristallklar, gütiger Befehlston.

Fraikin, erleichtert, wirft seiner Julia verliebte Blicke zu und wählt wieder, seine Finger zittern nicht mehr. Er nimmt Haltung an, ganz aufrecht steht er jetzt, ich wußte, daß er diese Rolle schon gespielt hat. Ein Phänomen, dieser Mann, Fraikin, das Kleinkind, Fraikin, Herzog von Bayern, Fraikin, feuriger Fürsprecher, Fraikin, Othello, Fraikin, trauernder Freund, Fraikin, alter faltiger Romeo.

Fraikin wartet.

»Johanna, hier spricht Carl, Carl Fraikin«, ruft er dann, die Verbindung ist schlecht. »Wir haben gerade erfahren, was passiert ist, Johanna, es tut uns allen so leid. Du sollst wissen, daß wir dir helfen werden, wir werden für dich dasein …«

Ja, das ist wieder Fraikin, der Schauspieler, möchte wissen, aus welchem Film dieser Text stammt.

Fraikin schweigt dann, Johanna beginnt offensichtlich zu weinen, denn Fraikin ist ganz Mitgefühl: »Ja, Johanna, versuch gar nicht, die Tränen zurückzuhalten …«

Das Gespräch verläuft sehr bald im Sand, strenggenommen kommt ein Gespräch gar nicht zustande, Johanna weint, Fraikin spricht Mut zu, redet in Allgemeinplätzen. Die Tränen allerdings, die sich in den Falten seines Gesichtes sammeln, sind echt, scheint mir.

Er legt behutsam den Hörer auf die Gabel, streicht sich unbewußt durch die etwas in Unordnung geratenen grauen Haare, läßt sich vollständig ermattet in seinen Sessel fallen und winselt wieder.

Die Weißhaupts verabschieden sich vorübergehend, ich vermute, sie möchten die farbenfrohen Strandkleider ablegen und in angemessenem Schwarz zurückkehren.

Marianna hat sich inzwischen beruhigt und kommt auf die Idee, Kaffee zu kochen, Sarah kümmert sich um Fraikin, das Kleinkind.

Ich nutze die Gelegenheit, um endlich nach Käse und Baguette zu greifen, ich kaue ganz vorsichtig und schaue hinaus in den Garten. Gilbert kniet an einem der Blumenbeete, scheint gar nichts mitbekommen zu haben von der kleinen Tragödie. Gilbert, der Gute, die Welt könnte untergehen, und Gilbert würde trotzdem im Garten werkeln.

»Ich verstehe einfach nicht, wer imstande sein sollte, Jakob zu ... töten!!« ruft plötzlich Fraikin ungehalten, er schlägt mit der flachen Hand auf die Glasplatte des Eßtisches, mein Baguette fällt vom Teller und das Marmeladenglas auf den Boden. »Jakob war ein guter Mensch in jeder Hinsicht, es kann einfach nicht sein, daß man ihn ermordet hat! Absurd ist das!! Mark, können Sie sich das irgendwie erklären?!«

Ich lasse mir Zeit, lege meine Ellenbogen auf den Tisch und führe die gefalteten Hände an die Lippen. Cramer, der Nachdenkliche, das Ganze beginnt allmählich, wieder Spaß zu machen. »Ich weiß nicht«, entgegne ich schließlich, »ich weiß wirklich nicht, es ist unbegreiflich letztlich …«

»Sie haben Jakob noch am Nachmittag gesehen, hat er sich irgendwie anders verhalten als sonst? Hat ihn etwas bedrückt?« Den Satz hat er einem seiner Filme entliehen, kein Zweifel.

»Es war alles bestens!« rufe ich aus, stehe auf, durchmesse das Zimmer mit großen Schritten, erhebe die Hände in Richtung des silbernen Kronleuchters. »Alles war bestens, alles war in Ordnung, Jakob hat mir noch erzählt, daß er zum Angeln fahren wolle, er hat sich darauf gefreut, er war wirklich in ganz gelöster Stimmung! Und dann das! Wahrscheinlich irgendein Verrückter …« Wieder Tränen in meinen Augen, ich weiß selbst nicht, wie sie dahin kommen, aber sie verfehlen ihre Wirkung nicht.

Sarah sieht mir tieftraurig ins Gesicht. »Es tut mir so leid auch für Sie, Mark«, und Fraikin reagiert sofort, springt auf in heller Aufregung: »Natürlich, Jakob war ja mit Ihnen verwandt, Mark, es muß für Sie ja ein ganz besonderer Schock …«

»Nein, ich bitte euch!« rufe ich, Cramer, der Verständnisvolle. »Nein, euer Schmerz ist genauso tief wie mein eigener. Jakob war Ihr Freund, Carl, seit vierzig Jahren, ich kann sehr gut nachfühlen, was Sie empfinden, glauben Sie mir …«

Fraikin fällt wieder in sich zusammen, faselt wieder, es sei doch unbegreiflich und dann: »Mark, ich kenne Sie erst seit wenigen Tagen, und schon jetzt sind Sie eine … Stütze, ja, es klingt komisch, ich … wir beide, denke ich, sind froh, daß Sie hier sind. Ich weiß, das ist nicht der Moment, um … Mark, lassen wir das mit dem förmlichen ›Sie‹ in Zukunft, es erscheint mir einfach gar nicht mehr passend …«

Mir stockt der Atem, ich versuche, etwas ganz Grausames zu denken, um das Lachen zu unterdrücken, Freundschaften werden schnell geschlossen im *Haus zur hohen Kunst,* und in ganz abwegigen Momenten.

Marianna bringt den Kaffee im richtigen Moment. Ich werfe einen Seitenblick auf Sarah, die mich mit feurig forschendem Blick fixiert, aber das Feuer brennt wieder zu meinen Gunsten.

Ich befinde mich in allerbester Laune, ich weiß nicht, was mich beunruhigt hat gestern nacht, eine glänzende Idee im übrigen von Sarah, mich nach Bordeaux zu begleiten.

2

Fraikin verabschiedet uns theatralisch, er steht oberhalb der fünfundsechzigsten Stufe und winkt uns hinterher, Sarah trägt wieder ein Sommerkleid, ein grünes, ich schaue hinab in ihren braunen Nacken, während Fraikin »Bis nachher!« ruft. Er hat mich darum gebeten, den deutschen Beamten nach dem Zeitpunkt des Begräbnisses zu fragen, er möchte dann nach Deutschland fahren, seinem Freund den letzten Dienst erweisen und Johanna zur Seite stehen unter allen Umständen.

Davon, daß die Polizei mich verdächtigen könnte, ist im übrigen gar nicht mehr die Rede, Sarah und Fraikin haben sich darauf geeinigt, daß man mich lediglich befragen will, weil ich der letzte war, der Jakob in seinem Büro an jenem traurigen Tag aufsuchte. Mich verdächtigen zu wollen, sei ja wirklich nicht möglich, das könne nicht sein, meinen einhellig Sarah und der 70jährige.

Sarah sitzt dann ganz entspannt auf dem Beifahrersitz, die Hände lässt sie schlaff an den Innenseiten ihrer Oberschenkel hängen, sie schaut aus dem Fenster und schweigt.

Hellblauer Himmel draußen, grelles, gelbes Licht, genau wie am Tag meiner Ankunft, die weiten Sandflächen, die Campingplätze, die Supermärkte, die riesigen Werbeplakate, die Wohnmobile, die halbnackten Männer, alles grell, aber blaß.

Mir läuft der Schweiß in den Nacken, auch Sarahs Haut

ist feucht und glänzt, sie wischt sich die nassen Streifen von den Beinen und den Armen von Zeit zu Zeit.

Ich fahre weich, schalte ganz behutsam, fühle mich zufrieden und leer, wir schweben unbehelligt dahin zwischen Cap Ferret und Bordeaux. Ab und zu blicke ich in Sarahs Richtung. Sie schaut aus dem Fenster nach wie vor und schweigt, irgendwann spürt sie meine Blicke in ihrem Nacken, dreht sich und lächelt mich an, freundlich, liebevoll und traurig.

»Es klingt merkwürdig, wahrscheinlich«, sage ich, »aber irgend etwas in mir sträubt sich noch dagegen, das alles zu glauben ... daß Jakob tatsächlich tot ist, meine ich ...«

Sarah nickt: »Mir geht es genauso, Mark, ich will es einfach nicht glauben ... obwohl das natürlich falsch ist, man kann einem solchen Ereignis nicht aus dem Wege gehen, indem man es einfach nicht glaubt.«

Sie wendet sich wieder Richtung Fenster. »Ich selbst habe Jakob Röder eigentlich nicht gut gekannt«, fährt sie fort, »Carl und ich sind ja erst seit einem Jahr verheiratet. Vor vier Wochen waren die Röders zum erstenmal für längere Zeit hier. Carl hatte sie eingeladen, sehr nette Leute ... mir tut es für Carl so leid, ihn und Jakob Röder verband eine ganz besondere Freundschaft, sie kannten sich ja bald ein halbes Jahrhundert ... eine Freundschaft, die auch von der großen Entfernung zwischen ihren Wohnorten gar nicht beeinträchtigt wurde, sie telefonierten häufig ... ich hoffe nur, Carl wird damit zurechtkommen ...«

Sie sagt das alles sehr leise, ohne den Blick von der vorüberfliegenden Landschaft zu nehmen, ich muß mich ein wenig zu ihr hinneigen, um ihre Worte zu verstehen.

»Sie scheinen ihn wirklich zu lieben, Ihren Carl«, sage

ich schließlich, lächle schief, verräterisch, Sarahs Wimpern zucken, die Ironie in meiner Stimme irritiert sie. Ich ziehe meinen linken Mundwinkel nach oben, schon wird aus dem schiefen ein sympathisches Lächeln, Sarah läßt sich täuschen.

»Ja, ich verstehe sogar, wenn Sie ... wenn du das nicht nachvollziehen kannst ... es ist ... kompliziert wahrscheinlich ... Mark, hör zu, wegen gestern Abend ... am Schwimmbad ... ich weiß nicht ...«

»Laß uns gar nicht mehr darüber reden, es war meine Schuld«, Bedauern in meiner Stimme, mein Mund ein Strich, nur meine Augen lachen hinter der Sonnenbrille. »Laß uns das vergessen, Sarah, ich war nicht Herr meiner selbst ... es ist ja nichts passiert.«

Sarahs Augen lachen jetzt, sie ist erleichtert offensichtlich, legt ihre Hand auf das Bein, mit dem ich das Gaspedal kontrolliere. »Ich mag dich, Mark, ich möchte, daß du das weißt«, sagt sie.

Dann schreit sie schrill auf, denn ich beschleunige, tendiere bedrohlich Richtung Straßengraben, reiße am Lenkrad, als hätte ich die Kontrolle verloren.

»Da siehst du, was du mit mir anstellst«, rufe ich, breites Grinsen, »schon deine Hand auf meinem rechten Bein läßt mir die Sinne schwinden!«

Ich habe mich nicht getäuscht, Sarah ist für diese Art Scherz zu haben, sie lacht hell und klar. »Sehr charmant, Mark, sehr charmant!« Sie setzt das Spiel sogar fort, tut dauernd so, als wolle sie ihre Hand wieder auf mein Bein legen, dann zieht sie sie weg im letzten Moment, albern.

»Du spielst mit unserem Leben!« rufe ich, »ich hoffe, du weißt, was du tust!«

Sie lacht und lacht, ich bilde mir ein, daß ihr Blick doch wieder mehr ist als nur freundlich freundschaftlich, zartes heißes Feuer, wir werden ja sehen, Sarah, wir werden sehen, das Spiel ist nicht zu Ende …

Unvermeidlich natürlich, daß die Stimmung wieder sinkt, Jakob Röder kehrt zurück in Sarahs Gedanken, sie sieht wieder hinaus auf die grelle gelbe Landschaft, langweilige Trauer hängt in der Luft.

Wir passieren stille Dörfer, ein Mann mit Schnauzbart kniet vor seinem altersschwachen Motorrad.

Ich verspüre plötzlich ungeheure Lust, Sarah Geschichten zu erzählen.

»Meine Mutter starb, als ich sieben war«, höre ich mich sagen, Sarah wendet sich um, reißt die Augen auf, fragender Blick.

»Meine Mutter, Natalie«, fahre ich fort, »liebte mich auf eine fast hysterische Art, mein Vater, Hermann, dagegen konnte mit mir nicht viel anfangen. Dennoch, die Freunde, die Nachbarn sagten später immer, wir seien eine glückliche Familie gewesen, Ausflüge mit Fahrrad und Picknickkorb jedes Wochenende.«

Ich verschalte mich absichtlich und lache mein bitteres, trotziges Lachen.

»Wie gesagt, ich war sieben, es ging mir gut, ich war gesund, meine Mutter umsorgte und beschützte mich nach Kräften, mein Vater, das bekam ich am Rande mit, war erfolgreicher Sportjournalist, seine Artikel gerieten schwungvoller denn je. Bis ich eines Tages auf die Idee kam, ein Eis essen zu wollen.«

Ich mache eine Pause, atme tief ein, werfe einen traurigen Seitenblick auf Sarah, die mich die ganze Zeit anstarrt mit leicht geöffnetem Mund.

»Du wirst sagen, daß das nichts Ungewöhnliches ist, die meisten Kinder essen gerne Eis. Aber ich kam auf die Idee mit dem Eis im Dezember, draußen schneite es. Wir beide, meine Mutter und ich, hatten am Vormittag einen Schneemann gebaut. Wäre ich vernünftig gewesen, hätte ich nach heißem Tee verlangen sollen, nicht nach Eis. Meine Mutter lachte, leicht, freundlich, liebevoll ... ja, sie lachte fast so wie du ...«

Sarahs Mund weitet sich, ich sehe schon ihre weißen Zähne.

»Sie lachte und ich beharrte unnachgiebig auf der Erfüllung meines Wunsches. Meine Mutter zog ihren Wintermantel an, ihre Stiefel, sie lachte noch immer. Sie drückte mich fest an sich, ermahnte mich freundlich, nichts anzustellen, sie komme gleich zurück. Sie stieg ins Auto und fuhr los, in Richtung des wenige Kilometer entfernten Supermarktes, um Eis zu kaufen.«

Ich schweige wieder, nehme den Blick nicht von der Fahrbahn, schneeweiße Bungalows schweben vorüber, zu schnell, um die sonnigen Namen zu entziffern.

»Sie kam nie an«, sage ich. »Es war nicht ihre Schuld, aber sie kam nicht an. Ein unaufmerksamer LKW-Fahrer hat auf der Landstraße die Kontrolle über sein Fahrzeug verloren und ist frontal mit dem Wagen meiner Mutter zusammengestoßen. Meine Mutter war sofort tot.«

Sarah stöhnt leise auf, krallt die Hände fest in das Sitzpolster.

»Mein Vater, ein selbstbewußter, selbstsicherer Mann, verlor völlig die Kontrolle und tat etwas, was ich ihn noch nie hatte tun sehen: Er weinte. Und er drohte damit, sich das Leben zu nehmen. Er vernachlässigte seine Arbeit, erschien nicht zu Terminen, schrieb Berichte unwillig oder gar nicht. Abends saß er im Sessel und hielt das Portraitfoto meiner Mutter vor den Tränenfilm seiner Augen ...«

Ich wische mir mit der Hand über die Augen, fast bin ich selber gerührt. Sarah hängt an meinen Lippen.

»Mein Vater traf sehr bald schon die Entscheidung, mir, seinem Sohn, die uneingeschränkte Schuld am Tod meiner Mutter zu geben. Die Beziehung zwischen meinem Vater und mir endete gewissermaßen am Abend des Unglücks, als ich seine unter Weinkrämpfen hervorgebrachte Frage, was um alles in der Welt Natalie bei Schneesturm auf der Landstraße gesucht habe, ganz wahrheitsgemäß beantwortete: »Sie kauft Eis für mich.« Ich habe damals tatsächlich in der Gegenwartsform geantwortet, ich verstand noch gar nicht, daß meine Mutter gestorben war. Ich brauchte einige Wochen, um mir zu vergegenwärtigen, daß sie nicht zurückkehren würde. Mein Vater ließ seinem verzweifelten Zorn inzwischen freien Lauf, schleuderte mir tagtäglich die Frage ins Gesicht, warum ich im Winter Eis essen müsse?! Warum ich Eis essen müsse, wenn es draußen kalt sei!«

Meine Stimme überschlägt sich, ich bin jetzt wirklich zornig auf diesen Vater, ich weiß nicht, warum.

»Er ging noch weiter, machte deutlich, daß er von meiner Existenz nie viel gehalten habe und ließ sich schließlich zu der Bemerkung hinreißen, daß ich, sein eigener Sohn, verantwortlich sei für den Tod der Mutter. Er war betrunken, als er das sagte, aber er kam nie auf die Idee, diese Anschuldigung zurückzunehmen oder zu relativieren.«

»Oh, Mark ...«, flüstert Sarah, ganz Entsetzen und Mitleid. »Das ist ja ...«, sie weiß gar nicht, was sie sagen soll, ihre Unterlippe zittert.

»Ich versuchte, meine Mutter um Rat zu fragen«, sage ich, lächle sinnend, lasse meine Gedanken tief hinabtauchen in die erfundene Vergangenheit.

»Ja, ich versuchte, meine Mutter zu Rate zu ziehen, aber das war nicht einfach. Die Friedhofsbediensteten kannten mich längst mit Namen, wußten, daß ich kommen würde, wußten, daß kein Tag verging ohne mein Erscheinen am Grab meiner Mutter, das im Schatten zweier Bäume lag. Es ist ein schmales, unauffälliges Grab, aber der Grabstein ist riesig. Ich kam vor der Schule, manchmal auch ein zweites Mal, am Nachmittag oder am frühen Abend. Ich stand, leicht gebeugt, vor diesem, gemessen am Umfang der Grabfläche, unverhältnismäßig großen Grabstein, eine Idee meines Vaters, der auf diese Weise seinem Schmerz Ausdruck hatte verleihen wollen.

Ich stand da und betrachtete die Inschrift, die mir immer von neuem die Bestätigung lieferte: Natalie Cramer, geboren am …, gestorben am …, Tages-, Monats- und Jahresangaben, mit denen ich nichts anfangen konnte. Meine Mutter, das glaubte ich als Siebenjähriger, das hoffte ich als Zehnjähriger, das redete ich mir als Zwölfjähriger ein, meine Mutter lebte, mußte leben, mußte mir irgendwann, an einem dieser Tage, die entscheidenden Worte sagen. Mußte mir verzeihen. Die Jahre vergingen, und die entscheidenden Worte wurden nicht gesprochen. Die Konstellation blieb die gleiche, Tag für Tag. Ich sprach, und meine Mutter antwortete nicht. Auch der Ablauf dieser Gespräche blieb derselbe: Ich erzählte, was sich in meinem Leben ereignete, gab Ergebnisse von Schulklausuren bekannt, nannte die Namen meiner Freunde. Dann kam ich zögernd, flüsternd auf meinen Vater zu sprechen, der sei schweigsam, deprimiert, komme plötzlich in mein Zimmer und schreie mich ohne Grund an. Vielleicht könne sie mal mit ihm reden, ihm sagen, daß alles nicht meine Schuld sei. Und dann schwieg ich eine Weile, je älter ich wurde, desto länger war diese Redepause. Dann setzte ich neu an, sagte: Ich war doch nicht schuld, du weißt das. Oder? Sag mir doch, wie du das siehst, bitte. Auch die Betonung der Worte in diesem Satz änderte sich mit den Jahren. Der Siebenjährige betonte flehend das ›bitte‹ am Satzende. Der Zwölfjährige legte, mit einem ersten Anflug von Ungeduld, größeren Wert auf das ›sag doch‹ am Satzanfang … ein Wort von dir genügt, sagte ich immer, ein Wort, nur ein Wort … aber es kam nichts, kein Wort von meiner Mutter … kein Wort …«

Meine kleine Geschichte ist zu Ende, ich blicke starr geradeaus, presse meine Lippen zusammen, um zu signalisieren, daß ich getröstet werden möchte. Ich spüre, daß Sarahs Blick auf mir ruht, es scheint, als sei sie ehrlich bestürzt.

»Mark … das ist … schrecklich … ich hoffe nur …«, stammelt sie, ihre Stimme ist trotzdem kristallklar.

»Mark …«

Sie streichelt meinen Unterarm.

3

Leblanc, scheint mir, ist ein ganz hohes Tier bei der Kriminalpolizei Bordeaux, der Pförtner jedenfalls in seinem kleinen, viereckigen Kabäuschen reagiert sofort auf den Namen, nennt uns ein Stockwerk und eine Nummer, einmal links, einmal rechts. Wir steigen eine Treppe hinauf, gehen einen Korridor entlang. Neben einer weißen Tür mit brauner Klinke hängt ein Schildchen, auf dem steht *Leblanc* in nüchternen Buchstaben und seine Dienstbezeichnung.

Sarah wartet draußen, sie schenkt mir noch ein warmes Lächeln, während Leblanc mit seinen eingerissenen Lippen mich willkommen heißt. Ich käme im richtigen Moment, sagt er, der deutsche Beamte sei gerade eingetroffen.

Ich betrete ein kleines Büro, ein brauner Schreibtisch steht im Zentrum des Raumes, die eine Hälfte gehört Leblanc, vermute ich, die andere dem jungen Beamten, der ihn heute morgen begleitet hat. Der sitzt steif auf seinem Stuhl und sieht mich nur stumm an.

Das Sonnenlicht durchflutet das ganze Zimmer, man sieht den Staub fallen, die losen Blätter und die Aktenordner, die auf dem Schreibtisch liegen, sind bedeckt davon. Alles wirkt unecht, sogar das Portraitfoto einer Leiche, ein aufgedunsenes Gesicht, ein Mann, sieht aus, als schlafe er. Ich vermute doch, daß es das Gesicht eines Toten ist, warum sollte es sonst auf Leblancs Schreibtisch liegen? Jakob Röder ist das nicht, wenn mich nicht alles täuscht.

Den deutschen Beamten sehe ich zunächst gar nicht, es handelt sich wohl um den Mann, der krumm auf einem Stuhl in der linken Ecke des Raumes sitzt, er hält irgendeine Broschüre in der Hand, hebt lahm den Blick und sagt, ohne sich zu erheben: »Herr Cramer?«

»Ganz recht«, entgegne ich, addiere schnell die ersten Eindrücke. Der Mann ist älter als fünfzig, klein und dick, dick ist auch sein Gesicht, tiefe Tränensäcke, die Wangen hängen herunter. Er trägt einen verschlissenen, dunkelgrauen Anzug, billige, hellbraune Schuhe, er spricht langsam und schwach, heiser, er lutscht Hustenbonbons. Der Geruch von Fenchel steigt mir in die Nase, als er an mich herantritt. Er hustet asthmatisch in ein Taschentuch und wirkt alles andere als gesund.

»Herr Cramer, mein Name ist Grewendorf, zunächst einmal möchte ich Ihnen …«, er scheint auf halbem Wege vergessen zu haben, was er sagen wollte. »… möchte ich Ihnen mein herzliches Beileid aussprechen … glauben Sie mir … das meine ich ganz ehrlich.« Er schüttelt meine Hand.

»Danke«, entgegne ich dramatisch. »Vielen Dank.« Ich tue so, als wolle ich seine Hand gar nicht mehr loslassen, drücke fester, er wird heimgesucht von einem fürchterlichen Hustenanfall, reißt sich los, fuchtelt mit seinem Taschentuch herum.

»Ich bitte Sie, sagen Sie mir doch, was eigentlich passiert ist!« rufe ich. »Ich meine, wir … wir alle, die Fraikins und ich, verstehen nicht, wie das alles passieren konnte, niemand kann einen Grund gehabt haben, Jakob etwas anzutun, es ist … unbegreiflich, wirklich, nicht zu begreifen …«

Mein Gesicht ist rot und verzerrt, hoffe ich. Grewendorf

hustet in sein Taschentuch, er beruhigt sich allmählich, dann sieht er mich an, mir ist, als husche ein eigentümliches Grinsen über sein dickes, nasses Gesicht, Vorsicht, Vorsicht. Ich verwerfe den vorschnellen Gedanken, diesen Mann nicht ernstnehmen zu müssen.

Möglich allerdings, daß ich mich getäuscht habe, denn Grewendorf fährt mit ernstem Gesicht fort, erzählt mir die ganze Geschichte, genießt es, sich reden zu hören, ab und zu muß er Pausen einlegen, hustet, wirft ein Kräuterbonbon in seinen Mund.

Die Ehefrau des Toten, Johanna, ein herrlicher Name, wie ich finde. Dieser Name läßt mich immer an eine große, schlanke Frauengestalt denken, mit schmalem, strengem Gesicht, die majestätisch herabblickt auf all die nichtigen Ereignisse, aber Johanna, die echte, ist alt und häßlich.

Die Ehefrau des Toten also begann, sich Sorgen zu machen, nachdem sie ihren Gatten, der sich über das Wochenende im idyllisch gelegenen Ferienhaus aufhielt, trotz mehrfacher Versuche telefonisch nicht erreicht hatte, sogar um elf Uhr abends war er nicht dagewesen. Ein Instinkt, so erklärte sie später, eine plötzliche, schwer erklärliche Angst, hatte sie bewogen, unverzüglich selbst zum Wochenendhaus zu fahren, immerhin eine Strecke von rund 150 Kilometern, und es war ja keineswegs sicher, daß ihrem Mann etwas zugestoßen war. Aber Johanna Röder fuhr, sie kam gegen ein Uhr an, fand das Bett ihres Gatten unberührt, seine Kleider lagen großenteils noch in der Reisetasche, sein Mantel hing über dem Sofa im Wohnraum, ebenso sein Anzug, offensichtlich hatte sich Jakob Röder sofort nach seiner Ankunft umgezogen. Johanna Röder war hinuntergelaufen an den in unmittelbarer Nähe des Hauses gelegenen See, denn, so erklärte sie, ihr Mann habe das häufig so gemacht, er habe immer die ganze Woche voller Ungeduld auf diesen Moment gewartet. Er habe die Bürokleider in die nächste Ecke geworfen und den bequemen Trainingsanzug übergestreift, sei hinausgerannt mit seinen Angelutensilien und für mindestens zwei Stunden nicht ansprechbar gewesen ... habe einfach am Steg gestanden und die Ruhe genossen.

Johanna Röder also lief sofort hinunter an den Waldsee, in der Hoffnung, dort ihren Ehemann anzutreffen, der vielleicht eingeschlafen war oder heute besonders lange dort verweilte. Sie fand ihren Gatten, allerdings war er tot. Er lag auf dem Steg, sein Schädel war eingeschlagen, Blut um die Kopfgegend herum ...

Grewendorf genießt es, diese Passage zu schildern, er erzählt das alles mit herunterhängenden Augenlidern, als sei das grauer Alltag für ihn, er, Grewendorf, hat offensichtlich den Glauben an das Gute im Menschen längst verloren.

Jakob Röder also war tot, seine Gattin, verständlicherweise unter Schock stehend, besaß die Geistesgegenwart, die Polizei zu rufen und auch die Ambulanz, die natürlich zu spät kam, es war längst nichts mehr zu machen.

»Jakob Röder wurde erschlagen, von einem wütenden, haßerfüllten Angreifer«, sagt Grewendorf schließlich und beendet seinen Bericht, er hustet schon wieder, sein ganzer Körper wird durchgeschüttelt, und ich tue genau das, was von mir erwartet wird, ich schüttle den Kopf und flüstere zutiefst bewegt: »Gütiger Himmel, das ist ... ein Alptraum!«

Ja, das klingt gut.

Grewendorf kotzt sich inzwischen aus, fährt sich mit dem Taschentuch über den nassen Mund, dann über die Augen und die Nase. Er mustert mich mit einem merkwürdig ausdruckslosen Blick, dann, bilde ich mir ein, huscht wieder dieses Grinsen über sein Gesicht. Vielleicht täusche ich mich, aber Vorsicht.

»Ja, schrecklich, eine schlimme Geschichte«, Pause, er räuspert sich geräuschvoll. »Wenn ich richtig informiert bin, Herr Cramer, dann waren Sie mit dem Ermordeten verwandt, wenn auch weitläufig, Ihr Vater war der Cousin des verstorbenen Jakob Röder, ist das richtig?«

»Das ist richtig.«

»Eine Verwandtschaft um einige Ecken sozusagen.«

»Ja.«

Worauf willst du hinaus, kleiner kranker Mann, denke ich und lächle traurig und unverbindlich die ganze Zeit.

»Wie wir gehört haben, hatte der Verstorbene dennoch einen Narren an Ihnen gefressen, seine Sekretärin gebrauchte diese Formulierung, sie sagte im übrigen nur Gutes über Sie, und auch die Ehefrau des Verstorbenen erwähnte, daß ihr Gatte immer sehr an Ihren Projekten interessiert war. Sie sind Schriftsteller?«

»Das stimmt.«

»Sie werden mir das nicht übelnehmen ... es ist doch ... nicht ganz einfach, nun, der finanzielle Aspekt, Sie verstehen ...«

»Nicht ganz, tut mir leid.«

»Also, rundheraus ... Sie leben vom Schreiben? Von einer, wie man so sagt, brotlosen Kunst ... Sie nehmen mir das nicht übel ...«

»Ich schreibe nebenbei für verschiedene Zeitungen, ich komme sehr gut zurecht«, entgegne ich, mein Mund ein schmaler Strich, jetzt sind es meine Augenlider, die herunterhängen, ich hätte gute Lust, dem kleinen Asthmatiker das fette Gesicht kurz- und kleinzuschlagen. »Worauf wollen Sie hinaus, wenn ich fragen darf?«

»Nun, verstehen Sie mich nicht falsch … es gibt da ein … Problem gewissermaßen … nicht eigentlich ein Problem, nein, Sie werden das nicht als Problem bezeichnen wollen … zunächst einmal waren wir etwas … überrascht, Sie nicht anzutreffen, Sie waren ja geradezu … spurlos verschwunden, könnte man sagen …«, er lacht dieses unmotivierte Lachen. »Erst die Sekretärin des Ermordeten brachte uns auf den Gedanken, Sie in Frankreich zu suchen… Sie hätten wahrscheinlich doch den Auftrag angenommen, den Jakob Röder Ihnen vermittelt hatte, sagte sie, die Biographie dieses Schauspielers … wie war doch … Fraikin, richtig … nun, sie hatte recht, wir haben Sie gefunden …«

»Könnten Sie zur Sache kommen, bitte!«

Ich denke, ich habe allen Grund, ein wenig gereizt zu sein, sogar Leblanc, der neben seinem Schreibtisch steht, mustert seinen deutschen Kollegen mit wachsendem Unwillen. »Was soll das alles?! Sie haben mich gefunden, sagen Sie, aber ich war gar nicht verschwunden, ich bin lediglich nach Frankreich gefahren, um die Biographie des Schauspielers Carl Fraikin zu schreiben. Ich habe heute vom schrecklichen Tod eines sehr guten Freundes erfahren, und Sie stellen mir Fragen und sagen mir nicht, was Sie eigentlich wollen!«

»Glauben Sie mir, ich habe volles Verständnis …«, Hustenanfall, Grewendorf zieht ein neues Taschentuch aus seiner Sakkotasche, es war auch höchste Zeit. »… volles Verständnis … glauben Sie mir … es gab da einfach … einige Punkte … einige Aspekte, die uns aufmerksam werden ließen auf Ihre Person … Sie verstehen …«

»Ich verstehe gar nichts!«

Wieder der Pfeifton in den Ohren, wenn ich nicht bald aus diesem Raum herauskomme, muß ich dem fetten Kleinen an die Gurgel springen, ich hoffe, er wird mir das nicht übelnehmen.

»Sie haben also ... gar keine Vorstellung ... warum wir daran interessiert sein könnten... mit Ihnen zu sprechen im Zusammenhang mit diesem tragischen ... Ereignis ...«

»Ich habe keine Ahnung, in der Tat!«

»Nun, zunächst einmal, wie gesagt ... Sie waren verschwunden ...«

»Ich war nicht verschwunden!«

»Nicht auffindbar, wollen wir sagen ... und Sie trafen den Ermordeten in seinem Büro, gegen vier Uhr am Tag des Mordes, es war der letzte Termin, den Herr Röder wahrnahm, bevor er zu seinem Wochenendhaus fuhr ...«

Pulsierende Schläge wieder unter der Kopfhaut, meine Gedanken wirbeln kreuz und quer, wann spielt der Asthmatiker endlich seinen Trumpf aus?

»Wie verlief denn das Gespräch, und worum ging es?«

»Es ging um den Roman, an dem ich arbeite, er steht kurz vor der Vollendung, eigentlich ist er vollendet. Jakob und ich besprachen einige Passagen, er war noch nicht mit allem einverstanden. Er gab mir das Manuskript mit der Bitte, die Kapitel zu überarbeiten, die er markiert hatte.«

»Verstehe ... Sie trennten sich also nicht ... im Streit?«

»Aber nein, das Gespräch verlief ja sehr gut, ich war sogar angenehm überrascht, daß Jakob nur ganz vereinzelt Kritik übte, insgesamt gefiel ihm das Manuskript. Er sprach davon, es vielleicht in die Neuveröffentlichungen für das Frühjahr aufzunehmen. Wenn Sie wollen, kann ich Ihnen das Manuskript gerne zur Verfügung stellen ...«

»Das wird nicht nötig sein, danke.«

Grewendorf schweigt eine Weile, ihm scheinen die Fragen auszugehen, meine Zuversicht steigt wieder, der kleine Asthmatiker hat alles geschluckt, scheint mir.

Das Dröhnen unter der Kopfhaut läßt spürbar nach, es ist an der Zeit, die eigenen kleinen Trümpfe auszuspielen, denke ich. »Ja, wir waren bester Laune, Jakob und ich. Ich hielt sogar noch ein Schwätzchen mit Jakobs Sekretärin, bevor ich ging, ich war natürlich erleichtert, euphorisch fast, immerhin hatte ich zwei Jahre an dem Roman gearbeitet …«

»Ja …«, murmelt Grewendorf, reibt sich den Nacken. »Ja, die Sekretärin erwähnte das … Ihre gute Laune, meine ich …«

Er spielt mit einem Kräuterbonbon in seinen Fingern, legt es behutsam auf seine Zunge, als sei das eine Delikatesse, und ich warte nach wie vor auf seinen Frontalangriff.

»Nun, Herr …«, er tut so, als habe er meinen Namen vergessen, sehr originell, »Herr … Cramer, sagen Sie mir doch bitte, was Sie taten, nachdem Sie das Büro des Verstorbenen verlassen hatten, bitte, in allen Einzelheiten …«

»Ich ging ein Eis essen.«

Grewendorf fällt fast das Hustenbonbon aus dem Mund.

»Ich setzte mich in eine Eisdiele ganz in der Nähe von Jakobs Büro und überflog meinen Roman, verstehen Sie, ich war begeistert, ich hielt da die Geschichte in den Händen, der ich zwei Jahre meines Lebens gewidmet hatte, und jetzt standen die Fertigstellung und die Veröffentlichung kurz bevor …«

»Sie aßen also … ein Eis und lasen in Ihrem Manuskript …«

»Richtig. Dann fuhr ich in meine Wohnung und rief Carl Fraikin an, um ihm zu sagen, daß ich sein Angebot gerne annehmen würde und daß ich kommen könne, wann immer er wolle. Verstehen Sie, auch das in der Euphorie, ich brannte darauf, sofort etwas Neues zu beginnen, und Jakob hatte mir auch geraten, mich mit Fraikin in Verbindung zu setzen. Der Roman sei druckreif, ich solle meine gute Form nutzen und mich jetzt nicht auf die faule Haut legen, sagte er ...«

»Sie riefen also den Schauspieler an ... Carl Fraikin ...«

»Richtig. Und noch am Abend fuhr ich los, am Samstag war ich schon in Frankreich.«

»Verstehe«, meint Grewendorf. »Das klingt alles wunderbar ... wenn da nicht dieses kleine Problem wäre ...«

Wieder das Pfeifen in den Ohren, Grewendorf kaut auf seinem Bonbon und schluckt es herunter.

»Sie fuhren nicht zufällig zum Wochenendhaus von Jakob Röder, Herr Cramer?«

»Nein«, entgegne ich mechanisch, mein Magen zieht sich zusammen, bitte laß sie keine Reifenspuren gefunden haben, bitte, laß niemanden mich gesehen haben, plötzlich habe ich doch Angst, es steht mir natürlich nicht zu, Stoßgebete Richtung Zimmerdecke zu richten, das weiß ich.

»Nun, schön, schön ... Sie waren also nicht dort ... es ist nämlich so ... die Sekretärin des Ermordeten erzählte uns, daß Herr Röder ... Sie nicht selten ... einlud, ihn zu begleiten ... Sie verbrachten das Wochenende doch häufiger im Wochenendhaus des Verstorbenen, das stimmt doch?«

Eine Welle der Erleichterung überflutet mich, mein Magen entkrampft sich ruckartig, mir wird schwindlig. Das ist alles? Mehr hast du nicht zu bieten, Grewendorf? Nichts, als die harmlose kleine Bemerkung von Frau Gräf, Röders geschwätziger Sekretärin?

»Ja, das stimmt«, sage ich, »das ist richtig, ich war mehrere Male mit Jakob dort, aber eben nicht am vergangenen Freitag.«

Mehr, denke ich, muß ich gar nicht sagen, ich entspanne mich im Vorgefühl des sicheren Sieges, Grewendorf nickt vor sich hin, scheint sich allmählich mit dem Gedanken anzufreunden, daß ich wirklich Cramer, der ehrlich Bestürzte, bin, aber er hat noch ein As im Ärmel.

»Nun, schön, schön ... ich zweifle gar nicht ...« Seine Stimme bricht, er räuspert sich, man hört den Schleim in seinem Rachen. »Schön ... schön ... wenn es da nicht diesen einen Aspekt gäbe, dieses kleine Problem gewissermaßen ...«

Mein Magen zieht sich zusammen, wie gehabt, Brechreiz, es fällt mir so schwer, mich zu beherrschen, seine Augen möchte ich zerquetschen, stattdessen lächle ich freundlich und fragend.

»Dieses kleine Problem also ... wir waren doch überrascht, alle waren ein wenig überrascht ... nun ...«

»Wo liegt denn nun Ihr Problem, zum Teufel?!«

»Nun ... der Verstorbene ... Jakob Röder hat neben seiner Frau und seinem Adoptivsohn ... auch Sie in seinem Testament bedacht, er hat Ihnen einen nicht unerheblichen Teil seines Vermögens hinterlassen ... genaugenommen den vierten Teil seines Barvermögens ... und der Mann war sehr wohlhabend, wie Sie sicherlich wissen ...«

Mir bleibt der Mund offen stehen, nach Sekunden maßloser Verblüffung wühlt sich das Lachen nach oben, stärker, gewaltiger als jemals zuvor, ich stoße Laute aus, unkontrolliert. Grewendorf fixiert mich mißtrauisch und konzentriert, auf diesen Moment hat er gewartet, auf diesen Moment hat er hingearbeitet, er beobachtet genau meine Reaktion.

Ich weiß in diesem Moment, daß ich gewonnen habe: Meine Überraschung ist echt, könnte nicht echter sein, ich verstehe alles jetzt, ich durchschaue jeden kleinen Trick des fetten Asthmatikers, des kleinen Schmierenkomödianten, keine Reifenspuren, keiner, der mich gesehen hat, Freitag, abends, am Steg beim angelnden Röder. Nichts dergleichen, nur Röders abwegige Idee, mich in seinem Testament zu bedenken, ich weiß nicht, warum.

Der vierte Teil seines Vermögens, nein, es ist absurd.

Grewendorf hustet wieder, er hat nichts mehr zu sagen, ich habe gewonnen, ich bin unschuldig, unschuldig und reich, unglaublich.

»Sie haben von diesem Testament nicht gewußt?«

Das ist Grewendorfs letzter zaghafter Versuch.

»Ich habe nichts davon gewußt«, sage ich, ich muß mich gar nicht verstellen, wie erholsam. »Glauben Sie mir, ich habe davon keine Ahnung gehabt und ehrlich gesagt, ich weiß gar nicht ... ob ich das jetzt überhaupt annehmen kann.«

»Sie wissen nicht, ob Sie das annehmen können!?« Grewendorf, verblüfft, sieht mir noch einmal tief in die Augen, dann gibt er sich endgültig geschlagen.

»Nun ja ...«

Er wendet sich ab, wischt sich den Mund, ich sehe seine Gedanken arbeiten: Nein ... nun ja ... nein ... ein verlorener Nachmittag ... nein ... dieser Herr ... ja, richtig, Cramer ... nein, dieser Herr Cramer ... ist der falsche Mann.

Das ist seine endgültige Entscheidung, die trifft er in all seiner asthmatischen Arroganz.

Gewonnen.

Grewendorf, scheint mir, ist beleidigt, legt mir nur noch ans Herz, mich mit der Ehefrau des Ermordeten in Verbindung zu setzen, verabschiedet sich umständlich, schüttelt mir die Hand, in seiner klebt Hustenschleim. Ich bitte ihn, mich und die Fraikins auf dem Laufenden zu halten, lasse mir seine Telefonnummer geben, vielleicht kann ich ihn anrufen von Zeit zu Zeit, um mich nach dem Stand der Ermittlungen zu erkundigen. Er verstehe ja sicherlich, daß mich das sehr interessiert.

Natürlich.

Ich frage nach dem Zeitpunkt des Begräbnisses, das werde noch eine Weile dauern, meint er, wahrscheinlich erst in einer Woche, die Ehefrau werde frühzeitig verständigt.

Leblanc verabschiedet mich freundlich, ein Lächeln hängt in den wunden Mundwinkeln, sein Jagdfieber von heute vormittag ist auf den Nullpunkt gesunken. Sein junger Kollege sitzt wie angewurzelt vor seiner Hälfte des Schreibtisches. Sarah, die auf dem Korridor gewartet hat, erhebt sich sofort von ihrem Stuhl, empfängt mich mit einem lieben Lächeln, zartes, grünes Feuer nur für mich.

4

In Wirklichkeit war es anders, in Wirklichkeit habe ich Röder erschlagen.

Er hatte mich angerufen, hatte mich zu sich bestellt in den Verlag, er habe mein Manuskript gelesen. Ich hatte mich sofort auf den Weg gemacht, hatte mich mühsam in Geduld geübt, als Röder mich warten ließ im Vorzimmer, so lange wie noch nie, die Sekretärin hatte gutgelaunt vor sich hin gesummt.

Dann, endlich, wurde ich eingelassen. »Hallo, Mark«, hatte Röder gesagt, ein trauriger Unterton in seiner Stimme, »setz dich doch.«

Die Unterredung hatte keine zehn Minuten gedauert, Röder war direkt zur Sache gekommen. Der Roman, sagte er mit bedauerndem Kopfschütteln, weise Mängel auf, die er nicht erwartet habe, er sei regelrecht erschüttert angesichts der haarsträubenden Ungenauigkeit und Einfallslosigkeit vieler Passagen. Das fürchterliche Wort Mittagshitze habe er fünfundzwanzigmal gezählt, das Wort Eiseskälte dreißigmal. Was sei denn in mich gefahren, da werde gemordet ohne Sinn und Zweck, das sei ja fast ein Horrorheftchen für den Kiosk, die Entwicklung des Protagonisten sei nicht stimmig, ich müsse Änderungen vornehmen, und er sei sich nicht einmal sicher, ob das etwas bringe, ich hätte ihm frühzeitig Einsicht gewähren sollen. »Gut möglich«, sagte er, »gut möglich, daß wir es nicht drucken können, nicht so, Mark, es tut mir leid.«

Er reichte mir das von Korrekturen verunstaltete Manuskript, ich könne ja noch einmal hineinschauen, obwohl er da nicht viel Hoffnung habe. Vielleicht, sagte er, vielleicht solle ich doch auf den Auftrag zurückgreifen, den er mir vermittelt habe, ich wisse schon, Fraikin, der Schauspieler. »Ich kenne Fraikin, das ist ein netter Kerl, ein wirklich guter Freund«, sagte er. »Er wohnt in Südfrankreich, hier ist seine Telefonnummer, ruf ihn an, fahr hin, das bringt dich auf andere Gedanken.«

Ich hatte geschwiegen bis dahin.

Ich nahm das Manuskript und fragte: »Fährst du ins Landhaus zum Angeln heute? Es ist Freitag.«

Ich erinnere mich genau an das Flackern in seinen Augen, das seine Irritation verriet. Dann, wieder Herr der Lage, seine Antwort: »Natürlich fahre ich. Hör zu, ich kann mir vorstellen, was du vorhast, aber vergiß es. Ich möchte dort alleine sein dieses Wochenende, und umstimmen kannst du mich dieses Mal nicht. Der Roman ist einfach nicht gut genug, der wird auch in der Waldidylle am See nicht besser.«

»Viel Spaß beim Angeln«, hatte ich gesagt, war aufgestanden, hatte das Manuskript unter den Arm genommen und den Raum verlassen. Der Sekretärin hatte ich gutgelaunt einen schönen Tag gewünscht, es sei ja bald Feierabend und so schönes Wetter (ich wußte genau, was ich tat).

Ich setzte mich in ein Eiscafé, trank einen Milchshake und las das Manuskript, meinen Roman, der mir nichts mehr sagte. Röder hatte recht, ich weiß nicht, was mich veranlaßt hatte, zwei Jahre meines Lebens mit der frei erfundenen Geschichte eines farblosen Familienvaters zu verbringen, der Frau und Kinder umbringt, nur weil er glaubt, nichts erreicht zu haben.

Ich leerte mein Konto, saß eine Weile müßig herum in einem Park, Kinder spielten Fußball.

Gegen fünf Uhr fuhr ich los in Richtung des Wochenendhauses, gegen halb sieben kam ich an, ich nahm den Waldweg, der nicht durch das Dorf führt, ich parkte den Wagen frühzeitig auf einem Parkplatz für Besucher des Badestrandes. Soviel Vorsicht, dachte ich, muß sein, obwohl mir zu diesem Zeitpunkt das Gefühl der Angst fernlag, ich dachte nicht weiter darüber nach, es war einfach so.

Röder stand unten am Steg, ich sah ihn schon von weitem, er sah ganz anders aus als im Büro, trug eine grüne Trainingshose, ein Unterhemd, er erwartete keinen Besuch.

Er stand einfach da, hielt seine Angel in der Hand und sah hinaus auf die Fläche des Wassers, das ruhig dalag, die Sonne schien sanft, violetter Horizont.

»Hallo, Jakob!« rief ich, als ich in Hörweite war. Er wandte sich um, fixierte mich mit deutlichem Unwillen, aber ich ging ganz ruhig weiter, die Sonne wärmte mein Gesicht, ein schöner Abend.

»Was soll das, Mark?« sagte er, ohne mich anzusehen, als ich neben ihm stand. »Ich dachte, wir hätten alles besprochen.«

»Du hast recht gehabt, Jakob, der Roman ist schwach, ich habe ihn heute nachmittag in einem Eiscafé noch einmal gelesen.«

Er sah mich an, ich weiß nicht, was ihn dazu veranlaßte, meine überraschende Einsicht oder der Ton meiner Stimme. »Es freut mich, daß du es ähnlich siehst«, sagte er zögernd. »Ich hoffe, du nimmst Fraikins Angebot an.«

»Das werde ich tun, ganz sicher«, entgegnete ich, jetzt meinerseits interessiert die Wasserfläche beobachtend.

»Ich hatte aber doch sehr deutlich gesagt, daß ich das Wochenende alleine verbringen möchte!« sagte er.

Mein Blick fiel auf den Eimer, in dem Röder seine Fische sammelte. »Einen hast du schon gefangen immerhin, wie ich sehe. Gratuliere, Röder.«

»Was soll das, Mark«, sagte Röder, dem langsam unbehaglich zumute wurde.

»Wußtest du, daß ich mit deiner Frau geschlafen habe und mit deiner Tochter?«

Er wandte sich ruckartig mit einer Drehung des gesamten Körpers in meine Richtung, sein Kopf lief blutrot an, während ein, zwei Sekunden vergingen, in denen er mit seiner Überraschung kämpfte. »Bist du eigentlich verrückt geworden ...«, kam es dann, aber ich fiel ihm ins Wort. »Halt's Maul, Röder!«

Ich trat noch einen Schritt näher an ihn heran und schlug ihm ins Gesicht, er fiel sofort, stand ebenso schnell wieder auf, aber da traf ihn schon der zweite Schlag, er fiel wieder, ich trat auf ihm herum, er winselte mit einer Stimme, die ich gar nicht kannte von ihm, sie gehörte schon dem Halbtoten.

Ich nahm den Eimer, warf den Fisch ins Wasser und schlug das schwere Gefäß gegen Röders Kopf, mit aller Kraft, ich schrie dabei, glaube ich, ich schlug so lange, bis kein Laut mehr kam. Ich wartete einige Minuten, es kam nichts mehr, Blut lief, Röder war tot, daran bestand kein Zweifel.

Ich stand eine Weile einfach nur da, mein Atem raste, mir lief der Schweiß, Stiche im Brustbereich, der Eimer hing noch an meiner Hand, schwang hin und her. Ich beruhigte mich, langsam.

Den Eimer warf ich einfach ins Wasser, in hohem Bogen, ich weiß nicht, warum.

Ich ging die Anhöhe hinauf zu meinem Wagen, ich achtete gar nicht darauf, ob mich jemand sah.

Es war so leicht.

Ich dachte schon gar nicht mehr an den toten Röder auf dem Steg.

Ich weiß nicht, warum ich behauptet hatte, mit seiner Tochter geschlafen zu haben, er hat ja gar keine. Seine Frau: Alt und häßlich.

Niemand kam mir entgegen, mein Wagen war der einzige auf dem Parkplatz.

Ich fuhr die 150 Kilometer bis zu meiner Wohnung, rief Fraikin an, ich wolle seine Biographie schreiben, könne schon morgen da sein. Fraikin war hellauf begeistert, wunderbar, wunderbar.

Ich packte meine Sachen, fuhr los Richtung Bordeaux. Sonne, Regen, Sonne, Regenbogen, Dämmerung, sommerkühl, blau, grün, schwarzes Dunkel. Ich fuhr die ganze Nacht. Vor Metz schlief ich fast ein am Steuer, kurze Pause auf einem Rastplatz, ich wollte leben, dennoch ...

5

Am Abend vor meinem neunten Geburtstag (meine Mutter erfreute sich bester Gesundheit, sie hieß auch nicht Natalie, nein, sie hieß Christine), am Abend vor meinem neunten Geburtstag beschäftigte ich mich zum erstenmal bewußt mit dem Gedanken der eigenen Sterblichkeit.

Der Gedanke kam buchstäblich wie aus heiterem Himmel. Ich hatte meine Hausaufgaben beendet, Mathematik, multiplizieren und dividieren, ich hatte in einem Comic-Heft geblättert, der Protagonist hatte alles unter Kontrolle.

Ich hatte das Licht gelöscht, hatte die grün leuchtenden Ziffern der Weckuhr betrachtet. Zwei, eins, drei, eins: halb zehn.

Ich hatte mich auf die Seite gedreht. Hatte das Kissen fest umklammert, die Augen geschlossen. Mein Kopf lag weich.

Dann hatte ich doch an den Turmspringer gedacht, den ich im Fernsehen gesehen hatte, zufällig, als ich vom Friedhof nach Hause gekommen war, auf dem seit kurzem meine Großmutter begraben lag.

Mein Vater (er hieß nicht Hermann und war auch nicht Sportjournalist) lag im Sessel, mit halbgeöffneten Augen, grüßte mich nicht.

Im Fernseher liefen die Sportnachrichten, und da stand der Turmspringer, aufrecht, angespannt, der Kommentator kündigte an: Das sei der letzte, der wichtige, der entscheidende Sprung, und der müsse perfekt gelingen.

Neue Kameraeinstellung: Das Gesicht des Springers, ganz schmal, Ränder unter den Augen, ich dachte: Der springt um sein Leben.

Dann wieder die Totale, der Springer von Kopf bis Fuß in seiner aufrecht soldatischen Haltung, einige Zahlen und Daten am Bildrand, Schwierigkeitsgrad 3,2, und der Reporter erzählte etwas von dreifach und Schraube.

Dann sprang er.

Eigentlich sprang er nicht, er hob ab, er stand in der Luft, ich glaubte, ich hoffte, der Springer werde dort oben, einen halben Meter oberhalb des Turmes verweilen, aber das tat er nicht, er fiel, vielmehr: Er stürzte. Schien den Sturz auffangen zu wollen durch verzweifelte Drehungen, die der Reporter erregt kommentierte, »jaaa, jetzt die letzte Schraube, jaaa ...«, weiter kam er nicht, denn der Springer war eingetaucht, verschwunden.

Stürmischer Beifall unsichtbarer Zuschauer.

»Das reicht!« schrie der Reporter, »das ist der Sprung seines Lebens.«

Dann tauchte, zu meiner grenzenlosen Erleichterung, der Springer wieder auf.

Es liege jetzt an den Sprungrichtern, die einzig richtige Entscheidung zu treffen, rief der Reporter, und die könne, da lege er sich fest, nur lauten: 9,0 oder gar 9,5. Ja, und das Lächeln auf seinem (des Springers) Gesicht spiegle schon die Erleichterung, die Vorfreude.

Während die Jury der Sprungrichter, dieses geheimnisvolle Gremium, seine Entscheidung traf, sah ich den Sprung noch einmal, in Zeitlupe. Ein brillanter Sprung, schwärmte der Kommentator, argumentierte wieder mit Schrauben und dem weniger gelungenen Auerbach irgendeines Chinesen. Das alles hörte ich nur mit halbem Ohr, meine Aufmerksamkeit galt den jetzt so langsamen Bewegungen des Springers: Noch viel länger stand er in der Luft, noch unausweichlicher schien sein Sturz. Noch endgültiger sein Verschwinden im Wasser, aus dem er jetzt auch tatsächlich nicht mehr auftauchte, denn die Zeitlupe brach ab.

Die Noten waren da, wurden eingeblendet, ich beachtete sie nicht, aber offensichtlich waren sie gut, denn der Reporter ließ seiner Begeisterung freien Lauf, und der Springer lachte, jubelte, umarmte irgendjemand.

Dann war plötzlich alles vorbei, da saß der Moderator der Sendung im Studio, lächelte, sagte, das sei der Live-Kommentar seines Kollegen Soundso gewesen, ein Interview mit dem Springer werde nachgereicht.

Aber das hörte ich nur nebenbei.

Der Springer, dachte ich, der mit den dunklen Rändern unter den Augen, war um sein Leben gesprungen, war ins Bodenlose gestürzt, war aufgetaucht, zumindest schien es so, ja, es schien, als sei ein anderer aufgetaucht, einer, der lachte und jubelte, natürlich, das war ein anderer gewesen.

Weiter war ich nicht vorgedrungen in der Analyse des Gesehenen, denn mein Vater, offensichtlich zutiefst gelangweilt, hatte umgeschaltet und damit auch meinen Gedankenfaden zerrissen.

Erst jetzt, wo ich die Hand nicht mehr vor den Augen sah, kehrte der Gedanke zurück, wiederholte sich die ganze Szene und plötzlich, zunächst nicht greifbar, dann unerträglich präsent, kam er: Der Gedanke endgültiger Dunkelheit.

Der Gedanke des Nicht-Seins.

Ich versuchte noch, auszuweichen, indem ich auf die

Uhr blickte. Grell-grün die zwei, die eins, die fünf, die sieben. Gleich zehn.

Ich ließ meinen Kopf wieder auf das Kissen sinken, aber der Gedanke war nicht abgeschüttelt, war im Gegenteil sofort wieder da, bohrte sich in mein Bewußtsein: Es kommt der Tag, an dem du nicht bist. Es kommt der Tag, an dem nichts ist.

Ich öffnete die Augen, sah nichts, richtete mich ruckartig auf und heftete meinen Blick auf die leuchtenden Ziffern. Ansonsten Dunkelheit.

Ich stand auf, schaltete das Licht ein. Alles war da, alles an seinem Platz, der Schreibtisch, der Stuhl davor, die Stifte, das Lineal, das Mathematikheft darauf, die Musikanlage daneben.

Die grünen Ziffern der Uhr jetzt ganz blaß.

Ich löschte das Licht, schaltete es sofort wieder an. Ich öffnete die Tür, trat hinaus in den Flur, schaltete dort das Licht an, kehrte zurück in mein Zimmer, ließ die Tür einen Spalt breit offen, sah dank der hineindringenden Flurbeleuchtung die Konturen der Gegenstände, Schreibtisch, Stuhl, Musikanlage.

Ich legte mich hin, ließ den Kopf wieder auf das Kissen sinken, zählte Schafe, aber die sprangen nicht in gewohntem Gehorsam gleichmäßig über die Hindernisse, die strauchelten, stürzten, ließen mich nicht zur Ruhe kommen.

Ich sah nach den grünen Ziffern: Zwei, zwei, drei, drei. Halb elf.

Ich ließ den Kopf auf das Kissen sinken und sah den Turmspringer, in Zeitlupe, den Mann mit den Rändern unter den Augen. Aber die sah man jetzt nicht. Jetzt schwebte er, elegant, sicher, ganz langsam, Richtung Wasser. Und das Wasser war kein Abgrund, sondern das

Ziel. Es galt, kerzengerade einzutauchen. Er sprang schließlich um sein Leben. Und er tauchte kerzengerade ein, das war deutlich zu sehen, in Zeitlupe. Er strauchelte nicht, er blieb nicht verschwunden.

Er tauchte auf, er bezwang, so schien es mir, damals, kurz bevor ich einschlief, aber das ist lange her …

Er bezwang die Dunkelheit.

6

Ich hätte den Polizeibeamten wohl nicht entscheidend weiterhelfen können, erkläre ich Sarah mit trauriger Stimme, während wir durch grelles, gelbes Licht zurück Richtung Cap Ferret fahren. Ich bin glänzender Laune, links hinter Bäumen glitzert dunkelblau der Ozean, ein kräftiger Wind weht, hoher Wellengang. Bei Gelegenheit muß ich schwimmen Richtung Horizont, nachprüfen, was dahinter ist, die Wellen werden mich tragen, glaube ich.

Der deutsche Beamte, plaudere ich, habe offensichtlich darauf gehofft, daß ich irgendeinen Hinweis geben könne, irgendeine Idee hätte, wer einen Grund haben könnte, Jakob etwas anzutun.

»Leider wußte ich nichts zu sagen, es ist rätselhaft, es gibt keine Erklärung, es kann nur ein Verrückter gewesen sein ... ein Geisteskranker ... man wird ... zornig, wütend, wenn man daran denkt, unglaublich ist das Ganze, irgendein ... dahergelaufener Spinner ... man muß sich das mal vorstellen!«

Ich rede mich in Rage, Cramer, der ehrlich Erboste, ich muß meiner Euphorie Luft verschaffen, und jubeln und singen wäre wohl unangebracht.

»Ach, Mark, es tut mir so leid ...«, flüstert Sarah, legt wieder ihre Hand auf meinen Unterarm, streicht entlang zwischen Handgelenk und Ellenbogen, das könnte zur Gewohnheit werden, ich hätte nichts dagegen.

»Ich habe nach dem Zeitpunkt des Begräbnisses gefragt, vermutlich in einer Woche, wir sollen uns mit Johanna in Verbindung setzen.«

Sarah nickt, schaut aus dem Fenster, ohne ihre Hand von meinem Arm zu entfernen.

»Ach, und Grewendorf, der deutsche Polzist, hat mir etwas mitgeteilt, das ich ... kaum glauben kann, absurd ist das ...«

»Was denn, Mark?«

»Jakob ... hat mich in seinem Testament bedacht ... es handelt sich offensichtlich um eine beträchtliche Summe ... glaub mir, ich war wie vom Donner gerührt, als ich das hörte ...«

Sarah wirft ruckartig den Kopf in meine Richtung, die roten Haare hängen in ihrem Gesicht. »Das ist ja ... und du hast nichts davon gewußt?!«

Sie entfernt die Hand von meinem Unterarm, mißtrauisches, grünes Feuer.

»Nichts, ich hatte keine Ahnung ... ich verstehe es auch nicht, offen gestanden ... ich meine, Jakob und ich waren befreundet, er war gewissermaßen ... mein Lehrer, mein Förderer, er nahm Anteil, an dem, was ich tat, er hielt mich für begabt ... aber es bestand doch kein Grund ...«

Sarah wischt sich die Haare aus dem Gesicht, das Mißtrauen schwindet dahin, scheint mir, ich profitiere wieder davon, mich gar nicht verstellen zu müssen, die Wahrheit und nichts als die Wahrheit, ich muß aufpassen, sonst glaube ich irgendwann wirklich an meine Unschuld.

»Ich weiß gar nicht, ob ich das überhaupt annehmen soll ... man bekommt ja fast ein schlechtes Gewissen ...«

Sarah legt wieder ihre Hand auf meinen Unterarm, streichelt wieder, fester, bewußter, scheint mir, aber ich kann mich täuschen.

»Du solltest diese Erbschaft annehmen, Mark, in jedem

Fall. Jakob wußte, was er tat, wahrscheinlich wollte er dir die Möglichkeit geben, alle deine Aufmerksamkeit dem Schreiben zu widmen ... Er muß dich sehr geschätzt haben ...«

Ich konzentriere mich auf die Fahrbahn und horche in mich hinein, warte auf ein Gefühl der Reue, des Bedauerns, auf ein Gefühl der Angst, aber es kommt nichts, gar nichts, was kann ich dafür, wenn Röder mir Geld schenkt?

»Ja, Jakob muß dich sehr gemocht haben, sehr ...«, murmelt Sarah. »... sehr ... sehr.«

Plötzlich streckt sie mir ihr Gesicht entgegen, sie läßt ihre Lippen an meinem Hals entlangwandern, leckt meine Wange, sie preßt einen Kuß auf meine Lippen, verdeckt mir den Blick auf die Fahrbahn für einige Sekunden.

Dann läßt sie sich zurücksinken, das Feuer in ihren Augen ganz sanft jetzt, hell, sie träumt vor sich hin, ihr Körper schlaff.

Ihre ganze Kraft, scheint mir, sammelt sich in ihrer linken Hand, die sich fest in meinen Arm krallt, Sarahs Fingernägel dringen ein in meine Haut. Sarah lächelt, tut so, als bemerke sie nichts.

7

Die Risse, die Sarahs Fingernägel mir zufügten, brennen noch, als wir durch die Terrasse eintreten ins *Haus zur hohen Kunst*, aber Sarah tut, als sei nichts gewesen. Sie rennt auf den im Sessel liegenden Fraikin zu, ruft: »Mein Schatz, mein Schatz, was ist mit dir«, und sitzt schon händchenhaltend neben ihm.

Draußen brennt die Sonne, aber Fraikin liegt im Schatten, die Jalousien verdecken überall zur Hälfte die Fenster, Fraikin sieht uns an mit seinen leeren Augen, als kenne er uns nicht, er macht das glänzend.

»Es nimmt ihn doch sehr mit«, berichtet Marianna, die hilflos neben Fraikins Sitzgelegenheit steht. »Er hat viel geweint, während Sie weg waren.«

Das glaube ich ihr gerne, Fraikin läuft tatsächlich zu großer Form auf, die Augen sind dunkelrot und geschwollen, Fraikin geht mir allmählich gewaltig auf die Nerven, ich sollte mich beizeiten mit der Lösung dieses Problems befassen.

Klaus und Elfie Weißhaupt sitzen hilflos am Eßtisch, Elfie entsetzt, Klaus ganz dumpf.

»Schön, daß ihr zurück seid«, stammelt Fraikin mit schwacher Stimme, ohne sich aufzurichten, »schön, jetzt wird alles besser, ja, ich ließ mich ein wenig gehen, immerhin war Jakob mein bester und ältester Freund, wir kannten uns seit mehr als vierzig Jahren ...«

Er redet noch weiter, aber ich höre nicht mehr zu, drükkend die Trauerstimmung in diesem Haus, mir ist schließlich nach Feiern zumute, ein wunderbarer Tag ist das, draußen scheint die warme Nachmittagssonne.

Ich möchte schwimmen Richtung Horizont ...

Fraikin quält mich, lamentiert, faselt wie im Fieber, die sonore Stimme ist ganz heiser.

»Jakob ... ich verstehe es nicht, verstehe es einfach nicht, es ist doch nicht möglich ... daß er ... ermordet wurde ... was hat denn der deutsche Polizist gesagt, gibt es denn keine Hinweise, es muß doch möglich sein ... ach, das bringt ja ohnehin alles nichts mehr ...«

»Leider scheint man noch gar nichts zu wissen«, entgegne ich kurz.

»Es ist einfach unbegreiflich ... ganz einfach ... ja, so einfach ist das ...«, murmelt Fraikin, schluchzt wieder vor sich hin, verbirgt sein Gesicht in den Händen wie ein Kind, das sich seiner Tränen schämt.

»Mein Schatz, mein Schatz...«, flüstert Sarah, das ist nicht dieselbe, die meinen Hals und meine Wange leckte, keine halbe Stunde ist das her.

Marianna bringt Taschentücher.

Die Wellen werden mich tragen ...

Fraikin richtet sich plötzlich auf, klopft sich auf die Schenkel. »Nein, genug, nein, es hilft ja nichts«, er reckt das Kinn nach vorne zum Zeichen seiner Kampfbereitschaft.

Er streichelt Sarahs Kopf. »Ach, mein Schatz, du weißt gar nicht, wie sehr ich dich liebe ...«

Sarah, etwas überrascht, lächelt verlegen, meidet meinen Blick.

»Mark, ich möchte dir etwas zeigen.« Fraikin erhebt sich, verliert die Balance, schwankt hin und her, fängt den drohenden Sturz ab mit Sarahs Hilfe, die ihn geistesgegenwärtig auffängt. »Es geht schon, mein Schatz, ach, wenn ich dich nicht hätte, ja, auch Ihnen vielen Dank, Marianna, danke ...«

Marianna ist natürlich sofort herbeigeeilt.

Ebenso die Weißhaupts, die bleiben unentschlossen stehen auf halber Strecke.

Auch ich mache zwei Schritte in Richtung des schwächelnden Fraikin, glücklicherweise kann er schon wieder geradeaus gehen. »Komm, Mark, ich möchte dir etwas zeigen ...«

Er geht voran in sein braunes Büro, schließt die Tür, seine leeren Augen glänzen feucht, fürchterlich theatralisch, das Ganze.

»Setz dich, Mark.«

Er nimmt sich Zeit, verschluckt noch die eine oder andere Träne, dann rüttelt er an einer Schublade seines Schreibtisches herum.

»Schau, Mark!« Er zieht einen Revolver hervor, ich kenne mich nicht aus in diesen Dingen, aber es ist ein beeindruckendes Tötungsinstrument, möglich, daß John Wayne schon damit geschossen hat.

Ich bin einigermaßen verblüfft und hoffe für einen Moment, daß Fraikin gewillt ist, mir einen großen Gefallen zu tun, aber er erschießt sich nicht, er erzählt.

»Mit dieser Waffe, Mark, mit dieser Waffe ...« Er schwenkt sie in die Höhe, »mit dieser Waffe hätte ich mich erschossen, vor ziemlich genau einem Jahr und drei Monaten, wenn nicht mein Freund Jakob Röder gewesen wäre, mein Freund Jakob ...«

»Ach«, sage ich nur, ich starre Fraikin an, erzähl schon, Carl, das ist ja eine tolle Geschichte. Meine Gedanken machen sich selbständig inzwischen, bewegen sich auf ein ganz bestimmtes Ziel zu ...

»Ja, Mark, wenn Jakob nicht gewesen wäre ... meine Frau war gestorben, ganz plötzlich, die Ärzte hatten uns Hoffnung gemacht, es werde besser werden ... sie starb, nachts, als ich aufwachte, war sie ... tot ... nun, die Krankheit hatte sie lange Jahre begleitet ... sie war eine sehr tapfere ... na, lassen wir das ...«

Ihm kommen wieder die Tränen, er wird sich eine Augenentzündung zuziehen, wenn das so weitergeht.

Ich höre nur mit halbem Ohr zu, meine Gedanken wirbeln, mir ist, als schlage jemand mit einem Hammer auf meinem Kopf herum, alles noch sehr verworren ...

»Nach dem Begräbnis saß ich hier in diesem Zimmer, es war schon spät, alle waren abgereist, hatten mir alles Gute gewünscht ... ich fühlte mich so leer, ich weiß nicht, Mark, ob du das nachempfinden kannst, du bist noch so jung ...«

Das »du« kommt ihm schon ganz leicht über die Lippen.

»Ich saß hier, und glaub' mir, ich war fest entschlossen, der Revolver lag schon an meiner Schläfe ...«

Sein Gesicht plötzlich kalkweiß, grauenhaft anzusehen in Verbindung mit den dunkelroten Augen ...

»... er lag an meiner Schläfe, genau so ...«, er hält den Revolver tatsächlich an seinen Kopf, ich finde, jetzt übertreibt er.

»Vorsicht!« rufe ich. »Ist der geladen?«

»Ja ... er lag an meiner Schläfe ... ich hatte den Finger am Abzug ... da kam Jakob, er kam einfach, betrat das Zimmer, dieses Zimmer, ja, Jakob, ich sehe noch das Entsetzen in seinem Gesicht, Jakob, von dem ich glaubte, er sei abgereist, genau wie alle anderen, aber er war zurückgekommen. Er schrie, ich schrie, er stürzte auf mich zu, riß mir die Waffe aus der Hand ...«

Meine Gedanken schlagen Kapriolen, ich muß raus, raus, raus, die Ideen ordnen ... Fraikin mit dem Finger am Abzug, Fraikin schreit, natürlich, Fraikin schreit, so muß es sein ...

»Er hat mir das Leben gerettet, Mark, er hat die Todessehnsucht in meinen Augen gesehen, er hat gesehen, was allen anderen entgangen war. Ihm verdanke ich alles, alles, Sarah, ich hätte sie nie kennengelernt ...«

Fraikin schweigt.

Ich stehe auf, gehe um den Schreibtisch herum, lege Fraikin die Hand auf die Schulter.

Ja, so könnte ich es machen, ich muß hinter ihm stehen, Fraikin wird gar nichts merken, es wird ganz schnell gehen.

»Ja, Mark, jetzt verstehst du bestimmt, warum ich so ... traurig bin ...«

»Natürlich.«

Fraikin muß schreien, Sarah muß ihn schreien hören, ja, ja ...

Ich muß raus, sofort.

»Wieso war ich nicht da, als er mich brauchte?! Wieso habe ich nicht gefühlt, daß er in Gefahr ist? Kannst du mir das sagen, Mark? Ich hätte das doch auch fühlen müssen, ich hätte ihm helfen müssen, wie Jakob damals mir geholfen hat, als er zurückkam ...«

Das ist natürlich alles Unsinn, was Fraikin da redet, ich drücke ihm meine Hand auf die Schulter, schweige, im übrigen muß ich raus hier, mir wird schon schwarz vor den Augen.

Fraikin als Herzog von Bayern, Fraikins Mutter, die weint, natürlich, natürlich ...

»Ach, Mark ...« Fraikin erhebt sich träge und traurig. »Ach, Mark ...«

Er umarmt mich. Ich spüre die Falten seines Gesichtes an meinem Hals.

So stehen wir eine ganze Weile, Fraikin klammert sich an mich, dann, endlich, löst er sich, meine Haut ist feucht von seinen Tränen.

»Wir werden es durchstehen ...«, sagt Fraikin noch, dann treten wir hinaus auf den Korridor, kurz darauf liegt er wieder in Sarahs Armen.

Alles wie gehabt, die Weißhaupts sitzen traurig am Eßtisch, Marianna steht traurig auf der Schwelle zwischen Küche und Wohnzimmer mit der Taschentuchpackung in der Hand. Gilbert werkelt, traurig, vermute ich, im Garten.

Ich muß raus.

Ich verabschiede mich kurz angebunden, sage, ich wolle an den Strand hinuntergehen, meine Gedanken ordnen.

Fraikin hat volles Verständnis. »Selbstverständlich, Mark. Bis nachher.«

Ich renne die fünfundsechzig Stufen hinab, früher Abend, die Sonne brennt trotzdem, ich renne und lache, euphorisch, befreit. Es interessiert mich nicht, ob Gilbert mich sieht und ob ihn mein Lachen irritiert, wahrscheinlich hebt er den Blick gar nicht von seinen Blumen.

8

Ich renne den schmalen Steg hinauf zum höchsten Punkt der goldenen Düne. Ich sehe die Wellen, die Surfer in den Abgrund reißen, der Strand fast menschenleer.

Ich entledige mich der Schuhe, der Sand brennt unter meinen Füßen, ich laufe hinunter, bis das kalte Wasser sanft gegen meine Beine schlägt. Ich stehe frontal gegen den Wind, angenehm, der Wind betäubt die Schläge unter der Kopfhaut.

Ich lasse dem Lachen freien Lauf, es kommt in ruckartigen Stößen, schüttelt mich, ich stehe da wie eine Marionette, keine Kontrolle. Ich schließe die Augen, mir wird schwindlig.

In meinem Rücken schreit einer meinen Namen. »Mark, Mark, mein Freund!«

Ich versuche, das Lachen von meinem Gesicht zu stoßen, das dauert einige Sekunden, ich wische die Tränen aus meinen Augen, so weit es eben geht.

Ich wende mich um, Fignon steht vor mir, mit roten Backen, die weißen Haare wehen im Wind. Er trägt ein buntes Hawaiihemd, in der einen Hand hängt ein Picknickkorb, in der anderen eine grüne Wolldecke, unter den Arm hat er einen weiß und gelb gestreiften Sonnenschirm geklemmt, Fignon ist bester Laune.

»Ich möchte ein Strandpicknick machen, mein Freund«, erklärt er, ich solle mich zu ihm gesellen unter allen Umständen, es sei ein so schöner Abend, er liebe es, abends hier zu sitzen, die untergehende Sonne über dem Meer zu betrachten und sich ein gutes Gläschen Wein schmecken zu lassen.

»Kommen Sie, mein Freund, kommen Sie!«

Wir gehen nur einige Schritte, dann rammt Fignon den Sonnenschirm in den Sand, breitet sorgfältig die Wolldecke aus.

»Setzen Sie sich, mein Freund, setzen Sie sich!«

In seinem Korb finden sich Delikatessen aller Art, verschiedene Käsesorten, Baguette, kalter Braten, eine rosa Fischcreme, Lachs, frische Kartoffelplätzchen (»schnell essen, mein Freund, schnell essen, die sind noch warm«). Außerdem ein raffinierter Krabbensalat, »selbstgemacht«, betont Fignon.

Dazu das edle Fläschchen Rotwein, Fignon hantiert schon ungeduldig damit herum, »der ist vorzüglich, mein Freund, vorzüglich, Sie werden sehen.«

Ich mache es mir auf der Wolldecke bequem, mir ist schwindlig nach wie vor, aber ich lache laut und herzhaft und beginne, mich richtig wohlzufühlen. Fignon mit seinem Picknickkorb kommt mir wie gerufen.

»Auf Ihr Wohl, Mark!«

Der Wein schmeckt sehr gut.

Fignon drängt mir jede seiner Köstlichkeiten auf und erzählt von seinen Studienjahren in Nürnberg, er sei da bei einem ganz vortrefflichen Mann in die Lehre gegangen, ein Meister seines Faches. Er sei Goldschmied, wie ich ja wisse, ja, das sei lange her, mein Gott, Anfang der sechziger Jahre, da lagen Sie noch in den Windeln, mein Freund …

Ich nicke ab und zu geistesabwesend, Fignons Redefluß höre ich leise, der rauscht an mir vorbei und versikkert irgendwo im Sand. Ich schaue an seinem roten, begeisterten Gesicht vorbei bis zu dem fernen Punkt, an dem das Meer bricht, die rote Sonne sinkt ins Wasser, langsam, läßt sich Zeit.

Ich grinse vor mich hin, mir ist schwindlig nach wie vor, ich könnte mich auf Anweisung übergeben, ein Schleier hängt vor meinen Augen. Von Zeit zu Zeit wühlt sich das Lachen nach oben wie ein Brechreiz, Fignon glaubt, ich amüsiere mich über sein Geschwätz. »Ja, Sie lachen, mein Freund, aber glauben Sie mir, so war es, genau so ...«

Ich weiß eigentlich nicht, worüber ich lache, vielleicht über den kleinen Asthmatiker, der jetzt hustend im Flugzeug sitzt. Und über den eingerissenen Leblanc.

Arme Teufel!

Fignon plustert sich auf, exaltiert sich, wie gehabt.

»Glauben Sie mir, mein Freund, so war es, der Kerl rüttelte und schüttelte mich, schrie mich an, ich solle ihm sein Geld zurückgeben, ich sagte, ich könne nichts dafür, wenn er die Regeln nicht kenne, ein Full House sei eben wertvoller als ein Drilling, selbst wenn es drei Asse seien. Der ganze Saal lachte, na ja, er brach mir fast das Nasenbein, aber von dem Gewinn machte ich kräftig einen drauf, das dürfen Sie mir glauben, mein Freund ...«

Fignon rollt mit den Augen, ich habe längst den Faden verloren, weiß nicht, wovon eigentlich die Rede ist.

»Ja, mein Freund, da macht man was mit ...« Fignon kratzt sich am Bauch, schenkt nach, scheint sich plötzlich an etwas ganz Wichtiges zu erinnern und hebt dramatisch den Zeigefinger.

»Zeit für den Nachtisch!«

Er hebt eine Schüssel aus seinem Picknickkorb, »Mousse au Chocolat, mein Lieber! Weiße Schokolade. Selbstgemacht!« Er präsentiert mir die gelblich-weiße Creme und mir geht endgültig der Gaul durch, ich weiß nicht, warum, aber ich lache und lache und lache, sitze reglos dabei und bewege meinen Mund kaum, ein glucksendes Lachen, krampfartig, zwanghaft, die Tränen laufen an meinen Backen hinunter.

Fignon achtet gar nicht auf mich, er redet und redet und ist damit beschäftigt, die Schokoladencreme in gerechten Portionen auf zwei Teller zu verteilen.

»Guten Appetit, Mark«, sagt er, reicht mir den Teller, ich beruhige mich allmählich, nehme vorsichtig ein paar Löffel, Brechreiz.

»Schmeckt's?« fragt Fignon.

»Sehr gut.«

»Und Sie? Was ist mit Ihnen?« fragt Fignon schmatzend.

»Ich verstehe nicht ganz.«

»Na, Sie sind doch ein junger Mann, Schriftsteller, da macht die Phantasie doch noch Luftsprünge, da haben Sie doch Ideen, Pläne, Projekte, die Ihnen vorschweben, Ziele, die es zu erreichen, Träume, die es zu erfüllen gilt ...«

»Natürlich.«

Er wartet, aber mehr kommt nicht.

»Glauben Sie mir, mein Freund, ich bin sehr gespannt auf die Biographie, Carl und Sie sind ein gutes Team, scheint mir ...«

»Ganz bestimmt.«

»Und Carl hat ja so viel erlebt ...«

»Natürlich.«

»Sie haben zuvor einen Roman geschrieben, erzählte mir Carl. Wann wird der erscheinen?«

»Demnächst.«

Fignon kratzt auch noch den letzten Rest von seinem Teller.

Ich denke, es ist Zeit, ihn ins Bild zu setzen.

»Bernhard, ich sollte Ihnen etwas sagen, wir haben heute … eine schreckliche Nachricht erhalten … ein guter Freund, Jakob Röder …«

»Ja?«

»… ist ums Leben gekommen.«

Fignon starrt mich an, erbleicht.

»Was sagen Sie da, mein Freund?«

»Jakob Röder, ich weiß nicht, ob Sie ihn kannten …«

»Natürlich kenne ich ihn, ich traf ihn einige Male, Jakob, ein sehr guter Freund von Carl … Sie sagen, er ist …«

»Ja, er wurde … ermordet.«

»Nein! Aber nein!« Fignon springt auf. »Aber nein, mein Freund!«

»Ja, ich hätte das viel früher sagen sollen, es tut mir leid, ich stand unter Schock … wir haben es heute vormittag erfahren …«

Fignon hört gar nicht zu, er wirft seine Delikatessen in den Korb, versucht ungeschickt, den Sonnenschirm zu schließen. »Ach, mein Freund, das ist schrecklich!! Und ich nötige Sie hier zu einem Strandpicknick …«

»Nein, es war wirklich sehr schön, es nutzt ja nichts, den ganzen Tag zu grübeln und zu weinen, ich habe zu danken …«

»Ah, das freut mich, mein Freund, freut mich, wenn ich ein wenig helfen konnte …«

Fignon kommt gar nicht auf die Idee, sich über mein Verhalten, meine verspätete Mitteilung zu wundern, Fignon glaubt nicht an das Böse in der Welt, es sei denn an Raubmörder im Casinoparkhaus.

Er hantiert noch immer mit dem Sonnenschirm, der endlich einrastet und in sich zusammenfällt. Fignon nimmt den Korb und die Wolldecke, die ich ihm bereits zusammengefaltet habe.

»Ah, danke, Mark«, sagt er zerstreut, in höchster Aufregung. »Ach, das ist schrecklich!! Jakob Röder! Nein!!«

»Sie gehen zu Carl?« frage ich.

»Ja, der Arme ... er muß ja ganz ... ihm muß geholfen werden ...«

Fignon rennt schon die Düne hinauf, die Wolldecke fällt ihm aus der Hand.

»Er wird sich freuen. Ich komme bald nach«, rufe ich, aber Fignon, der Hilfsbereite, ist schon außer Hörweite, er rennt, bückt sich ab und zu nach der Wolldecke oder Gegenständen, die aus seinem Picknickkorb fallen.

Ich wende mich Richtung Meer. Die Sonne ist inzwischen versunken, es ist ganz kalt plötzlich, weiter hinten ziehen sogar Wolken auf, die schnell näher kommen, getragen vom Wind.

Ich bin alleine, nein, nicht ganz, einige hundert Meter rechts von mir spielt ein Mann Strandtennis mit einem kleinen Kind.

Vater und Sohn, vermute ich.

Das Kind lacht, sonst hört man nichts, nur dieses helle Lachen und das Rauschen und Schlagen der Wellen.

Der Horizont undeutlich unter Wolken, reizt mich nicht, was interessiert mich, ob da das Ende der Welt ist?

Ich schließe die Augen, lasse den Wind die Kopfschmerzen betäuben und mache mir einige Gedanken, Fraikin betreffend.

9

Der Mann, der schlief, tief, träumte, im trüben Licht der Parkplatzlampe, zwischen Paris und Orléans, der, dem ich das Leben schenkte (weil ich müde war und eine Pause benötigte), der war auf dem Weg zu seiner Liebsten, die wohnt in Bordeaux und ist Französin.

Das ist eine romantische Geschichte, das brauche ich jetzt.

Im Urlaub haben sie sich kennengelernt, kürzlich erst, in Pompeji. Sie saß auf einem alten Stein, hatte sich den Fuß verstaucht, er war herbeigeeilt, ihr Gesicht gefiel ihm, auch ihre Figur.

Man war gemeinsam ins Krankenhaus gefahren, nichts Ernstes, hatte der Arzt gesagt und wohlwollend mit den Augen gezwinkert. Man war Essen gegangen, war sich nähergekommen, sie fand ihn witzig und charmant, er hatte sich in den Kopf gesetzt, ihre schönen roten Lippen zu küssen, küssen zu müssen.

Am Abend dann hatten sie nackt im Bett gelegen und sich gegenseitig versichert, daß sie sich liebten. Was für ein Glück es doch gewesen sei, daß sie sich den Fuß verstaucht habe in dem Moment, als er vorüberlief.

Das war nun einige Wochen her, inzwischen war es zu einem unerfreulichen Zwischenfall gekommen: Im Streit hatten sich die beiden getrennt, einen Tag, bevor ich dem Mann das Leben schenkte, weil ich selber müde war und eine Pause benötigte zwischen Paris und Orléans.

Der Mann hatte seine Freundin überraschen wollen, hatte die lange Fahrt nach Bordeaux unternommen und am späten Vormittag die Wohnung seiner Angebeteten betreten, müde, erschöpft, aber glücklich. Die Überraschung, glaubte er, werde prächtig gelingen, er wußte, daß sie vormittags nicht da sein würde, sie arbeitet in einem Kindergarten. Er hatte vorgehabt, ein vorzügliches Mittagessen zu kochen, zu duschen und sie im halb geöffneten Bademantel zu empfangen, ja, er hatte das alles klar vor Augen.

Als der Mann das Apartment seiner Angebeteten betrat, bemerkte er schon im Korridor den beißenden Geruch eines Männerparfüms, unter dem Kleiderständer standen Männerschuhe, und im Schlafzimmer lag eine Reisetasche mit Männerkleidung, gelbe und schwarze Männerslips.

Der Mann war fassungslos, die Augen wollten ihm aus dem Kopf fallen. »So, so!« rief er und »Aha, aha!!«

Dann war er hinausgerannt, hatte die Tür zugeschlagen, so fest, daß die Nachbarn hervorspähten. Er war die Treppe hinuntergestolpert, hatte geweint vor Wut und war direkt am Hauseingang seiner Freundin in die Arme gelaufen, die ihn begeistert begrüßt hatte. »Hallo, was machst du denn hier? Wie schön!«

»Hure!« hatte der Mann geschrien, gut vernehmlich für die Passanten, und war weitergerannt bis zu seinem Wagen, der eine Straßenecke entfernt stand.

Er war zurück nach Deutschland gefahren, ohne eine Pause einzulegen.

Die Freundin hatte inzwischen mit ihrem Entsetzen gekämpft, hatte geweint und allmählich begriffen, daß hier ein großes Mißverständnis vorlag. Ihr Bruder war es, der die Schuhe, die Tasche und den Duft hinterlassen hatte, ihr Bruder, der nur eine Nacht bei seiner Schwester verbracht hatte, er war auf dem Weg von Montpellier nach Paris, wo er wohnt.

Die Freundin rief ihren Freund an, kam fast um vor Sorge, er werde möglicherweise zu Tode kommen bei einem Verkehrsunfall, weil er so zornig, so erregt war, und das alles ohne Grund.

Ein Ausruf der Erleichterung entfuhr ihr, als sie ihn dann endlich erreichte, der Mann war gerade angekommen, die zehnstündige Fahrt hatte seine Wut eher vergrößert, er warf umgehend den Hörer auf die Gabel, als er ihre Stimme erkannte, warf den Hörer auf die Gabel, ohne sie zu Wort kommen zu lassen.

Die Freundin versuchte es noch zwei-, dreimal, dann, endlich, war er bereit, sie anzuhören, ihre Stimme tränenerstickt, alles ein riesiges Mißverständnis: »Mein Bruder war hier, hörst du, mein Bruder!«

Der Mann windet sich, spielt den Ungläubigen, aber eigentlich ist er nur zu geneigt, ihr zu glauben, der Mann läßt sich schließlich überzeugen: »Dein Bruder, das darf doch nicht wahr sein!«

Große Versöhnung, sie lachen, weinen, lachen, versichern sich gegenseitig ganz fest, daß sie einander lieben.

Übermorgen werde ich bei dir sein, verspricht der Mann. Ich liebe dich, verzeih mir, wie konnte ich an dir zweifeln.

Er fährt sofort los, sein Koffer liegt noch im Wagen, er sollte sich eigentlich schlafen legen, immerhin ist er gerade zehn Stunden Auto gefahren. Dennoch: Er steigt in den Wagen und fährt den Weg, den er gekommen ist – zurück nach Bordeaux.

Zwischen Paris und Orléans endlich, gegen drei Uhr in der Nacht, ist er mit seiner Kraft am Ende, er benötigt eine

Pause. Er fährt auf einen Autobahnrastplatz und fällt in tiefen Schlaf im Schein der Parkplatzlampe, nicht ahnend, daß ich spaßeshalber mit dem Gedanken spiele, ihn zu ermorden, mein Wagen steht kaum zwanzig Meter von seinem entfernt. Er hat das große Glück, daß ich selber müde bin, es ist erst einige Stunden her, daß ich Röder den Eimer ins Gesicht schlug.

Der Mann setzt seine Fahrt gegen fünf Uhr fort, er möchte schon am Spätvormittag in Bordeaux sein, obwohl er seiner Freundin gesagt hat, er käme übermorgen, er ist also einen Tag zu früh. Er möchte sie wieder überraschen, er versucht sich einzureden, daß er das nur tut, um ihr eine Freude zu machen, um den mißglückten Plan des Vortages nun gewissermaßen doch noch in die Tat umzusetzen.

In Wirklichkeit hat er Angst davor, wieder Männerschuhe vorzufinden in der Wohnung seiner Freundin. Diese Befürchtung hat sich festgegraben in seinen Gedankenketten, er muß sich einfach Gewißheit verschaffen.

Er hastet gegen zwölf Uhr die Treppe hinauf zum Apartment seiner Angebeteten, er schließt mit zitternden Fingern die Tür auf, er schaut zunächst gar nicht hinein, er riecht nur: Kein Männerparfüm.

Er rennt voller Hoffnung, schon halb befreit, ins Schlafzimmer, keine Reisetasche, zurück in den Flur, keine Männerschuhe.

Ihm fällt ein Stein vom Herzen.

Er macht all das, was er am Vortag machen wollte, er kocht, deckt den Tisch mit Kerzen, obwohl die Sonne ins Zimmer scheint. Er duscht, läßt den Bademantel halb offen.

Seine Freundin kommt, schreit vor Glück, fällt ihm um den Hals, sie lieben sich gleich nach dem Essen.

Sie möchten heiraten demnächst.

So könnte es gewesen sein.

Fünfter Tag

1

Für Fraikin habe ich mir etwas ganz Besonderes ausgedacht.

Ich erwache mit Schüttelfrost, heiße und kalte Schauer, wie im Fieber, wahrscheinlich wegen der Vorbereitungen, die in Angriff genommen werden müssen. Ich habe den Ablauf des Ganzen klar vor Augen, wenn ich das alles nur schon hinter mir hätte.

Aber es muß sein.

Ich friere beim Frühstück, obwohl es draußen angenehm warm ist, Gilbert mäht Rasen mit freiem Oberkörper.

Die Stimmung ist gedrückt wie gestern, die Tränen sind versiegt, scheint mir, statt dessen herrscht allgemeine Rat- und Fassungslosigkeit. Es wird kaum ein Wort gesprochen am Frühstückstisch, Fraikin kaut lustlos auf einem Schokoladenhörnchen herum.

Gegen zehn Uhr erscheint Fignon, im schwarzen Anzug, er beteiligt sich mit Appetit am Frühstück und wird nicht müde, Fraikin gut zuzusprechen, die Zeit heilt die Wunden, mein Freund, sagt er. Fraikin lächelt schwach.

Die traurige Nachricht hat sich schnell herumgesprochen, Fignon hat einmal mehr ganze Arbeit geleistet. Gegen elf Uhr kommen die ersten guten Freunde, alle schwitzen ganz in Schwarz, sie kommen, um ihr Beileid auszusprechen und ihre Neugier zu befriedigen. Wie konnte das passieren, sagt schon, nein, ist das schrecklich. Weiß man schon, wer es war?!

Die Bankiersgattin gibt sich gar keine Blöße, heult wie eine Sirene und fragt jeden, ob er einen Verdacht habe, ein Verrückter wahrscheinlich, vermutet sie, so ein Saukerl. Mir liegt die Frage auf der Zunge, ob Verrückte keine Vergebung finden vor dem Herrn, aber ich will die Harmonie der in Trauer vereinten Gesellschaft nicht stören.

Der Bankier, scheint mir, ist wieder nicht ganz nüchtern, er spricht mit schwerer Zunge, langsam und schwankend kommen die Worte aus seinem breiten Mund. »Jakob ... war ein ... ganz ... feiner ... Kerl.«

Der krummnasige Rechtsanwalt ist Feuer und Flamme für die Theorie der Bankiersgattin, nach der ein Verrückter die Tat begangen hat. »Meine Liebe, lassen sie mich da einwenden, ich spreche da aus Erfahrung, Verrückte, im eigentlichen Sinne, in dieser Absolutheit, gibt es nicht, wir wollen uns nicht vorschnell auf solche umstrittenen, gewissermaßen allzu allgemeinen Bezeichnungen einlassen ...«

Die Gattin des Rechtsanwalts spricht wieder kein Wort, sie tritt wohl immer erst in Aktion, wenn der Anwalt beginnt, Zoten zu reißen. Ich vermute, das wird er uns heute ersparen.

Der Chirurg interessiert sich für die medizinische Seite des Falles. »Erschlagen wurde er, ist das richtig? Ja, ich erlebte da etwas Außerordentliches vor einigen Jahren, ein Mann erschien in der Notaufnahme, mit schweren Verletzungen im Gesicht, und rief, er sei gerade erschlagen worden ... was natürlich nicht stimmte, er lebte ja noch, er überlebte auch, ich operierte ihn ...«

Keiner weiß, worauf er hinauswill.

Gegen Mittag erscheinen dann auch die beiden Franzosen, der Besitzer des Eiscafés und der Surflehrer, sie bringen ihr Beileid in galantem Französisch dar, sie sagen dasselbe wie alle anderen, aber es klingt irgendwie überzeugender.

Die meisten bleiben zum Mittagessen, das Marianna auf der Terrasse serviert, nur die beiden Franzosen verschwinden wieder, der eine muß Eis verkaufen, der andere Touristen das Surfen beibringen.

Marianna legt uns Teller vor mit bescheidenen Portionen, drei kleine Kartoffeln und ein Stück Fleisch, eine Pfütze Bratensoße, niemand soll vergessen, daß heute nicht der Tag ist, um es sich schmecken zu lassen.

Ich sage kaum ein Wort die ganze Zeit, Röder ist längst Vergangenheit, möchte ich meinen, der Asthmatiker sucht seinen Mörder in Deutschland, und hier ist es sonnig, der Rasen ist frisch gemäht, Gilberts Pflanzen blühen, leben.

Unten im Dorf wird Eis gegessen, man trägt bunte T-Shirts, reibt sich mit Sonnencreme ein. Man macht eine Fahrradtour oder sitzt ein Stündchen im Schatten eines Aprikosenbaumes im Park, wirft ab und zu die Boccia-Kugel, knapp daneben, egal.

Man läßt sich von den Wellen begraben, taucht wieder auf, lachend.

Strichmännchen im dunkelblauen Ozean.

Vater und Sohn spielen Tennis mit Plastikschlägern und Softball am Strand.

Der Junge lacht, hell.

Alles ein Spiel ...

Die Portion, die Marianna mir serviert, ist zu klein, ich hätte mich beim Frühstück nicht zurückhalten sollen.

Der Schüttelfrost läßt allmählich nach, ich habe alles klar vor Augen ... Fraikin ist schon so gut wie tot, nur eine Frage der Zeit.

Natürlich werden Fragen an mich gerichtet, ich bin ja im Besitz der begehrten Informationen aus erster Hand, was hat denn die Polizei gesagt, weiß man schon … haben Sie Hinweise geben können, war Jakob wirklich wie immer, als Sie ihn trafen an jenem Nachmittag?

Ich befriedige die allgemeine Neugier, erzähle die Geschichte seines rätselhaften Todes, wenn auch weniger blutrünstig als Grewendorf.

Nein, man habe noch gar keine Spur, berichte ich, zumindest sei das mein Eindruck gewesen, nein, leider, ich sei wohl nicht in der Lage gewesen, der Polizei weiterzuhelfen. Jakob sei ganz normal gewesen, guter Laune, am Nachmittag vor seinem Tod.

Über das Testament sage ich nichts, natürlich, und auch Sarah kommt nicht darauf zu sprechen. Sarah, das Feuer in ihren Augen brennt für mich, wann immer ich sie ansehe, aber sie hält Fraikins Hand.

Es gibt noch nicht mal einen Nachtisch heute, alles zu Ehren Jakob Röders.

Wieder ist es der Rechtsanwalt, der den allgemeinen Aufbruch einleitet, dieses Mal erzählt er keine Zoten, er erwartet einen wichtigen Anruf. »Ein Klient, hohes Tier, na ja, Sie wissen schon …«

Alle verabschieden sich von Fraikin mit warmem Händedruck und sorgenvollen Augen, wird schon werden, Carl, wird schon werden. Er nimmt sich aber auch alles so zu Herzen, werden sie später sagen, wenn Fraikin sie nicht hören kann.

Fignon geht als letzter, er fühlt sich noch berufen, Marianna in der Küche zu trösten, die wieder vor sich hin schluchzt. Eines muß man ihm lassen, er versteht sein Handwerk, Marianna lächelt schon wieder, als sie auf die Terrasse kommt, um den Tisch abzuräumen.

Fignon klopft Fraikin auf die Schulter. »Kopf hoch, mein Freund.« Dann stolziert er die fünfundsechzig Stufen hinunter, ich folge ihm und fange ihn ab auf halbem Wege.

»Ah, Mark, mein Freund, was haben Sie auf dem Herzen?«

Ich hätte da eine Idee, beginne ich, heiße und kalte Schauer und irgend jemand hämmert auf meinem Kopf herum, eine Idee hätte ich, und zwar folgende: Was hielte er davon, morgen, am Spätvormittag vielleicht, die Damen des Hauses, Sarah und Marianna, und die Weißhaupts, vielleicht auch Gilbert, zu einem Strandpicknick einzuladen? Ich hätte das gestern so genossen, und gerade für Sarah und Marianna wäre es doch eine schöne Abwechslung, eine Gelegenheit, bei aller berechtigten Trauer …

»Wunderbar, Mark, eine glänzende Idee, wunderbar.« Fignon ist begeistert. »Es muß ja weitergehen, nicht wahr? Das Leben ist doch zu schön … ja, ich glaube, Sarah und Marianna werden sich freuen …«

»Und Gilbert vielleicht …«

»Ja, mein Freund, eine hervorragende Idee, wunderbar, wunderbar.«

»Ich werde mich inzwischen um Carl kümmern, ich denke, es wäre gut, seine Aufmerksamkeit wieder auf das Buchprojekt zu lenken, diese Biographie bedeutet ihm so viel … ich hoffe, das wird ihn ablenken …«

»Ganz richtig, mein Freund, ganz richtig, tun Sie das, Mark, glänzende Idee, ich bin sicher, daß die Arbeit an der Biographie ihm helfen wird. Er ist ja nicht mehr er selbst, ich habe ihn selten so … niedergeschlagen gesehen … das Leben ist doch zu schön … ja, ein Picknick, glänzende Idee, ich gehe gleich einkaufen … bis bald, mein Freund.«

Fignon zwinkert mir zu, die Augen leuchten, er ist Dynamik und Unternehmungslust, hastet die Stufen hinunter, stolpert fast über die zu lange Anzughose, ist ganz in Gedanken. Wahrscheinlich überlegt er, welchen Rotwein er Marianna und Sarah anbieten soll, morgen, unter dem Sonnenschirm, am Strand ...

... sie werden den Schuß nicht hören, nur das Rauschen und Schlagen der Wellen.

Der Kopfschmerz läßt nach, das viel zu warme schwarze Jackett klebt an meiner Haut, ich schwitze nur für Jakob Röder und den schönen Schein. Ich muß bald duschen, sonst bin ich morgen krank. Ich habe das Gefühl, als seien meine Mandeln schon geschwollen, das Schlukken fällt mir schwer, bereitet stechende Schmerzen ...

Fraikin als Herzog von Bayern, er hält Agnes Bernauer, die legt den Kopf an seine Brust, er starrt Richtung Himmel.

Fraikins Mutter weint in der ersten Reihe ...

Ja, ich spiele noch einmal alles durch, während ich unter der Dusche stehe, angenehm, das heiße Wasser im Nacken. Ich lasse den morgigen Tag ablaufen vor meinem geistigen Auge. Es ist ja alles ganz einfach, kann gar nichts schiefgehen.

Auf Fignon ist Verlaß, er wird vor der Tür stehen, pünktlich, mit Picknickkorb und gelb-weißem Sonnenschirm.

Was jetzt?

Es ist Zeit, denke ich, Fraikins sonore Stimme unter extremen Bedingungen zu testen.

2

Meine Geduld wird auf eine harte Probe gestellt, zunächst finde ich das Diktiergerät nicht. Meine Kleider liegen bereits verstreut im Zimmer, ich trete auf dem Koffer herum, ich weiß, das bringt nichts. Ich sitze auf dem Bett, schlage meine Oberschenkel, hart, das tue ich immer, wenn ich unzufrieden bin mit mir, mir ist zum Heulen zumute, wo ist das Diktiergerät?!

Dann die Erleuchtung, natürlich, ich habe es in der Seitentasche des Reisenecessaires verstaut, und das liegt im Bad. Ich rutsche in einer Wasserlache aus und stoße mir den Kopf am Medikamentenschrank, ich stürze, reiße mir den Ellenbogen auf an der Badewannenkante. Wenn ich so weitermache, werde ich mir noch schnell das Genick brechen, bevor ich fertig bin mit Fraikin. Fraikin wird mich händeringend begraben und eine brillante Laudatio halten.

Ruhig, ganz ruhig.

Das Diktiergerät liegt im Reisenecessaire, alles in Ordnung.

Sogar eine Kassette liegt darin, ich spule ein Stück zurück, schalte sie ein, höre den einfältigen Dialekt von Bernd Strassner, dem Skifahrer, dessen Biographie ich schrieb vor drei Jahren: »Ja, gut, der Olympia-Sieg, das war schon etwas ganz Besonderes ...«

Ich habe das Gerät eine ganze Weile nicht benutzt.

Ein Gedanke zuckt auf, was, wenn das Diktaphon nicht

mehr einwandfrei funktioniert, was, wenn es plötzlich aussetzt oder wenn die Kassette hängenbleibt im entscheidenden Augenblick.

Ich spule vor und zurück, quäle mich mit dem Geschwätz des Skifahrers, »... ich sah die Hand nicht vor den Augen, was für ein Rennen ... ich blickte auf die Anzeigetafel, eine Hundertstel fehlte, ich ließ mich einfach in den Schnee fallen ...«

Alles bestens.

Strassners Stimme kristallklar, kaum ein Rauschen zu hören. Ich lasse die Kassette bis zum Ende spulen und kontrolliere die B-Seite. Wunderbar, die ist nicht bespielt.

Ich lasse das leere Band eine halbe Minute laufen, so viel Zeit werde ich brauchen, vermute ich. Ich lasse die Situation in meinen Gedanken ablaufen: Ich werde die Kassette abspielen, sobald Sarah und die anderen unten am Fuße der fünfundsechzig Stufen erscheinen ... ich werde hinauslaufen, große Aufregung, ich mache mir ernstlich Sorgen und so weiter, dann der Schrei ... gut, kann gar nicht schiefgehen.

Ich klebe mir ein Pflaster auf den Ellenbogen, ziehe mein verschwitztes schwarzes Jackett an, nehme das Diktaphon und gehe hinunter. Ich finde niemanden vor im Wohnzimmer, Gilbert mit freiem Oberkörper und Strohhut gießt Blumen im Garten, und Marianna spült Geschirr in der Küche.

»Die Fraikins haben sich zurückgezogen, er war sehr müde«, sagt sie.

Ich schlucke den Ärger hinunter, nehme lächelnd die Tasse Kaffee in Empfang, die Marianna mir anbietet. Ich setze mich in einen der Sessel im Wohnzimmer, klebe natürlich fest, ich ziehe das Jackett aus und lege es auf die

Sofalehne, immer griffbereit, falls Fraikin geruht aufzuwachen.

Marianna singt melancholische Lieder in der Küche.

Fraikin und Sarah liegen im hellblauen Schlafzimmer, Sarah nackt vielleicht.

Ich warte. Noch eine Geduldsprobe.

3

Am späten Nachmittag endlich kehren die Fraikins aus ihrer kleinen hellblauen Welt zurück, es sei ihnen gegönnt.

Ich liege im Wohnzimmersessel und erwache selbst aus einem unruhigen, bleiernen Halbschlaf, der morgige Tag läuft ab vor meinem geistigen Auge, immer und immer wieder, wie ein Film, alles ganz deutlich.

Ich greife nach meinem Jackett und gehe Fraikin entgegen. Fraikin, der spürbar verändert ist, zuversichtlicher, Sarah und die hellblaue Welt bewirken Wunder, ich weiß nicht, wie Sarah das gemacht hat.

Jedenfalls ist es Fraikin, der vorschlägt, ein Stündchen oder zwei an der Biographie zu arbeiten, er würde sich freuen.

Natürlich, sehr gerne, Carl, ich hatte genau denselben Gedanken.

Überhaupt arbeitet mir alles zu, die Weißhaupts, erfahre ich nebenbei, werden heute abend abreisen, sie würden natürlich gerne länger bleiben, nach all dem, was passiert ist, aber Klaus hat berufliche Verpflichtungen am Theater seiner Heimatstadt. Vermutlich spielt er zum hundertsten Mal Frankensteins Monster. Sie wollen aber ganz sicher zu Jakobs Begräbnis kommen, sagt Fraikin, wie schön. Sehr angenehm, die beiden morgen aus dem Weg zu haben.

Wir sitzen dann wieder im braunen Büro, die Sonne

bricht durch die Jalousien. Sarah, sichtlich erleichtert, ihren Gatten einigermaßen erholt zu sehen, geht schwimmen, und Marianna bringt Kaffee, sehr gut.

Ich ziehe das Diktiergerät aus der Seitentasche meines Jacketts und lege es auf den Schreibtisch. Ich wolle unsere Gespräche aufnehmen ab jetzt, erkläre ich, das erleichtere meine Arbeit, ich müsse dann keine Notizen machen.

»Selbstverständlich, Mark, sehr gut«, sagt Fraikin und beginnt, mir Geschichten zu erzählen, er ist ganz enthusiastisch plötzlich. Wieder ein Stapel alter Fotoalben auf seinem Tisch, ich habe es auf ein ganz bestimmtes abgesehen.

Ich tue so, als ob ich das Gerät einschalte und lasse ihn zunächst gewähren in seinem Redefluß, erfahre alles über den märchenhaften Beginn seiner Karriere. »Eine kleine Theatergruppe, eine kleine Stadt, zwei-, dreihundert Zuschauer, eine Freilichtbühne war es, Spätsommer, ich erinnere mich, als sei das gestern gewesen. Schillers *Räuber* wurden gegeben, ich spielte den Karl Moor, meine erste ganz große Rolle ... ein Gewitter zog auf, es blitzte und donnerte, wir mußten schreien ... während ich meinen Text sprach, betete ich insgeheim, daß es nicht regnen würde, nur kein Regen, die Bühne war nicht überdacht, Mark, du kannst dir die Situation vorstellen ...«

Fraikin lacht, hat Jakob Röder offensichtlich an den Rand seiner Gedankenwelt verdrängt. Jetzt ist er Karl Moor, auf einer Freilichtbühne in einer kleinen Stadt, Spätsommer, ein Gewitter zieht auf ...

Fraikins leere Augen glänzen.

»Das Gewitter zog vorüber, Mark, ich weiß nicht, vielleicht war es sogar die Angst vor dem Regen, die mich beflügelte, die mich in diese besondere Stimmung versetzte, wie auch immer ... der Kritiker der städtischen Zeitung überschlug sich regelrecht in seinem Artikel, ein Star sei geboren, hieß es da, bald werde man meinen Namen in den Programmen der ganz großen Bühnen lesen. Er habe Schillers *Räuber* ja schon häufig gesehen, aber noch nie einen so brillanten Karl Moor.«

Fraikin scheint sich auf irgend etwas zu besinnen, er blättert in einem der Alben. »Moment, Moment, Mark, ich hab's gleich.« Er schiebt mir das Album entgegen, da klebt ein Zeitungsartikel. *Stehende Ovationen für Carl Fraikin*, steht da in dicken, schwarzen Buchstaben, darunter etwas kleiner: *Freilichtbühne eine echte Räuberhöhle, Fraikin überragend*. Ein vierspaltiger Artikel, am rechten Rand ein dreispaltiges Foto, Fraikin, der Junge, in traditioneller Pose, den Blick Richtung Himmel gerichtet. Er schwenkt ein Schwert, sein Mund weit aufgerissen, hinter ihm sitzen die Räuber, mit entschlossenen Gesichtern und großen Hüten, folgen gebannt seiner feurigen Rede.

»Eine Kleinstadtzeitung, wirst du sagen, und eine Kleinstadtbühne. Aber ob du es glaubst oder nicht, zwei Tage nach Erscheinen dieses Artikels rief mich Leif Hannson an, damals ein bundesweit bekannter Theaterregisseur, ich solle zum Vorspielen kommen, eine tragende Nebenrolle in *Torquato Tasso*. Ich fuhr hin, bekam die Rolle und lebte von der Schauspielerei seit diesem Tag, der 27. August war es, das werde ich nicht vergessen. Ein halbes Jahr später gelang mir der endgültige Durchbruch, in Wien war das, der vielleicht größte Tag meiner Karriere, trotz aller Filme, die danach noch kamen. Die Bilder habe ich dir ja gezeigt, ich spielte den Herzog von Bayern in der *Agnes Bernauer*, meine Mutter saß im Publikum, du erinnerst dich, ich habe dir die Fotos vor zwei Tagen gezeigt. Ja, sie starb wenige Wochen später ... daß sie das noch erleben durfte ...«

Fraikin, scheint mir, möchte wieder melancholisch werden, das Glänzen in seinen Augen erlischt. Sehr angenehm im übrigen, daß er selbst auf die Fotos zu sprechen kam, ich greife nach meiner Kaffeetasse, trinke einen Schluck, sammle mich, überschlage in Gedanken noch einmal, was ich tun muß und in welcher Reihenfolge ... es kann gar nichts schiefgehen.

»Die Fotos, Carl, die du angesprochen hast, du als Herzog von Bayern und deine Mutter im Publikum ...«

»Ja?«

»Könnte ich die noch einmal sehen? Die waren sehr beeindruckend. Ich denke, die ... besondere Atmosphäre, die von diesen Bildern ausgeht, sollte ich mir einprägen und immer abrufbar haben, wenn ich mit dem Schreiben beginne.«

Meine Stimme ist gepreßt und zittert, aber Fraikin merkt nichts, ist ganz begeistert.

»Natürlich, Mark, sehr gerne, sehr gute Idee.«

Fraikins Melancholie ist wie weggeblasen, er blättert schon in dem Album. »Moment, ich hab's gleich.«

Ich erhebe mich, nehme die Kaffeetasse, trinke noch einen Schluck, dann greife ich nach dem Diktiergerät und gehe um den Schreibtisch herum, beuge mich über Fraikin, der gerade fündig geworden ist.

»Hier hab ich's, Mark, die Fotos aus Wien.«

Ich schaue über seine Schulter, sehe die beiden vergilbten Schwarzweißfotos, Fraikin, der Junge, als Herzog von Bayern, Agnes Bernauer legt den Kopf an seine Schulter, Fraikin blickt Richtung Himmel. Auf dem anderen Foto die alte, weinende Frau, Fraikins Mutter, sitzt in der ersten Reihe, sie habe geweint während des gesamten Stückes, sagte Fraikin vor zwei Tagen ...

Jetzt!

Ich schalte das Diktiergerät an, das in meiner rechten Hand liegt, ich halte es dicht an Fraikins Kopf.

Ich schütte den Inhalt meiner nahezu vollen Kaffeetasse auf die beiden Bilder, die heiße Flüssigkeit saugt sich sofort in das Papier, es zischt, die Fotos falten sich, man sieht kaum noch etwas, auf dem einen Foto nur noch die Beine von Agnes Bernauer und auf dem anderen die Schuhe der Mutter, ansonsten schwarz, klebrige, schwarze Flüssigkeit.

Fraikin schreit, ohrenbetäubend.

»Um Gottes Willen, ich bin gestolpert!« rufe ich, nachdem ich das Diktiergerät ausgeschaltet habe, Fraikin wischt schon wie vom Teufel besessen auf den Fotos herum, schreit, winselt. »Hilfe, Hilfe!!«

Ich stürze aus dem Zimmer, rufe »Marianna, ein Tuch, schnell!«

Marianna eilt herbei, mit hochrotem Kopf: »Was ist passiert, um Gottes Willen?«

Ich reiße ihr das Tuch aus der Hand, renne zurück ins Arbeitszimmer, Fraikin hängt über den Bildern, weint, ein gebrochener Mann.

»Man kann gar nichts mehr sehen!« klagt er.

Ich ziehe das Album unter seinem Kopf hervor, tränke mit der Flüssigkeit das Handtuch, wringe das Tuch über meiner Anzughose aus, das ist Cramer, dem es ehrlich leid tut, Cramer, der sogar bereit ist, seinen Anzug zu ruinieren, wenn er nur die wichtigen Fotos retten kann.

Allmählich sieht man wieder etwas, das Papier, auf dem die Fotos kleben, ist dunkelbraun gefärbt, aber von den Fotos selbst läßt sich der Kaffee teilweise entfernen.

»Schau doch, Carl, man sieht schon wieder was!«

Fraikin, der die ganze Zeit in sich zusammengesunken dasitzt, den Kopf in die Hände gestützt, späht zwischen seinen Fingern hervor. Fraikins Mutter ist tatsächlich wieder zu erkennen, ein bißchen dunkler als zuvor, na und? Auch Fraikin, Herzog von Bayern, starrt wieder gut sichtbar Richtung Himmel.

»Ja, ja, ich sehe ...«, stammelt Fraikin, schluchzend nach wie vor, Marianna, natürlich, erscheint mit Taschentüchern. »Ach, was für ein Glück, ich sehe ...«, ruft Fraikin, dessen verschleierter Blick ganz dicht über den Bildern hängt. »Man kann alles erkennen, ach, was für ein Glück ...« Er betatscht die Fotos mit seinen Fingern.

»Es tut mir so leid Carl, mir ist die Kaffeetasse aus der Hand ...«

»Laß nur, Mark, ich weiß doch, daß du das nicht gewollt hast, ach, ich kann alles genau erkennen, was für ein Glück, ich hätte es nicht ertragen ... diese Bilder ... bedeuten mir soviel ...«

»Wirklich, Carl, ich verstehe nicht, wie mir das passieren konnte...«

»Ach, Mark, denk gar nicht mehr daran, ich bin ja so froh, daß alles zu sehen ist, meine Mutter ... sie weinte während des gesamten Stückes ... ach, Mark, dein Anzug ist ganz schmutzig ...«

»Das war ja das mindeste, was ich tun konnte, ich bitte dich ...«

»Marianna wird ihn zur Reinigung bringen.«

Dann steht Sarah im Türrahmen, der Badeanzug klebt an ihrer Haut, die Brustwarzen schimmern durch, das Wasser tropft von ihrem Haar auf den Boden.

»Was ist denn passiert, ich hörte euch schreien ...«

»Nichts, mein Schatz, gar nichts, ein kleiner Unfall ...«, stammelt Fraikin, der am Schreibtisch sitzt und den Blick nicht von den Fotos hebt. »Ach, ich sehe ... alles zu erkennen ...«

»Du hast ja geweint, mein Schatz!«ruft Sarah, rennt auf ihn zu.

»Mir ist da ein schreckliches Mißgeschick …«

»Ach, laß doch, Mark«, sagt Fraikin.

»… Ich habe Kaffee verschüttet, ausgerechnet auf die Fotos …«

»Das ist ja das Bild deiner Mutter, und du als junger Herzog …« Sie drückt Fraikins Kopf fest an ihre Brust.

»Es ist ja nichts passiert … alles ist gut … ach, meine Mutter, Gott hab' sie selig …«

»Trotzdem, Carl, es tut mir so leid …«

»Mark, mach dir doch keine Vorwürfe«, sagt jetzt auch Sarah mit ihrer kristallklaren Stimme, schenkt mir ein liebes Lächeln, in dem ein Hauch Ironie mitschwingt, so als wolle sie sagen: »Mark, du Tolpatsch.«

Wir sitzen dann auf der Terrasse, Marianna serviert den Fruchtkuchen, den sie gebacken hat, das beschädigte Fotoalbum liegt zum Trocknen in der Sonne.

Das Diktaphon liegt weich und sicher in der Seitentasche meines Jacketts.

Fraikin, der Meister der 180-Grad-Wendung, ist plötzlich die gute Laune in Person, er legt sogar sein schwarzes Jackett zur Seite und schlingt ein Tortenstück nach dem anderen hinunter, kommt kaum zum Atemholen, weil er kauend und schluckend Geschichten zum Besten gibt. Er habe sich mehrmals übergeben müssen damals, vor der Premierenvorstellung in Wien, erzählt er redselig, und als er auf die Bühne kam, habe er instinktiv nach seiner Mutter Ausschau gehalten, immer wieder habe sein Blick in den falschen Momenten die erste Reihe abgesucht. »Dabei sollte ich doch nur noch Augen für Agnes Bernauer haben! So stand es zumindest im Text!« Er lacht herzhaft.

»Ach, Mark, du hast mir einen schönen Schrecken eingejagt … gar nicht so ungefährlich, sich einen Biographen ins Haus zu holen!«

Alle lachen.

Ich lächle.

»Gilbert, du arbeitest zuviel!« ruft Fraikin, »setz dich zu uns, nimm ein Stück Kuchen!«

Gilbert legt die Heckenschere aus der Hand und gesellt sich zu uns. »Sehr gerne, Herr Fraikin.«

Fraikin gerät in Trinklaune, läßt sich von Marianna gleich eine ganze Karaffe des Frucht-Schnaps-Getränkes mixen. »Sei aber vorsichtig, Carl!« mahnt Sarah besorgt, »du weißt doch, wie schlecht dir der Alkohol vor zwei Tagen bekam …«

»Frauen!« keift Fraikin. »Frauen, Mark!«

Ich lächle, suche Sarahs Blick, sie weicht aus.

»Trink noch ein Glas, Mark, und du auch, Gilbert!«

Eine halbe Stunde später ist Fraikin stark angetrunken, winselt wieder, beklagt wieder den Verlust seines alten Freundes Röder, »… wir kannten uns seit vierzig Jahren …«

Marianna zieht sich in die Küche zurück, um das Abendessen vorzubereiten, Gilbert sprengt den Rasen.

Früher Abend, lauer Wind.

»Sarah … du Liebe meines Lebens, du …«, lallt Fraikin und grabscht nach Sarahs Arm, fährt ihr durch die Haare. Sarah lächelt gezwungen und legt seine Hand zurück auf den Tisch. Fraikin nimmt noch einen Schluck.

Sarah sieht mich an mit traurigen Augen.

Ich fresse sie mit Blicken schon eine ganze Weile, ihre Mundwinkel zucken, als sie es bemerkt, sie wendet sich ab, kurz, dann sieht sie mir tief in die Augen, das Feuer brennt.

Ich fresse sie.

Sie weicht nicht aus.

4

Am Abend die Abreise der Weißhaupts.

Marianna hat eine leichte Gemüsesuppe gekocht für Elfie und Klaus, die von einem ausgedehnten Strandspaziergang mit sonnengebräunten Gesichtern und unangemessen guter Laune zurückkehrten, immerhin ist Jakob, der Gute …

Elfie findet dann auch schnell in die geforderte Stimmung zurück, nippt schüchtern an ihrem Suppenlöffel und ist untröstlich, unbedingt hätte sie länger bleiben wollen, nach all dem, was passiert ist.

»Aber Klaus beginnt in drei Tagen mit den Proben, da kann man nichts machen. Er spielt Nathan den Weisen …«

Ich verschlucke mich, huste, das Lachen wühlt sich nach oben. Weißhaupt als Nathan der Weise, das ist sehr originell, in der Tat, wahrscheinlich die moderne Komödienfassung des Stückes. Nicht lachen jetzt, nur nicht aus der Rolle fallen, so kurz vor dem Ziel.

Klaus Weißhaupt läßt sich seinen Suppenteller mehrmals auffüllen und erzählt einige seiner trägen Kalauer, die sind hoffnungslos fehl am Platze, Klaus der Weise, Klaus, die Fehlbesetzung.

Fraikin sitzt lethargisch am Kopf der Tafel, er kämpft mit seinem Alkoholspiegel, die Augenlider hängen tief, ansonsten reißt er sich gekonnt zusammen, mimt den souveränen Gastgeber, der geborene Schauspieler eben.

Das alles unter dem goldenen Licht des Kronleuchters,

die ganze Szene erscheint mir plötzlich auf eine gespenstische Art und Weise lächerlich, verschwimmt vor meinen Augen, Fraikin besoffen, Weißhaupt als kalauernder Nathan, Elfie mit ihrem runden, roten Gesicht und den ahnungslosen Augen, Marianna tischt Suppe auf, das ist alles nicht echt, scheint mir, alles falsch, irgendwo ist da ein Fehler.

Ein Gedanke zuckt auf, der mir den Atem raubt für einige Augenblicke, die ganze Szene, denke ich plötzlich, das alles ist arrangiert nur für mich, alles ein grandioser Betrug, alles Täuschung, die ganze Welt nur ein großes Schauspiel, unter der Regie einer unenträtselbaren Macht, arrangiert, um mich in die Irre zu führen, um mich zum Narren zu halten. Alle beobachten mich, heimlich, aus den Augenwinkeln heraus, warten darauf, daß mir endlich ein Licht aufgeht, alle wissen längst, daß ich einen Mord begangen habe, alle kennen meinen Plan. Fraikin macht sich einen Scherz daraus, den Ahnungslosen zu spielen, in Wirklichkeit weiß er längst Bescheid. Fraikin ist auch gar nicht betrunken, er tut nur so, um die Täuschung perfekt zu machen, mit demselben Ziel erzählt Klaus Weißhaupt seine Kalauer, hinter Elfies harmlosen, gutmütigen Augen verbirgt sich blanker Haß, und die dicke, singende Marianna grinst breit und boshaft, amüsiert sich über meine Dummheit.

Der Gedankengang verflüchtigt sich nach Sekunden, natürlich, ich durchlebe diese kleinen Krisen von Zeit zu Zeit, kein Grund zur Beunruhigung.

Ein Blick auf Sarah genügt, um meine alte Selbstsicherheit zurückzugewinnen. Sarah, die mir ins Gesicht sieht und sich wieder abwendet, als mein Blick sie trifft. Ein leises, scheues Lächeln spielt um ihren Mund, sie tätschelt gedankenverloren Fraikins Arm, aber sie denkt an mich.

Elfies naiv wässriger Blick ist echt, ebenso echt sind die Kalauer ihres Mannes.

Fraikin ist wirklich betrunken und hat wirklich keine Ahnung.

Marianna grinst nicht hinter meinem Rücken, in der Küche, sie kocht einfach Suppe und singt melancholische Lieder.

Keine rätselhafte Macht schickt sich an, mich zu stoppen. Kein göttlicher Ratschluß ruft mich zur Ordnung. Kein Gott arrangiert meinen vorzeitigen Untergang.

Schwarz ist da, nichts sonst, ich muß mich gar nicht vergewissern, ich muß mich nicht tragen lassen von den Wellen bis ans Ende der Welt.

Niemand hat Röder geholfen, niemand wird Fraikin helfen.

Schwarz wird sein, auch für ihn.

5

Es wird gewunken zum Abschied, wir stehen in einer Reihe und fuchteln mit unseren Armen, alle beteiligen sich, auch Marianna und Gilbert. Wir rufen »Auf Wiedersehen« und »Gute Fahrt«, obwohl sie uns nicht mehr hören können, wir winken und rufen, bis der Wagen der Weißhaupts aus unserem Blickfeld verschwunden ist.

Dann, endlich, bietet sich die Gelegenheit, allen eine gute Nacht zu wünschen, ich gehe hinauf in mein Zimmer, das noch in taghellem Licht liegt, obwohl es bald 22 Uhr ist, die Nacht, auf die ich warte, läßt sich Zeit. Ich bin angespannt und dennoch müde, ich könnte mich hinlegen und die Augen schließen, ich würde sofort einschlafen, trotz der Gedankenwirbel unter der Kopfhaut.

Ich werde wach sein und warten.

Ich ziehe behutsam das Diktiergerät aus der Tasche meines Jacketts. Ich spule ein Stück zurück und lasse es ablaufen, leise. Ich höre Fraikins Entsetzensschrei.

Ich lege mich auf das Bett, das frisch bezogen ist mit weißer und roter Bettwäsche, angenehm. Ich schließe nicht die Augen, starre an die schneeweiße Decke, ich weiß nicht, wie lange.

Fraikin war noch hellwach, als ich mich verabschiedete, erreichte gerade wieder ein Hoch und ließ sich von Marianna einen Verdauungsschnaps reichen. Ich hoffe, er und Sarah verschwinden bald in ihrer hellblauen Welt.

Irgendwann sehe ich auf die Uhr, es ist gerade halb elf,

ich hatte das Gefühl, eine Stunde oder länger an die Dekke gestarrt zu haben, meine Geduld geht langsam zur Neige.

Ich nehme das Diktiergerät, gehe hinaus auf den Korridor, höre dumpf Fraikins Stimme, Fraikin, der Marianna und Sarah Geschichten erzählt, kein bißchen müde. Ich gehe weiter bis an das Treppengeländer, Fraikin unten redet über einen seiner Filme, ein Western, scheint mir, Räuberbande terrorisiert kleine Stadt im Wilden Westen. Fraikin lallt wieder, hat wohl dem ersten Verdauungsschnaps noch den einen oder anderen folgen lassen.

Ich höre die klare Stimme Sarahs. »Laß uns schlafen gehen, Carl. Es ist spät, du solltest nicht soviel trinken ...«

Er wolle das noch schnell zu Ende bringen, mault Fraikin, das sei doch eine tolle Geschichte, also, er, mit Cowboyhut und allem Drum und Dran, saß schon auf dem Pferd, als Greene, dieser Idiot, plötzlich von seinem Gaul fiel ...

Das geht eine Weile so weiter, irgendein Regieassistent verletzte sich bei dem Versuch, Greene, einem Nebendarsteller, auf die Beine zu helfen... ich höre nicht mehr zu, die Wut schnürt mir die Kehle zu, wie lange soll ich noch warten, wann endlich läßt sich Fraikin von Sarah in die hellblaue Schlafzimmerwelt entführen?

Marianna lacht, amüsiert sich köstlich über die Erzählungen ihres Arbeitgebers, Sarah, glücklicherweise, verliert allmählich die Geduld, verständlich, es ist ja kein Spaß, Nacht für Nacht neben einem betrunkenen, vor sich hin winselnden Ehemann zu liegen. Die Euphorie, in die Fraikin sich hineingesteigert hat, wird natürlich nicht von Dauer sein.

»... ja, so war das ...«, resümiert Fraikin nach nicht enden wollendem Monolog. Er bittet Marianna, ihm doch noch einen ganz kleinen Schnaps zu reichen, aber Sarah schreitet ein, erklärt das abendliche Beisammensein für beendet. Auch Marianna spricht Fraikin gut zu, es sei doch wichtig, daß er ein wenig zur Ruhe komme, es sei doch nur zu seinem Besten …

»Frauen!« witzelt Fraikin, halb überredet. »Frauen! Aber bitte, wie könnte ich es wagen, zwei solchen Schönheiten zu widersprechen …«

Marianna lacht, geschmeichelt.

Sarah stützt ihren schwankenden Ehemann, ich trete einen Schritt zurück, um nicht gesehen zu werden. Sarah und Fraikin gehen direkt unter mir Richtung Himmelzimmer, Fraikin beginnt schon zu winseln und zu klagen. »Ach, mein Schatz, es ist so schwer, den Gedanken an Jakob zu verdrängen … mein alter Freund …«

Dann, endlich, verstummen die Stimmen, Minuten später höre ich im Badezimmer der Fraikins und in der Küche Wasser laufen, Marianna räumt auf, Geschirr klirrt, Marianna summt vor sich hin.

Draußen ist es dunkel inzwischen, im breiten Fenster auf dem Korridor liegt schemenhaft der Garten, dahinter dunkelblau der Ozean, darüber in regelmäßigen Abständen das rote Licht des Leuchtturmes.

Ich halte mich fest am Treppengeländer, schließe die Augen, versuche, mich zu entspannen, aber das fällt schwer, ich male mir in Gedanken aus, wie ich der summenden Marianna die Kehle zudrücke, einfach, um dieses Summen aus der Welt zu schaffen.

Ich werde mich beherrschen, natürlich. Sie kann ja nicht ewig summen, auch die dicke Marianna ist nicht für die Ewigkeit geschaffen, ich glaube auch nicht, daß es eine ganze Nacht dauert, eine Küche aufzuräumen …

Irgendwann löscht Marianna das Licht in der Küche, sie

summt jetzt schon im Wohnzimmer, rückt noch die Kissen des Sofas zurecht, streicht die Tischdecke glatt, zuletzt erlischt der Kronleuchter. Marianna geht in ihr Zimmer, das auf dem Gang liegt, der zum himmelblauen Schlafzimmer der Fraikins führt.

Die Fraikins, hoffe ich, schlafen.

Ich höre wieder Wasser laufen, nur kurz, Marianna nimmt Rücksicht auf ihre Arbeitgeber, wäscht sich in aller Eile, dann kehrt Ruhe ein.

Ich sehe auf die Uhr, halb zwölf.

Ich gebe Marianna zehn Minuten, um einzuschlafen.

Dann gehe ich hinunter, ich lege mir Sätze zurecht, die ich sagen könnte, falls mich doch jemand sieht. »Ich konnte nicht schlafen, wollte schnell nach den Fotos sehen, ob die getrocknet sind ...« »Ich hatte ein Geräusch gehört, wollte mich nur vergewissern, daß alles in Ordnung ist ...«

Ich stehe schon vor Fraikins braunem Arbeitszimmer, die Tür öffnet sich geräuschlos, wahrscheinlich frisch geölt von Gilbert.

Die Schublade klemmt zunächst, dann läßt sie sich öffnen. Ich warte einige Sekunden, niemand kommt, ich nehme die Pistole heraus.

Sie sei geladen, hatte Fraikin behauptet. Ich prüfe das nach, es stimmt.

Ich stecke den Revolver in die Tasche meines Jacketts, schließe die Schublade, trete hinaus auf den Korridor, alles ruhig, alles schläft. Ich gehe durchs Wohnzimmer, öffne die Terrassentür, ein kalter Luftzug trifft mich. Ich lasse die Tür angelehnt, gehe über den Rasen bis zu den fünfundsechzig Stufen, Gilbert ist ein Künstler, das Gras so weich gemäht, daß es meine Schritte verschluckt. Ich schwebe.

Im Haus rührt sich nichts.

Ich gehe langsam die fünfundsechzig Stufen hinunter, der böige Wind betäubt wieder den Kopfschmerz, ich gehe langsam, ich schlendere, jetzt nur nicht ins Schwitzen kommen.

Aus der Disco des Dorfes dringen monotone Schläge und bläuliches Licht, aus der Crêperie daneben hysterisches Geschrei, zwei Betrunkene rempeln mich an, ohne sich zu entschuldigen, ich hätte gute Lust, ihnen eine Kugel in den Kopf zu schießen, aber ich beherrsche mich.

Am Himmel stehen Sterne, klare Nacht, ich gehe den schmalen Steg hinauf zum höchsten Punkt der Düne, ziehe die Strandschuhe aus.

Der Wind schlägt auf mich ein in Böen.

Der Wind verschluckt das monotone Hämmern der Diskothek.

Der Sand ist kalt.

Ich gehe hinunter an den Saum des Wassers, nichts zu sehen, nur die endlose, gewaltige Wasserfläche, nichts zu hören, nur das Rauschen und Schlagen der Wellen.

Von Zeit zu Zeit das rote Licht des Leuchtturmes, viel weiter hinten, in der Nähe des Horizonts, ein großes, beleuchtetes Schiff, das sich nicht zu bewegen scheint. Möglich, daß Menschen tanzen und um Geld spielen auf diesem Schiff, möglich, daß da 500 Passagiere für zwei teure Wochen Illusionen leben, möglich, daß Champagner in rauhen Mengen in Gläser und auf Teppichböden geschüttet wird.

Möglich, daß das Schiff vom Kurs abgekommen ist und Richtung Weltende steuert.

Das spielt keine Rolle.

Vor mir die Wasserfläche und um mich herum Strand kilometerweit.

Ich bin allein.

Ich nehme das Diktiergerät, schalte es ein, laut: Fraikins Entsetzensschrei, verschluckt vom Wind und den Wellen. Morgen wird man den besser hören können. Ich stoppe das Band einige Sekunden, nachdem der Schrei verhallt ist.

Ich nehme den Revolver, schieße einmal zur Probe, in die Luft, Richtung Sterne.

Alles bestens, beachtliche Lautstärke, die Kugel, vermute ich, landet irgendwo im Wasser.

Ich schalte das Diktiergerät ein und schieße erneut, wieder Richtung Sternenhimmel, ich halte die Waffe dicht an das Mikrophon.

Ich stoppe das Gerät, lasse die Aufnahme einmal im Zusammenhang ablaufen, erst der langgezogene Schrei, dann der Schuß. Perfekt. Ich spule zurück, stopfe das Gerät in die eine, den Revolver in die andere Tasche meines Jacketts und gehe zurück in Richtung des Steges.

Ein junges Paar kommt mir entgegen, außer Atem. »Haben Sie auch etwas gehört?« rufen sie schon von weitem.

»Was denn?«

»Klang wie ein Schuß, zweimal. Haben Sie nichts gehört?«

»Nein, tut mir leid.«

»Merkwürdig.«

»Vom Strand kam das Geräusch bestimmt nicht, von dort komme ich gerade. Vielleicht ist im Dorf einem der Reifen geplatzt.«

»Wahrscheinlich«, sagt das Mädchen, halb enttäuscht, halb erleichtert.

Ich gehe, ohne ein weiteres Wort zu verlieren, der Junge drückt seine Freundin fest an sich, sie sieht mit treuen

Augen zu ihm hinauf. Sie gehen zögernd weiter Richtung Strand, die Idee, daß ich geschossen haben könnte, kommt ihnen offenbar nicht.

Ich habe es nicht mehr eilig, ich weiß, daß ich mein Spiel gewonnen habe, ich genieße die Dunkelheit, die die schneeweißen Häuser einhüllt mit ihren sonnigen Namen. Hilflos die trüben Straßenlaternen, hilflos auch der Mond, dessen blasses Licht nicht weit genug reicht, hilflos die kleinen Sterne.

Am sturmgeschützten Südhafen schwanken die vertäuten Boote in lauem Wind, hinter der Wasserfläche leuchten die Lichter von Arcachon, die sind weit weg.

Im Park sitzen zwei alte Männer auf einer Bank, sie sprechen nicht, sitzen einfach nur da, grüßen kurz, ohne mich anzusehen.

In der Kneipe wird hysterisch gelacht nach wie vor, in der Disco wird getanzt zu monotonen Schlägen.

Niemand beachtet mich.

Niemand kommt, um mich zu stoppen.

Ich verspüre plötzlich Lust, in die Kneipe zu gehen, aus der das Stimmengewirr dringt und das hysterische Lachen. Ich werde mitlachen eine Weile und meine Hand um den kalten Knauf des Revolvers in meiner Jackentasche legen. In der Kneipe herrscht tatsächlich allgemeiner Frohsinn, man vergißt die Sorgen, die der Tag brachte, ertränkt sie in Bier, das reichlich fließt an jedem Tisch. Eine antike Jukebox spielt ein romantisches Lied, das niemanden interessiert, ebenso wenig Beachtung findet der Fernseher, der über der Theke hängt und in dem ein Spielfilm läuft ohne Ton, ein Krimi offensichtlich, gleich als ich reinkomme, wird eine Frau erdolcht.

Ich setze mich an einen kleinen Tisch für zwei Personen, bestelle ein Bier bei einem blassen, dünnen Kellner, einem jungen Mann, von dem ich den Eindruck habe, daß er jede Sekunde in sich zusammenfallen könnte, aber er hält sich tapfer aufrecht. Ich erweitere meine Bestellung um eine Crêpe mit Schokoladensauce, ich habe großen Hunger.

Der Kellner kommt mit dem Bier und der Crêpe. An meinem ersten Bissen verschlucke ich mich, denn jemand klopft mir auf die Schulter. Fignon, natürlich. Er ist begeistert, mich hier zu treffen, und offensichtlich leicht angeheitert, sein Gesicht ist ganz rot vor Aufregung. Er setzt sich mir gegenüber, prostet mir zu und informiert mich darüber, daß er bereits alles eingekauft hat für das Strandpicknick.

»Wunderbar«, sage ich, kralle meine Hand um den Revolver in meiner Jackentasche, lächle Fignon ins Gesicht, sehe die Ahnungslosigkeit in seinen Augen. Fignon, mein unfreiwilliger Komplize. Ein wohliger, warmer Schauer läuft mir über den Rücken, das schöne Gefühl vollkommener Kontrolle, vollkommener Überlegenheit.

Fignon beginnt dann, ohne Übergang und mit schwerer Zunge von einem Amerikaner zu erzählen, einem schwerreichen Geschäftsmann, über den er in der Zeitung gelesen hat, das sei eine tolle Geschichte. Der habe sich ein Haus gebaut, eine Villa, die rund 40 Millionen Francs gekostet habe, und der Garten sei größer als der Park des Schlosses … wie heißt es doch gleich … auf jeden Fall riesig! »Aber das beste«, ruft er und beginnt, in sich hineinzulachen, »das beste kommt erst noch. Dieser Amerikaner hat sich … man muß sich das vorstellen … der hat sich allen Ernstes eine eigene Straße bauen lassen, die zu seinem Anwesen führt … und diese Straße …«, Fignon ist nicht mehr zu halten, er schüttelt sich vor Lachen, »…diese Straße ist dreispurig, eine Autobahn gewissermaßen …

und auf dieser Straße darf ohne Erlaubnis niemand fahren, nur er ... und ... und ...«, Fignon kichert unablässig, ich muß mich vorbeugen, um seine Worte zu verstehen, »... nur er darf dort fahren in seiner Riesenlimousine und einige Chauffeure in kleineren Limousinen, die sich der Amerikaner extra zu diesem Zwecke gekauft hat, nämlich, es ist so, diese kleinen Limousinen fahren auf der rechten Bahn mit einer vorgeschriebenen niedrigen Geschwindigkeit, und der Hausherr, wenn er abends nach Hause kommt, überholt sie und hupt dabei, das macht der so jeden Abend! Und wissen Sie was ...«

Er starrt mich an mit verschleiertem Blick, »wissen Sie, was dieser Millionär oder Milliardär im Zeitungsinterview dazu sagte?! Er sagte: Das sei so sein kleines, abendliches Privatvergnügen!!« Fignon ist nicht mehr zu halten, er lacht mir ins Gesicht, sein Speichel streift meine Backe.

Mir schwirrt der Kopf, ich stehe auf, bitte Fignon, sich die erst zur Hälfte verzehrte Crêpe schmecken zu lassen, und verabschiede mich. Ich sei müde.

»Wir müssen mal wieder ins Casino gehen!« ruft mir Fignon hinterher. Und als ich den Ausgang fast erreicht habe: »Ich freue mich auf das Strandpicknick morgen, das war eine sehr gute Idee von Ihnen, Mark ... das wird Sarah auf andere Gedanken bringen ... es muß ja weiter gehen, das Leben ist doch zu schön ...«

Ich nicke nur. Dann stehe ich draußen, über mir wieder die kleinen Sterne, der blasse Mond. Ich atme die kühle, reine Luft. Ich schließe die Augen, während ich gehe, öffne sie erst, wenn ich die Orientierung so vollständig verliere, daß ich fürchten muß, gegen einen Baum zu laufen oder eine Straßenlaterne. Ich gehe langsam, ohne Eile.

Ich steige die fünfundsechzig Stufen hinauf, das *Schloß zur hohen Kunst* ist nur schemenhaft zu erkennen, blasses

Mondlicht fällt ausgerechnet auf mein Turmzimmer. Alles andere, die gewaltige Frontseite, der Turm, der Richtung Dorf liegt, die Säulen, der Haupteingang, das hellblaue Schlafzimmer: Dunkel, Opfer der Nacht.

Ich schwebe über den Rasen, betrete das Haus über die angelehnte Terrassentür, ich gehe unbehelligt durch das Wohnzimmer in das braune Arbeitszimmer, lege den Revolver in die Schublade zurück.

Ich gehe die Treppe hinauf, den Gang entlang in mein Zimmer. Ich ziehe mein Jackett aus, die Hose, ich lege das Diktiergerät auf den Nachttisch. Ich ziehe die Vorhänge zu, das Mondlicht bricht dennoch durch das Fenster.

Ich ziehe das Bild mit den Anglern unter dem Bett hervor und hänge es spaßeshalber zurück an seinen Platz an der Wand.

Ich lasse mich auf das Bett fallen, liege auf dem Rükken, schließe die Augen.

Warum das alles? frage ich mich noch.

Dann schlafe ich ein.

Sechster Tag

1

An meine Träume kann ich mich nicht erinnern, als ich erwache. Ich versuche, sie festzuhalten, sofort nach dem Öffnen der Augen versuche ich, mir ins Gedächtnis zu rufen, was sich zuletzt ereignete, was sich abspielte vor meinen geschlossenen Augen in diesem eigentümlich düsteren Licht, aber da ist nichts.

Ich weiß nicht, ob das die Regel ist, aber wenn ich träume, dann immer in diesem düsteren Licht, selbst wenn der Traum vor sonnigem Hintergrund abläuft, dieses Licht verleiht sogar meinen angenehmen Träumen eine bedrohliche Atmosphäre.

Ich träume ungern.

Möglich, daß ich deswegen so häufig erwache in dem Glauben, traumlos geschlafen zu haben, als sei da viele Stunden einfach schwarz gewesen, nichts gewesen, dieser Zustand vollkommener Bewußtlosigkeit, in dem der Sinn für Raum und Zeit verlorengeht, ein Zustand im übrigen, von dem ich denke, daß er dem Tod sehr nahekommt.

Der Tod ist nichts weiter als ein schwarzer Schlaf, der nicht endet.

Ich liege eine Weile bewegungslos, in einem grauen, kalten Dämmerzustand, schwer wie Blei. Dann eine Schrecksekunde, als ich den Blick in Richtung Fenster richte, da brechen keine Sonnenstrahlen durch die Scheiben, scheint mir, kein gelbes Licht hinter den Vorhängen.

Ich greife nach meiner Uhr, halb acht.

Ich richte mich auf, gehe zum Fenster und sehe meine Befürchtungen bestätigt. Über dem Dorf liegen dunkle Wolken, es regnet in schmalen Fäden. Die Bäume im Garten schaukeln im Wind, der Sand der Düne ist naß, der Ozean liegt in trübem Nebel.

Ausgerechnet heute, in spätestens vier Stunden soll Fignon vor der Tür stehen mit Sonnenschirm, Hawaiihemd und Picknickkorb.

Ich lege mich auf das Bett, versuche, noch einmal einzuschlafen, das gelingt nicht. Schluckbeschwerden quälen mich, die Zeit schleicht, ich sehe auf die Uhr alle zwei Minuten. Ich gehe zum Fenster, unverändert der Regen, die bleigrauen Wolken und der Nebel. Ich lege mich wieder hin.

Ich verspüre keinerlei Lust, mich anzuziehen, mich zu waschen, mich vorzubereiten auf den heutigen Tag. Ich starre Richtung Zimmerdecke, zwinge mich, nicht mehr auf die Uhr zu sehen. Ich schließe die Augen, freunde mich sogar an mit dem Gedanken, Fraikin das Leben zu schenken und ohne weiteres abzureisen, irgendwohin.

Irgendwann höre ich Wasser laufen unten, dumpfe Stimmen, das Haus erwacht.

Ich greife doch wieder nach der Uhr, kurz vor neun.

Die Sonne bricht durch.

Ich springe auf, stehe schon am Fenster, reiße die Vorhänge zur Seite. Hellblauer Himmel über dem Meer, die grauen Wolken schon hinter dem Haus, die ziehen weiter, der Regen fällt noch, in vereinzelten Streifen. Am Horizont hängt ein Regenbogen in allen Farben.

Die Bäume schwanken im Wind, schütteln die Tropfen von ihren Blättern.

Die Sonne blendet mich.

Das wird ein Tag, wie geschaffen für ein Strandpicknick.

Eine Welle der Erleichterung überflutet mich, wieder der Brechreiz, ich lache in mich hinein, mein Magen schmerzt, Seitenstechen.

Ich verliere keine Zeit, rasiere mich, dusche heiß und kalt, ziehe einen dunkelblauen Anzug an, den schwarzen wird Marianna in die Reinigung bringen.

Ich erscheine gutgelaunt zum Frühstück.

Marianna singt fröhliche Lieder in der Küche und kündigt an, daß die Fraikins gleich kommen werden, »Herr Fraikin fühlt sich nicht ganz wohl ... er hat wohl ein wenig zu tief ins Glas geschaut gestern«, meint sie und verbeißt sich mühsam das Lachen. Sie ist offensichtlich der Meinung, daß nach zweitägiger Trauer ein wenig Frohsinn angebracht ist, vielleicht sind ihr die melancholischen Lieder ausgegangen.

Ich setze mich an den gedeckten Tisch und lasse mich von Marianna überreden, schon mal einen Löffel ihrer selbstgemachten Marmelade zu versuchen. »Großartig!« sage ich. Marianna lächelt, ihr Gesicht rötet sich.

Ich erhebe mich und gehe zur Stereoanlage, nicht auszudenken, was wäre, wenn das Tapedeck nicht funktioniert, ich könnte die Zeit nutzen, um das zu überprüfen. Ich ziehe das Diktiergerät aus der Tasche meines Jacketts, lege die Kassette in das Tapedeck der Stereoanlage. Marianna singt, ihr Gesicht rot nach wie vor, weil ich ihre Marmelade lobte.

Ich spule ein wenig hin und her, es funktioniert einwandfrei. Ich lasse ein Stück abspielen, natürlich die A-Seite mit der Dialektstimme des Skifahrers, ich kann ja schlecht Fraikins Entsetzensschrei und den Schuß ertönen lassen, das würde wohl auch die arglose Marianna veranlassen, sich zu wundern.

Während ich noch an der Musikanlage herumspiele, kommen Fraikin und Sarah. »Guten Morgen, Mark!« ruft Fraikin, »was machst du denn da?«

»Ich kontrolliere nur die Kassette meines Diktaphons«, sage ich. »Wäre ärgerlich, wenn sich später herausstellt, daß die Aufnahmen nichts geworden sind.«

»Gute Idee, Mark, sehr gut.« Fraikin ist so unendlich weit entfernt, irgendeinen Verdacht zu schöpfen.

Sarah begrüßt mich lächelnd. »Guten Morgen, Mark«. Sie tritt an mich heran, schaut mir über die Schulter, ich spüre ihren warmen Atem. »Und, funktioniert alles?«

»Ja, alles bestens«, sage ich. Sarah nickt und setzt sich an den Tisch, schenkt mir wieder ihr freundliches Lächeln.

Fraikin sieht im übrigen fürchterlich aus, sein Gesicht kreidebleich, sein Schritt schwankend, aber er scheint das Ganze von der lustigen Seite zu nehmen. »Ich habe entschieden ein wenig übertrieben gestern Abend, einige Schnäpse zuviel, ja, so ist es immer, die Rechnung bezahlt man am Morgen danach.« Er lacht, an seinem Mund hängt Schleim, offensichtlich hat er sich gerade übergeben, daher auch die gute Laune, die Übelkeit hat wohl nachgelassen, nachdem er seinen Brechreiz befriedigt hat.

Er ißt sogar mit gutem Appetit, Marianna bringt Kamillentee. Fraikin berichtet, daß es ihm spürbar besser gehe und streichelt Sarahs Hand. Sarah lächelt schwach, dunkle Ränder unter ihren Augen, sie hat offensichtlich nicht allzu gut geschlafen. Ich vermute, es ist schwer, Ruhe zu finden, wenn der Ehegatte das gemeinsame Bett mit Erbrochenem zu beschmutzen droht.

Ich lächle Sarah an, sie erwidert, in ihren brennenden Augen, scheint mir, liegt unterdrückte Gier und Sehnsucht. Ich im dunkelblauen Anzug, frisch rasiert, gebe wohl ein bedeutend besseres Bild ab als Fraikin, der Faltige, in seinem Bademantel, mit dem Schleim um den Mund. Fraikin macht es mir so leicht, fast ärgert mich das.

Der Mittag rückt näher, der Regen ist längst getrocknet, und meine Ungeduld wächst. Ich sitze bewegungslos auf der Terrasse und warte auf die Ankunft Fignons. Die Sonne brennt auf mein Gesicht, ich kneife die Augen zusammen hinter der Sonnenbrille. Sarah schwimmt wieder, ihre dunkelbraunen Arme glänzen in der Sonne. Ab und zu kommt sie heraus, um vom Rand ins Wasser zu springen, dann lacht sie verlegen, fährt sich durch die nassen roten Haare und winkt mir zu. Ich winke zurück, lächle und ziehe ihr in Gedanken den Badeanzug aus.

Fraikin, bleich und schwankend nach wie vor, redet auf Gilbert ein, gibt Anweisungen, er hat sich aus irgendeinem Grund in den Kopf gesetzt, Marmorsäulen anbringen zu lassen am Eingangstor, das erzählte er bereits beim Frühstück. »Schneeweißer reiner Marmor, was hältst du davon, Mark?«

»Sehr gute Idee, Carl.«

Gegen zwölf endlich kommt Fignon, er stolziert die Stufen hinauf, Dynamik und Unternehmungslust, er trägt das bunte Hawaiihemd und hat alles dabei, den gelb-weißen Sonnenschirm, die Wolldecke und den Picknickkorb.

»Hallo Freunde!« ruft er schon zwischen Stufe dreißig und vierzig. »Überraschung!«

Ich habe mich nicht getäuscht, auf Fignons Überredungskunst ist Verlaß, er steht da mit glänzenden Augen und breitem Grinsen, die gute Laune in Person, er präsentiert einige der Köstlichkeiten in seinem Korb.

»Natürlich kommen wir mit!« ruft Sarah, und Marianna

stehen die Tränen in den Augen vor Freude. »Du bist ein Schatz, Bernhard!«

»Nun, um bei der Wahrheit zu bleiben, das alles war in erster Linie Marks Idee ...«

Fragende Blicke treffen mich. »Ja«, bestätige ich bescheiden, »ich dachte, es wäre schön, ein wenig für Ablenkung zu sorgen ... die letzten Tage waren doch für uns alle sehr ... bedrückend ...«

»Ach, Mark, wie süß, du hast ja gar nichts erzählt ...« Sarah hakt sich bei mir ein, ich spüre ihre nasse, glatte Haut. Sie drückt mir lachend einen Kuß auf die Wange, sie macht das sehr geschickt, weder Fignon noch Marianna kommen auf den Gedanken, sich darüber zu wundern, eine spontane, harmlose Äußerung aufrichtiger Sympathie, so etwas ist üblich unter guten Freunden.

»Carl und ich werden allerdings hierbleiben«, sage ich und registriere Sarahs Enttäuschung. Sie rückt unbewußt noch ein Stück näher an mich heran.

»Ach, Mark, komm doch mit!« bittet sie, verräterisch, aber Marianna und Fignon zucken nicht mit der Wimper, überhören offensichtlich, daß sie ihren Ehemann nicht erwähnt, und übersehen, daß sie sich an mich klammert. Wahrscheinlich verzehrt Marianna in Gedanken schon die zahlreichen Leckereien, und Fignon glaubt sowieso nicht an das Böse in der Welt.

»Carl und ich sollten an der Biographie arbeiten, Sarah, ich denke, das ist jetzt die allerbeste Ablenkung für ihn. Du weißt ja, wie wichtig ihm das Buch ist ...«

Sarah nickt bedächtig, schaut in Richtung ihres Mannes, der nach wie vor auf Gilbert einredet, er hatte Fignon nur von weitem und zerstreut begrüßt, ganz gefesselt von dieser abwegigen Idee mit den Marmorsäulen.

»Wahrscheinlich hast du recht, Mark«, sagt Sarah leise.

»Vielleicht gelingt es dir ja, ihm irgendwie auf die Beine zu helfen, er war so launisch in den letzten Tagen ... ich verstehe ja, daß ihm die Sache mit Jakob sehr nahegeht, aber diese wechselnden Stimmungen ... ihr habt ihn ja selbst erlebt ...«

»Ganz richtig, meine liebe Sarah«, ruft Fignon. »Ich sagte das gestern schon zu Mark: Mark, mein Lieber, sagte ich, Carl ist nicht mehr er selbst, ihm muß geholfen werden. Das Leben ist doch zu schön ... im übrigen, meine Damen, sollten wir keine Zeit verlieren, die Kartoffelplätzchen werden kalt, und der Wein wird warm.«

Sarah und Marianna versprechen, sich mit dem Umziehen zu beeilen, und ich erinnere Fignon daran, daß auch Gilbert an dem Picknick teilnehmen könnte, die Weißhaupts seien abgereist, aber Gilbert könnte doch ... »Natürlich, mein Freund, natürlich.«

Gilbert, stellt sich heraus, hat keine Zeit, er muß noch verschiedene Blumenbeete versorgen und das Schwimmbad reinigen, er bleibt stur, läßt sich nicht überreden. Er ignoriert sogar die ermunternden Worte Fraikins, der das Picknick für eine großartige Idee hält und im übrigen völlig meiner Meinung ist, daß wir inzwischen an der Biographie weiterarbeiten könnten, darauf freue er sich schon den ganzen Morgen.

Sarah sieht bezaubernd aus mit ihrem breiten Sonnenhut, dem Sommerkleid und den leichten Schuhen, die den Blick freigeben auf ihre schmalen, glatten Füße, in die ich hineinbeißen möchte, bald, bald ... Ihr Lippenstift paßt genau zur Farbe ihrer Haare.

Marianna erscheint mit roten Backen und im Blumenkleid, sie summt Opernarien und hakt sich bei Fignon ein, der vor Aufregung und Vorfreude hin- und herhüpft, von einem Bein auf das andere.

»Kommt an meine Seite, schöne Frauen!« ruft er, Sarah lacht hell, nimmt Fignons Arm, der Picknickkorb baumelt an Fignons Handgelenk, den Sonnenschirm nimmt Marianna, die Wolldecke Sarah. Fignon redet unablässig, während sie in Richtung der Stufen gehen, immer von neuem fallen ihm galante Komplimente ein, er verfügt da über einen unerschöpflichen Vorrat, scheint mir. Die Frauen lachen, Fignon ist die personifizierte gute Laune, fast hätte ich Lust, doch mitzugehen, aber ich habe etwas zu erledigen im *Haus zur hohen Kunst*, bin leider unabkömmlich.

»Bitte, kommt gegen drei zurück!« rufe ich noch. »Dann wird gemeinsam Kaffee getrunken. Ich kann nämlich nicht länger als drei Stunden warten auf ein Stück von Mariannas Erdbeertorte …«

»Herr Cramer, Sie machen sich lustig!« ruft die dicke Köchin, wird rot, wie gehabt.

»Gute Idee, Mark!« ruft Sarah, wendet sich in meine Richtung, grünes glückliches Feuer nur für mich. »Wir werden rechtzeitig wieder hier sein.«

»Das war wirklich eine gute Idee von dir, Mark«, sagt Fraikin, der hinter mir steht und winkt. »Schau nur, wie Sarah sich freut … glaub mir, es war nicht leicht für sie in den vergangenen Tagen, ich war ja das reinste Nervenbündel. Ich werde mich bei ihr entschuldigen nachher. Du kannst dir gar nicht vorstellen, Mark, wie sehr ich sie liebe, manchmal denke ich, sie sei ein Engel und nicht von dieser Welt …«

»Sie ist eine wunderbare Frau, Carl«, bestätige ich, »du bist ein glücklicher Mann.«

»Danke, Mark. Du bist ein wahrer Freund.«

Fraikin ist voller Tatendrang, möchte »gleich loslegen«, er wolle mir heute von seinen frühen Filmen erzählen, »ich sage dir, Mark, da sind Sachen passiert …«

Ich bin zu allem bereit, habe ein gutes Gefühl. Ich gehe den Ablauf des Ganzen noch ein letztes Mal durch im Geiste, während Fraikin in der Küche höchstpersönlich Kaffee kocht. »Aber heute legen wir die Fotoalben zur Seite, und du hältst deine Tasse fest, mein Freund!« sagt Fraikin lachend. »Die Fotos sind übrigens ganz trocken, ich habe sie heute morgen schon in ein neues Album geklebt, alles bestens.«

»Das freut mich, ich hätte mir dieses Mißgeschick nie verziehen«, sage ich.

»Unsinn, Mark, was meinst du, was ich schon alles verschüttet habe, glaub mir, mein Junge, da mußt du noch einiges aufholen ...« Er lacht, klopft mir auf die Schulter.

... das Diktiergerät in der Jackentasche, der Revolver in der Schublade, die Stereoanlage im Wohnzimmer funktioniert einwandfrei, Marianna und Sarah sind am Strand bis drei Uhr ... bleibt ein Problem: Gilbert.

Gilbert werde ich beizeiten irgendwohin schicken, mir wird schon was einfallen. Es wird doch wohl möglich sein, ihn für eine Viertelstunde von seinen Blumenbeeten wegzulocken.

»Was hältst du davon, Mark, wenn wir heute auf der Terrasse arbeiten?« ruft Fraikin aus der Küche. »Das Haus gehört uns, Marianna stört uns nicht mit ihren Arien, und es ist wunderbares Wetter. Da geht die Arbeit doch viel leichter von der Hand ...«

»Hervorragende Idee, Carl«, sage ich, was bleibt mir übrig? Ich habe also zwei Probleme: Gilbert und die noch zu klärende Frage, wie ich Fraikin rechtzeitig dazu überreden kann, unser Gespräch doch wieder ins Arbeitszimmer zu verlegen.

Er schleppt schon seine Unterlagen herbei, stapelt alles auf dem Terrassentisch, er bringt das Tablett mit dem Kaffee. »Herrliches Wetter, wunderbarer Tag!« sagt er. »Heute fühle ich mich schon viel besser, es muß ja weitergehen … das hätte auch Jakob gesagt …«

»Natürlich.«

Gilbert gräbt mit Schaufel und Rechen in einem Blumenbeet, und Fraikin beginnt zu erzählen. »Ja, ich dachte, es wäre gut, dir von meiner Filmkarriere einen gewissermaßen chronologischen Abriß zu vermitteln …«

Ich lege das Diktiergerät auf den Tisch und tue so, als würde ich es einschalten.

»Ah, du nimmst alles auf, ausgezeichnet, ausgezeichnet. Also, alles begann an einem dieser Tage, an denen man es am wenigsten erwartet …«

Ich höre nicht zu, in meinen Ohren tönt das monotone Dröhnen, vor meinen Augen hängt verschwommen Fraikins Gesicht, der weitaufgerissene Mund, Fraikin redet und lacht und redet, er redet mit dem ganzen Körper, hebt die Hände Richtung Himmel, wischt sich den Schweiß von der Stirn, lebt sein Leben noch einmal, das längst getilgte, längst in schwarzer Leere versunkene Leben Fraikins, des Jungen.

Er schenkt mir Kaffee ein, reicht mir die Tasse und redet und redet, er glaubt ganz fest daran, daß ich zuhöre, daß ich an seinen Lippen hänge, daß ich seine Erzählungen gespannt verfolge. Er ist überzeugt davon, daß ich nichts anderes im Sinn habe, als seine Biographie zu schreiben.

Er glaubt, scheint mir, ich sei ein guter Freund.

Meine Brust schnürt sich zusammen, was eigentlich veranlaßt mich, Fraikin eine Kugel in den Kopf zu schießen? Was hindert mich daran, das Ganze zu vergessen? Was hindert mich daran, Fraikin das Leben zu schenken?

Nein, ich erwäge den Gedanken nicht ernsthaft. Ich wische ihn beiseite. Das Lachen wühlt sich nach oben, dieses sinnlose, schmerzhafte Lachen, das mich traurig macht.

Ich schlucke es hinunter.

»... ja, ich habe Sachen erlebt, Mark ...«, sagt Fraikin.

Gilbert rammt die Schaufel in schwarze Erde.

2

Ich werfe von Zeit zu Zeit verstohlene Blicke auf meine Armbanduhr, während Fraikin mir alles erzählt über den Beginn seiner Filmkarriere. Schon als ganz junger Mann, erfahre ich, spielte er die Hauptrolle in einem Kriminalfilm. Fraikin, junger Polizei-Inspektor, klärt mit Mut und Verstand mysteriöse Morde in einem Berghotel, wobei er seinen hoffnungslos überalterten Vorgesetzten ebenso an der Nase herumführt wie den durchtriebenen Mörder. Das ist ein gutaussehender Heiratsschwindler, der drei sinnlose Morde begeht, nur um auch den vierten, den an seiner Ehefrau, einem imaginären Serientäter in die Schuhe zu schieben.

Reichlich an den Haaren herbeigezogene Geschichte.

Der Film sei ein außerordentlicher Erfolg gewesen, betont Fraikin, es seien dann noch fünf weitere Folgen mit ihm in der Rolle des jungen Inspektors gedreht worden. »Ja, Mark, in dieser Rolle bin ich vielen noch heute bekannt.«

Ich sehe auf meine Uhr, halb zwei. In spätestens neunzig Minuten werden Fignon und Sarah zurückkehren. Was aber, wenn sie etwas früher kommen, zehn oder viertel vor drei? Diese Möglichkeit muß ich einkalkulieren.

Gilbert loswerden gegen halb drei.

Fraikin erzählt und erzählt, den Spürsinn, der ihn auszeichnete als junger Inspektor, scheint er verloren zu haben, jedenfalls macht er keine Anstalten, mich zu verhaften. Warum eigentlich kann er meine Gedanken nicht lesen, es bereitete ihm doch gar keine Mühe, die verworrenen Pläne des mörderischen Heiratsschwindlers zu durchschauen.

Fraikin Inspektor, lächerlich.

Zwischenzeitlich tue ich so, als würde ich die Kassette wenden, es muß ja alles seine Ordnung haben.

»Ja, es kam dann die Zeit, als ich dem Theater wirklich den Rücken kehrte«, sagt Fraikin. »Ich hastete von einem Drehort zum nächsten, einen meiner erfolgreichsten Filme hast du ja gesehen, *Leander und Klara*, 1958 spielte ich dann die männliche Hauptrolle in *Der Hoffnungen Anfang* unter der Regie von Gustav Aßmann, ein regelrechtes Epos war das, gute drei Stunden, ein aufsehenerregendes Projekt damals, noch heute ein Klassiker, ich spielte Gregor, den Sohn des Gutsbesitzers, du hast sicherlich von dem Film gehört ...«

»Ich habe ihn sogar gesehen«, behaupte ich, um Fraikin einen Gefallen zu tun. »Vor einigen Jahren, der Film lief zur besten Sendezeit in einem der dritten Programme ...«

»Ja, genau, das freut mich, ich hoffe, er hat dir gefallen ...«

»Natürlich.«

»Erinnerst du dich an die Szene im Dorf, Erntefest, Gregor entreißt Anna ihrem Verlobten, großer Aufschrei der Menge und die beiden das einzige Paar auf der Tanzfläche, erinnerst du dich, komm schon, daran mußt du dich erinnern ...«

»Ja, selbstverständlich ...«

Fraikin gerät jetzt erst richtig in Schwung, er rezitiert einzelne Passagen, um die Brillanz seines Gedächtnisses zu demonstrieren, er zieht mich auch ins Vertrauen, was die weibliche Hauptdarstellerin anbelangt, mit der habe er ein sehr inniges Verhältnis gehabt damals, eine wunderbar zärtliche, sinnliche Frau, leider sei sie vor einigen Jahren gestorben.

Während Fraikin redet wie im Rausch, lasse ich meinen Blick wieder auf das Ziffernblatt der Uhr hinabgleiten. Kurz vor zwei.

Wohltuende Übelkeit hängt in meinem Magen bei dem Gedanken, daß Fraikin, der ganz Lebendige, Fraikin, der wild Gestikulierende, nur noch eine halbe Stunde zu leben hat.

Ich muß Gilbert loswerden in zwanzig Minuten.

Fraikin beginnt, von seinem ersten Engagement in Amerika zu erzählen, einem Western, das sei natürlich eine große Sache gewesen. Es stellt sich heraus, daß es dieselbe Geschichte ist, die Fraikin am Vorabend Sarah und Marianna erzählt hat, in betrunkenem Zustand, und die ich ohne sein Wissen hörte, vom Treppengeländer aus.

Er skizziert die Handlung des Filmes in groben Zügen, eine Räuberbande terrorisiert eine kleine Stadt im Wilden Westen, er der Hilfs-Sheriff, keine Hauptrolle, aber eine tragende Nebenrolle, sogar eine kleine Romanze stand im Drehbuch für ihn, er gewann das Herz einer Räuberstochter, mit verhängnisvollen Folgen. Er gerät in Lebensgefahr, ebenso seine Geliebte. Am Schluß sind sie aber glücklich vereint, versteht sich, gerettet vom Hauptdarsteller, keinem Geringeren als Johnny Gleeves, Fraikins leere Augen glänzen, ich sollte diesen Namen kennen, vermute ich. Ich tue ihm den Gefallen und sage: »Ah, natürlich, Johnny Gleeves!«

Dann, unvermeidbar, erzählt er die mir bereits bekannte Geschichte des Nebendarstellers Greene, der vom Pferd fiel. »Ich, mit Cowboyhut und allem Drum und

Dran, saß schon im Sattel, als Greene, dieser Idiot, plötzlich von seinem Gaul fällt. Unser Regieassistent eilt zur Hilfe, rutscht aus, verstaucht sich die Hand, Greene schreit …«

Fraikin lacht schallend.

Ich lächle und spiele ein wenig mit Gedanken, versuche, mir einzureden, daß es geradezu ein gutes Werk sei, Fraikin von seinem traurigen Dasein zu befreien, Fraikin, der in der Vergangenheit lebt, Fraikin, der jeden Tag die gleichen alten Geschichten erzählt, Fraikin, der immer von neuem lachen kann über das ewig gleiche Mißgeschick des Nebendarstellers Greene.

Das ist natürlich ein halbherziger Versuch, meine Tat zu rechtfertigen, im übrigen bringt es auch gar nichts mehr, das Für und Wider abzuwägen, es ist ohnehin zu spät: Kurz vor halb drei. Ich muß Gilbert loswerden.

»Wie ärgerlich, die Batterien des Diktiergerätes sind leer«, sage ich mitten hinein in Fraikins Redefluß. Ich halte das Gerät an die Ohren, schüttle es ein wenig hin und her. »Ja, die sind leer, nichts zu machen.«

Mir schießt der Gedanke durch den Kopf, daß Fraikin Batterien im Haus haben könnte, in diesem Fall muß ich mir ganz schnell etwas Neues einfallen lassen. Meine Befürchtung ist glücklicherweise unbegründet, Fraikin ist ratlos, ruft: »Was machen wir denn da?«

»Könntest du vielleicht Gilbert schicken?« schlage ich vor.

»Natürlich, gute Idee.« Fraikin, erleichtert, das Problem so schnell aus der Welt geschafft zu sehen, erhebt sich und ruft Gilbert, der den Blick von seinem Blumenbeet hebt. Er winkt ihn heran, erklärt ihm in sonorem Französisch, daß er Batterien kaufen solle, die benötigten wir dringend für unsere Arbeit an der Biographie. Gilbert ist ganz Ohr, nickt, bereit zu gehorsamer Pflichterfüllung, und macht sich umgehend auf den Weg. Ich rufe ihm noch hinterher, daß es sich um die kleinen 1,5-Volt-Batterien handelt, Gilbert nickt wieder, alles klar, hoffe ich. Nicht auszudenken, wenn er im entscheidenden Moment plötzlich an der Schwelle zum Arbeitszimmer stehen würde, weil er vergessen hat, welche Stärke die Batterien haben sollen. Nein, ich kann ganz beruhigt sein, denke ich, auf Gilbert ist Verlaß.

Gilbert rennt die Stufen hinunter, und ich verliere keine weitere Zeit, frage Fraikin, ob er etwas dagegen habe, das Gespräch im Arbeitszimmer fortzuführen, die Sonne bekomme mir nicht gut heute. Mir sei etwas schwindlig und mein Kopf dröhne (das stimmt sogar). »Ich glaube, der kühle Schatten im Arbeitszimmer würde mir guttun ...«

»Selbstverständlich, Mark, du hast Recht, die Sonne brennt gewaltig. Laß uns gleich hineingehen. Nicht, daß du noch krank wirst.«

Fraikin macht es mir so leicht.

Schon nimmt er seine Unterlagen, geht vollbeladen mit schwankenden Schritten voran. »Du könntest die Fotoalben mitbringen, Mark«, ruft er über die Schulter hinweg. Ich lasse das Diktiergerät in die Tasche meines Jacketts gleiten, nehme die Alben und folge ihm ins Arbeitszimmer, das wirklich kühl und schattig dunkel ist.

»Ja, sehr viel angenehmer hier, gute Idee, Mark, mir stieg die Sonne auch schon zu Kopf ... hoffentlich beeilt sich Gilbert mit den Batterien ... ja, wo war ich stehengeblieben ...«

Fraikin sitzt schon vor seinem Schreibtisch, reibt sich die Hände, hat dann den glänzenden Einfall, mir »in der Zwischenzeit, während wir auf die Batterien warten«, eine pikante kleine Geschichte zu erzählen, die »gewissermaßen ohnehin nicht druckreif ist« und keinen Eingang finden soll in die Biographie. »Gott bewahre!« ruft Fraikin, lacht herzhaft, verschluckt sich, lacht trotzdem weiter und beginnt, von den schlüpfrigen Anträgen zu berichten, die ihm eine wollüstige, dralle Nebendarstellerin machte während der Dreharbeiten zu dem Western, die habe wirklich nichts anderes im Kopf gehabt, als ... »Na, du verstehst schon, Mark ... die Gute lebt heute glücklich mit einem alten Adligen, man stelle sich vor, da darf natürlich kein falsches Wort über sie in dem Buch stehen. Ich erzähle dir das alles ganz im Vertrauen, ganz inoffiziell ...« Er hebt vielsagend die Augenbrauen, lacht wieder.

Ich denke, es ist Zeit, ihn zu befreien.

Wir sitzen uns gegenüber, die Sonne bricht in einzelnen Strahlen durch die Jalousien, ich sehe den Staub auf den Fotoalben, auf dem edlen Holz des Schreibtisches. Fraikins Gesicht hängt im Schatten. Er lacht, ruft: »Ist das nicht urkomisch? Nachts um eins klopft die an den Wohnwagen, in dem ich seelenruhig schlafe, erschöpft von einem langen Drehtag. Und die klopft an, steht in Reizwäsche vor mir, fällt mir um den Hals ... das mußt du dir mal vorstellen ...«

Er lacht, ich verziehe keine Miene, muß mich nicht mehr verstellen, das Spiel ist ohnehin gleich zu Ende.

»Wo wir gerade von Western reden«, höre ich mich sagen, mit trockener, tonloser Stimme. »Ich würde mir gerne noch mal deinen Revolver ansehen, ich wollte dich gestern schon fragen, ob der auch seine eigene Geschichte hat, man könnte ja wirklich meinen, der stamme aus dem Wilden Westen ...«

»Ja, der Revolver!« ruft Fraikin, »natürlich, du hast ganz recht, der hat auch seine Geschichte...« Er ist begeistert, rüttelt schon an der Schublade. »Den kaufte ich einem alten Amerikaner ab, der mir versicherte, die Waffe habe bereits seinen Verwandten im 19. Jahrhundert gute Dienste erwiesen ... er überließ sie mir für einen Freundschaftspreis, er sagte, es sei doch eine Ehre, wenn sich die Waffe in meinem Besitz befinde. Der kannte alle meine Filme, ja, das ist, laß mich überlegen, das ist rund 30 Jahre her, ich drehte unter der Regie von James Stanton diese Wüstenromanze ...«

Er hält die Waffe in den Händen, wiegt sie hin und her, als handle es sich um ein Baby.

Er reicht sie mir. Die leeren Augen glänzen.

»Ist schon ein tolles Ding, was, Mark?«

»Ja, ohne Zweifel.«

Ich stehe auf, mechanisch, gehe um den Schreibtisch herum, gebe mir den Anschein, ganz in Gedanken zu sein, fasziniert von Fraikins Wildwest-Pistole. »Wirklich beeindruckend ... nicht, daß ich ein Waffen-Narr wäre ...«

»Gott bewahre, das bin ich auch nicht, keine Angst, Mark!« Fraikin lacht, fratzenhaft. Wahrscheinlich, weil er sich fast den Hals verrenkt bei dem Versuch, sich mir zuzuwenden. Ich stehe schon hinter ihm.

Er schöpft keinen Verdacht, hat keine Ahnung bis zum bitteren Ende, ich stehe rein zufällig hinter ihm, glaubt er, ihm scheint auch nicht aufzufallen, daß ich seit einiger Zeit nicht mehr über seine Witze lache.

Fraikin erzählt munter weiter, schlägt geschickt den Bogen zurück zu seiner kleinen belanglosen, schlüpfrigen Geschichte. »Ja, wenn ich den Revolver damals zur Hand gehabt hätte, dann, nun ... sagen wir mal, ich hätte sie mir damit vom Leib gehalten, geschossen hätte ich natürlich nicht, haha, eigentlich ist sie ja ein herzensguter Mensch ... aber du mußt dir das bildlich vorstellen, Mark, die stand vor mir, mitten in der Nacht, in Reizwäsche, lila

Reizwäsche, ich erinnere mich, als sei das gestern gewesen ...«

Fraikin wendet mir den Rücken zu, wischt Lachtränen aus seinem Gesicht.

Schweiß tropft in seinen faltigen Nacken.

Jetzt!

Ich möchte vermeiden, daß Fraikin Zeit hat zu realisieren, was passiert, ich habe auch das unbestimmte Gefühl, daß es mir leid tut, ich weiß nicht, warum.

Es geht alles sehr schnell.

Fraikin lacht glucksend. Er sollte sich nicht beschweren, nicht jedem ist es vergönnt, in der Sekunde seines Todes an eine dralle Frau in lila Reizwäsche zu denken.

Ich mache zwei Schritte auf ihn zu, halte den Revolver an seine Schläfe und drücke ab. Der Schuß hallt nach, in meinen Ohren summt und pfeift es.

Fraikins Lachen verstummt abrupt, er fällt nach vorne, mit dem Kopf auf den Schreibtisch. Er ist tot, bevor er Gelegenheit hat, sich der Situation bewußt zu werden.

Heiße und kalte Schauer überfallen mich, Brechreiz, wie gehabt, ich brauche einige Sekunden, um mir zu vergegenwärtigen, daß Fraikin soeben gestorben ist. Das Lachen wühlt sich nach oben, ein albernes, kindisches Lachen, ja, ich möchte lachen wie ein Kind.

»Ich ... habe ... Fraikin ... getötet«, sage ich halblaut zu mir selber, lache in nervösen Zuckungen, die Tränen laufen, kleben, die Waffe fällt mir aus der Hand.

Fraikin, der mir schlüpfrige Geschichten erzählte vor einer Minute.

Es war so leicht.

Fraikin sieht schwarz. Für Fraikin herrscht Leere.

Ich könnte ihm sagen, daß es mir leid tut.

Was kann ich dafür, wenn er es mir so leicht macht!

Mein Magen zieht sich zusammen, ein Krampf in meiner Kehle, ich muß raus, sofort, halte die Luft an und die Hand vor den Mund. Ich lasse den toten Fraikin liegen und renne durch den Korridor zum nächsten Spülbecken, das ist in der Küche. Ich übergebe mich, spüle alles in den Ausguß, achte peinlich darauf, daß nichts zurückbleibt.

Ich versuche, mir einzureden, daß alles in bester Ordnung ist, alles bestens.

Ich sehe Gilbert durch das Küchenfenster, der hastet die Stufen hinauf, nimmt immer zwei mit einem Schritt. Sehr amüsant. Gilbert hat, scheint mir, einen Mittelstrekkenweltrekord gebrochen, nur um so schnell wie möglich die Batterien zu liefern, die gar nicht mehr benötigt werden.

Ich muß wieder lachen, dieses Lachen geht mir selbst auf die Nerven, Gilbert erreicht gleich die Terrassentür und ich stehe in der Küche und lache!

Ich stoße das Lachen vom Gesicht, gehe ins Wohnzimmer, begrüße ihn gutgelaunt, Gilbert, ganz außer Atem, steht unter dem Kronleuchter und zeigt mir stolz die Batterien.

»Wunderbar, Gilbert!« rufe ich. »Vielen Dank«, ich gehe ihm entgegen, nehme die Batterien aus seiner Hand, klopfe ihm wohlwollend auf die Schulter.

Gilbert aber läßt sich nicht abschütteln, er schickt sich an, mir ins Arbeitszimmer zu folgen, er möchte Fraikin etwas fragen wegen der Marmorsäulen, er hat da angeblich irgendeine gute Idee. Es ist zu komisch, ich lache und lache, leise, ich überspiele es, indem ich irgend etwas ausrufe, etwa »aha« oder »verstehe«. Der Gedanke, daß Gilbert mir folgt und den toten Fraikin nach Marmorsäulen fragt, erscheint mir einfach nur lachhaft, ich weiß nicht, warum.

Ich lasse ihn ein paar Schritte mitgehen, dann wende ich mich um und bitte Gilbert, seine Frage noch eine kleine Weile aufzuschieben, Carl und ich seien gerade sehr beschäftigt, Carl habe darum gebeten, nicht gestört zu werden.

Gilbert nickt langsam, irritiert.

»Er befindet sich in etwas ... melancholischer Stimmung«, flüstere ich, hebe vielsagend die Augenbrauen, ein glänzender Einfall, finde ich.

Gilbert hat volles Verständnis, stößt einige Laute des Bedauerns aus. »Ja, die Sache mit seinem Freund Jakob ... schrecklich ...«

»Richtig, Gilbert, es geht ihm sehr nahe ... ich werde sehen, was ich für ihn tun kann, vielleicht gelingt es mir, ihn aufzurichten.«

»Das hoffe ich«, sagt Gilbert und geht ohne weiteres zurück zu seinen Blumenbeeten. Ich sehe ihm nach, bis er sich im Garten des T-Shirts entledigt und die Schaufel in die Hand nimmt. Fast möchte ich ihn beneiden um seine kleine, blumige Welt, in der kein Platz zu sein scheint für böse Gedanken, geschweige denn für böse Taten.

Ich frage mich unvermittelt, ob Gilbert je mit einer Frau geschlafen hat.

Ich öffne die Tür des Arbeitszimmers. Fraikin ist tot nach wie vor, ich hatte nichts anderes erwartet.

Sein Kopf liegt auf dem Schreibtisch, seine Arme hängen schlaff herunter, der ganze Körper merkwürdig zusammengekrümmt auf dem Schreibtischstuhl.

Ich sehe auf meine Uhr, viertel vor drei. Der unkontrollierbare Brechreiz und Gilberts verfrühte Rückkehr haben Zeit gekostet, ich muß mich beeilen. Sarah, Fignon und Marianna können jeden Moment zurückkehren.

Ich trete hinter den Schreibtisch, hebe die Waffe auf,

die ich auf den Teppich fallen ließ, ich wische sie mit einem Tuch ab, lege sie in Fraikins rechte Hand, sein Arm bleischwer, als ich ihn anhebe. Die Waffe fällt aus der Hand auf den Boden.

Ich gehe ins Wohnzimmer, ziehe das Diktiergerät aus meiner Tasche, nehme die Kassette heraus und lege sie in das Tapedeck der Stereoanlage. Ich gehe den Ablauf des Folgenden ein letztes Mal durch. Eine halbe Minute wird die Kassette laufen, ich renne hinaus, helle Aufregung, ich sei sehr in Sorge, dann der Schrei …

Gilbert dreht mir den Rücken zu, schaufelt Erde mit freiem Oberkörper.

Ich gehe in die Küche, von dort kann ich die fünfundsechzig Stufen am besten einsehen. Wie oft ist Fraikin diese Stufen hinauf- und hinuntergegangen, frage ich mich, während ich am Fenster stehe und warte, eine ganz belanglose Frage natürlich.

Mit einem Auge beobachte ich Gilbert, der unermüdlich Erde schippt, sein braungebrannter Rücken ist schweißnaß, die Sonne brennt darauf.

Ich weiß nicht, warum, aber mir geistern diese Gedanken im Kopf herum, es tut mir plötzlich außerordentlich leid, daß Gilbert keine Gelegenheit mehr haben wird, Fraikin seine Idee hinsichtlich der Marmorsäulen vorzutragen.

Marianna wird lange keine Opernarien singen.

Sarah wird weinen und sagen, sie habe ihn geliebt.

Sie kommen.

Ich bin so in Gedanken versunken, daß ich zunächst gar nicht reagiere, sie steigen bereits die Stufen hinauf, Fignon in der Mitte, Sarah und Marianna an seinen Armen, alle lachen.

Ich renne ins Wohnzimmer, werfe einen Seitenblick

hinaus auf den Garten, Gilbert schaufelt, dreht mir den Rücken zu nach wie vor.

Ich schalte das Gerät ein, volle Lautstärke, lasse die Kassette ablaufen, in dreißig Sekunden wird der Schrei ertönen. Ich renne hinaus, springe wild gestikulierend, mit den Armen schwenkend, die Stufen hinunter. Sarah, Fignon und Marianna starren mich an mit offenen Mündern. »Was ist denn los, mein Freund, um Gottes Willen?!« ruft Fignon, halb amüsiert, halb entsetzt, er weiß noch nicht, was er von meinem merkwürdigen Auftritt halten soll.

Noch 15 Sekunden, schätze ich.

»Es ist wegen Carl«, stammle ich, außer Atem, ich presse die Hände auf meine Brust. »Es ist ... ich mache mir Sorgen ... wir kamen im Zusammenhang mit einem Film auf Jakob zu sprechen, und seitdem weint Carl, er ist nicht zu beruhigen, wie im Fieber, viel schlimmer als in den vergangenen Tagen ... ich ... suchte gerade nach Beruhigungstabletten in der Küche, als ich euch kommen sah ...«

Sieben Sekunden.

»Sarah, ich bitte dich, geh zu ihm, ich habe versucht, ihn zu trösten, ohne Erfolg ... er sagte, ich könne ihm nicht helfen, niemand könne das ... aber du kannst es, Sarah, geh zu ihm ...«

Die Aufforderung ist überflüssig, Sarah rennt schon, hebt ihr Sommerkleid an, um zwei, drei Stufen mit einem Schritt zu nehmen. Gilbert kommt auf uns zu mit fragendem Gesicht und der Schaufel in der Hand, schreit schon von weitem erregt, was denn los sei, Fignon ruft »wir werden ihm helfen, keine Angst, alles wird gut!«, und Marianna bringt vor Schreck kein Wort heraus, stolpert mit bleichem Gesicht die Treppe hinauf.

Dann der Schrei! Ohrenbetäubend! Möglich, daß man den sogar im Dorf hört. Die Stereoanlage funktioniert hervorragend.

Alle bleiben stehen wie erstarrt in ihrer Bewegung.

Dann der Schuß! Wie eine kleine Explosion. Man hat den Eindruck, daß die Wände des Hauses beben für einige Sekunden.

Danach Stille.

»Um Gottes Willen«, murmelt Fignon, wie vom Donner gerührt, der Picknickkorb baumelt vergessen an seinem Handgelenk.

»Carl, Carl«, ruft Sarah, panisch, »Carl, Carl ...«, sie erholt sich als erste, löst sich aus der Erstarrung, wirft die Wolldecke weg, rennt, rutscht aus, steht auf, rennt weiter.

Gilbert läßt die Schaufel fallen, folgt ihr, dahinter Fignon, der lamentiert ununterbrochen, Böses ahnend: »Mein Gott, mein Gott, das darf doch nicht ... nein, nein, guter Gott, mein Freund ... nein, nein ...«

Hinter Fignon Marianna, die hysterisch schreit und bei jedem Schritt stolpert, sie kommt vor Schreck nicht auf die Idee, den Sonnenschirm zur Seite zu legen, der wirbelt unkontrolliert hin und her, Marianna schlägt sich an den Kanten der Stufen die Knie auf, die bluten, sie kommt kaum vom Fleck.

Sarah ist schon an der Terrassentür, die roten Haare hängen in ihrem Gesicht, dicht hinter ihr Gilbert und Fignon mit seinem Picknickkorb.

Ich gehe langsam hinter der aufgelösten Marianna, ich grinse leicht, scheint mir, ich gehe kein Risiko ein dabei, niemand beachtet mich.

Ich betrete als letzter das Haus, bin gar nicht außer Atem, vor mir fällt Marianna ein ums andere Mal über die eigenen Füße, ich helfe ihr auf die Beine. Ich stehe auf der Schwelle der Terrassentür, Marianna läßt endlich den Sonnenschirm fallen, hastet Richtung Arbeitszimmer, das die anderen bereits erreicht haben. Gilbert und Fignon stehen sprachlos an der Tür, Sarah ist im Innern des Raumes verschwunden.

Ich schließe die Augen, warte. Ich weiß, was jetzt kommt.

Der Schrei, der langgezogene, helle, hohe, tierische Entsetzensschrei von Sarah Fraikin, jetzt beben die Wände wirklich, dann ein dumpfer Aufprall, eine Ohnmacht vermutlich, Fignon und Gilbert stürzen ins Zimmer, Fignon ruft »aber nein, meine Liebe, alles wird gut ...«

Ich öffne die Augen, gehe zur Stereoanlage, nehme die Kassette heraus, lasse sie in meine Tasche gleiten. Ich gehe Richtung Arbeitszimmer, schiebe sanft Marianna beiseite, die händeringend, sprachlos auf der Schwelle steht. Ich beuge mich hinunter zu Sarah, die auf dem Teppich liegt und in einem Dämmerzustand vor sich hin wimmert. Fignon tätschelt ihre Wangen. »Meine Liebe, können Sie mich hören ...«, Gilbert mit freiem Oberkörper sitzt schweigend daneben, Tränen rollen an seinen Backen herunter, er weint lautlos.

Fignon blickt mich an mit großen roten Augen, hilfesuchend. »Mark, was machen wir nur, Mark, Mark ...«

Ich nehme Sarahs Hand. »Sarah ... ich bin hier, keine Angst, Sarah ... ich bin hier ...«, sage ich mit ruhiger Stimme, der ich einen leicht zitternden Unterton beifüge. Cramer, der ehrlich Erschütterte, Cramer, der dennoch die Übersicht behält. Cramer, der umsichtige Krisenmanager. Alle werden dankbar und voll des Lobes sein, Mark, ja, wenn Mark nicht gewesen wäre.

Ich bitte Fignon, ein Glas Wasser zu holen und sofort

die Ambulanz zu rufen, vielleicht könne man Carl noch helfen.

»Natürlich, Mark, natürlich …« Er stürzt aus dem Zimmer.

Auf Sarahs Gesicht verläuft das Make-up, schwarze Tränen hängen unter ihren Augen, sie stammelt unklar vor sich hin, sie sieht mich an, drückt meine Hand.

»Mark … Mark …«

»Ich bin hier …« Ich presse Tränen in meine Augenwinkel, streichle mit meiner Hand an Sarahs Arm entlang. »Ruhig, Sarah … ruhig … ich bin ja hier …«

Gilbert weint lautlos nach wie vor, und Marianna sorgt für die nächste Szene, sie nähert sich auf schwachen Beinen dem Schreibtisch, auf dem Fraikins Kopf liegt. Sie geht um den Schreibtisch herum, starrt fassungslos auf den schlaff im Stuhl hängenden Fraikin, als traue sie ihren Augen nicht. Plötzlich schreit sie hysterisch, wird von einem Weinkrampf geschüttelt und bricht ebenfalls zusammen, kniet nieder vor dem Toten, als wolle sie ihn anbeten.

Ich gebe Gilbert ein Zeichen, Gilbert erwacht aus seiner Lethargie, geht zur verzweifelten Marianna, legt ihr die Hand auf die Schulter und betrachtet seinen toten Arbeitgeber mit leerem, verständnislosem Blick, als handle es sich um eine Luftspiegelung.

Fignon kehrt zurück, ruft, die Ambulanz komme sofort, er reicht mir das Wasserglas für Sarah. »Danke, Bernhard«, sage ich, halte Sarah vorsichtig das Glas an die Lippen.

»Mark …«, flüstert sie wie im Traum, »… Mark …«

»Ich bin bei dir, Sarah.«

»Mark … ist es wahr … ist … Carl … ist er …«

»Ja, Sarah.«

Sarah trinkt einen Schluck, richtet sich auf, wischt sich über die Augen, seufzt. »… Carl … wieso …«

Sie sieht mich an, blasses, grünes Feuer.

Sie umarmt mich, beginnt wieder zu weinen, ich spüre die Zuckungen ihres Körpers an meiner Haut.

3

Der Arzt, ein kleiner Dürrer mit knochigen Händen und eingefallenen Wangen, spricht sein Beileid aus in steifer, korrekter Körperhaltung. Es sei leider nichts mehr zu machen, er bedaure sehr. »Ihr Mann war sofort tot, er hat nicht gelitten«, sagt er, offensichtlich in dem Glauben, Sarah zu trösten.

Fraikin hängt tot in seinem Schreibtischstuhl nach wie vor, die Sonne glänzt auf seinen Haaren, der Arzt hat die Jalousien hochgezogen, um besser sehen zu können. Zwei Krankenpfleger stehen ungerührt auf der Türschwelle, einer kaut Kaugummi. Auf der Terrasse warten zwei Schwarzgekleidete auf ihren Einsatz, ihren grauen Sarg haben sie einfühlsam direkt vor der Tür abgestellt. Der Arzt informiert uns, daß wir noch auf die Ankunft der Polizei warten müssen, bevor der Tote weggebracht werden kann.

Ich hebe nur die Augenbrauen, weiß wirklich nicht, was sich die Polizei davon verspricht, hier zu erscheinen. Es interessiert mich auch nicht, es handelt sich schließlich um einen eindeutigen Selbstmord, niemand wird auf den Gedanken kommen, das anzuzweifeln.

Der kleine Dürre zieht mich auf die Seite, hat bereits erkannt, daß ich Cramer, der Krisenmanager, bin, und bittet mich, unbedingt auf die Ehefrau des Toten achtzugeben, sie befinde sich in einem labilen Zustand, ebenso die Haushälterin, da müsse man aufpassen. Er habe ein Beruhigungsmittel verschrieben, aber dennoch, es sei Vorsicht geboten. Er könne sich auf mich verlassen, versichere ich.

Um den Ernst meiner Worte zu unterstreichen, gehe ich ins Wohnzimmer und setze mich neben Sarah, die apathisch im Sofa liegt und den Blick nicht von Gilberts blühendem Garten nimmt, der vor uns bunt in der Sonne liegt, als sei nichts geschehen. Durch die geöffnete Terrassentür weht warmer Wind ins Zimmer.

Sarah legt mechanisch ihre Hand auf meinen Arm, murmelt: »Ach, Mark, ich verstehe es nicht ... wie konnte er ...«

Marianna sitzt im Sessel, ihr Blick geht ins Leere, sogar Fignon, der ihre Schulter streichelt, sind die Worte ausgegangen.

Gilbert steht bewegungslos vor seinem Blumenbeet im Garten, mit gesenktem Kopf, er hat sich sein T-Shirt übergezogen.

Die Tränen sind vorübergehend versiegt und einer Atmosphäre merkwürdiger Lähmung gewichen, als sei einfach eine Pause eingetreten, als sei die Zeit stehengeblieben. Von dieser Lähmung unbeeindruckt zeigen sich der Arzt und die Krankenpfleger, die Fraikin nicht kannten und keinen Grund haben, um ihn zu trauern. Der Arzt geht geschäftig in der Küche auf und ab, stellt Rezepte aus und durchstöbert seinen kleinen, schwarzen Medikamentenkoffer. Die Krankenpfleger unterhalten sich leise über Fußball, Frankreich, scheint mir, steht ein wichtiges Länderspiel bevor.

Die Schwarzgekleideten immerhin erweisen dem Toten letzte Ehre und sagen gar nichts, warten geduldig auf den Zeitpunkt ihres Auftritts.

Gilbert kommt herein und informiert uns, daß unten ein Polizeiwagen vorgefahren sei.

Mein Magen zieht sich zusammen, ansonsten bin ich ganz ruhig, bleibe noch eine Weile sitzen, streichle Sarahs Arm. Dann erhebe ich mich und trete hinaus auf die Terrasse, sehe meine Vermutung bestätigt. Leblanc ist es, der in seinem braunen Mantel und mit entschlossenem Gesicht die Stufen hinaufsteigt, gefolgt von seinem jungen, stummen Kollegen und zwei weiteren Beamten, die kleine Köfferchen tragen, Spurensicherer möglicherweise.

Er begrüßt mich sachlich, kurz, schont die eingerissenen Lippen, die leicht bluten in den Mundwinkeln. »Uns wurde mitgeteilt, daß Carl Fraikin Selbstmord begangen habe. Ist das richtig?«

Ich nicke, sehe ihm gerade ins Gesicht, verberge die Hände hinter meinem Rücken, die zittern.

Leblanc mustert mich mißtrauisch, sein Jagdfieber ist erwacht, er kneift die Augen zusammen, ich sehe, wie es arbeitet hinter seiner schmalen Stirn: Zwei Tote in einer Woche, einer an einem deutschen Waldsee, einer am südfranzösischen Ozean, beide Male Mark Cramer ganz in der Nähe, ein deutscher Beamter macht sich die Mühe, nach Bordeaux zu reisen, nur um eben diesen Mann wegen des Toten in Deutschland zu vernehmen. Zwei Tage später stirbt auch noch Cramers Gastgeber in Frankreich, Selbstmord angeblich ...

Leblanc, der alte Mann mit der wunden, entzündeten Haut und den schmalen, eingerissenen Lippen, glaubt ungern an Zufälle.

Er wendet sich von mir ab, ohne ein weiteres Wort zu sagen, läßt sich von Gilbert ins Arbeitszimmer führen, der junge Kollege folgt wie ein Hund, ebenso die zwei anderen Beamten.

Ich greife instinktiv nach der Kassette in meiner Jakkett-Tasche, Leblanc ist es tatsächlich gelungen, mich ein wenig aus dem Konzept zu bringen. Mir zuckt der Gedanke durch den Kopf, daß er auf die Idee kommen könnte, mich zu durchsuchen, er grinst dabei, siegesgewiß.

Ich versuche, den Gedankenfaden zu zerreißen, aber es gelingt mir nicht, ich sehe Leblanc, der findet die Kassette, hebt sie triumphierend in die Höhe, weiß längst Bescheid, hat mich sofort durchschaut, ein simpler Plan, Herr Cramer, sagt er, wer mich täuschen will, muß früher aufstehen. Er legt die Kassette ins Tapedeck der Musikanlage, läßt sie ablaufen, der Schrei, der Schuß, Leblanc lacht, amüsiert sich, seine Lippen reißen vollends ein, das Blut läuft an seinem Kinn hinunter, aber das stört ihn nicht. Die anderen starren mich an, Sarah, Marianna, Gilbert, Fignon, alle mit Glubschaugen und offenen Mündern, begreifen allmählich, stöhnen monoton, kommen auf mich zu von allen Seiten, angeführt von Sarah im roten Sommerkleid. Sarah, die ein Messer gegen mich richtet, blitzende Silberklinge reflektiert in der Sonne. Sarahs Augen brennen dunkelgrün, »Teufel!« schreit sie, »Teufel!«, ihr Mund ist weit aufgerissen und bewegt sich nicht. Gilbert schließt seelenruhig die Terrassentür, versperrt mir den Fluchtweg …

Selten so einen Unsinn geträumt, und das am Tage.

Mir ist schwindlig. Ich stütze mich gegen das Glas der Terrassentür, fahre mir mit der Hand über die Augen, beschwöre mich, die Nerven zu behalten.

Ich atme tief durch, kehre zurück ins Haus, da spielen sich kleine Dramen ab nach wie vor, Marianna hat wieder einen Weinkrampf, der Arzt eilt herbei und verabreicht Tabletten, Sarah sehe ich nicht. Ich finde sie im Arbeitszimmer, wo Leblanc bereits um den toten Fraikin herumschleicht wie um ein erlegtes Wild. Er gibt kurze Anweisungen an seine Kollegen, nimmt die Waffe an sich, hebt Fraikins schlaffen schweren Kopf an, dreht ihn in alle Richtungen, ich sehe sein Gesicht ... mir stockt der Atem.

Fraikins leere Augen glänzen.

Sarah beginnt bei dem grauenvollen Anblick unkontrolliert zu schreien. Ich bin sofort an ihrer Seite, sie verbirgt den Kopf an meiner Brust.

»Entschuldigung, tut mir leid!« ruft Leblanc. »Bitte, Herr Cramer, bringen Sie Frau Fraikin ins Wohnzimmer, ich bin hier gleich fertig.«

Ich stütze Sarah und höre, wie Leblanc nach dem Arzt ruft, er erkundigt sich nach der Todeszeit.

Ich greife wieder nach der Kassette in meiner Tasche. Ruhe bewahren ... die Todeszeit wird ihm nichts nützen, zwischen wirklichem und fiktivem Tod lagen nur Minuten.

Fignon stürzt auf uns zu, ist mir dabei behilflich, die wankende Sarah auf dem Sofa zu betten, Fignon, der Gute, der Unschuldige, seine Trauer ist echt, sein Gewissen ist rein. Kein verräterisches Beweisstück in seiner Jackentasche.

Beneidenswert. Ich wünschte, ich wäre picknicken gegangen heute Mittag, hätte Mousse au Chocolat gegessen am Strand. Zu spät.

»Setz dich zu mir, Mark«, sagt Sarah mit schwacher Stimme. Ich lasse mich auf dem Sofa nieder, sie legt den Kopf in meinen Schoß, den Blick starr nach oben gerichtet, da hängt der silberne Kronleuchter.

Leblanc kommt, seine Augen funkeln mich schon von weitem an, er setzt sich auf die Kante des Sofas, kratzt gedankenverloren an einem weiß geschwollenen, entzündeten Ekzem, das seine Wange verunstaltet.

Er hätte da noch einige Fragen, sagt er.

»Fragen Sie«, sagt Sarah müde.

»Sie kamen gegen drei Uhr von einem Ausflug zurück, ist das richtig?«

Sarah nickt nur.

»Sie, die Haushälterin und Herr ... Fignon.«

Sarah nickt.

»Was passierte dann?«

Sarah setzt zur Antwort an, bringt aber kein Wort heraus. »Sehen Sie nicht, daß Sie sie quälen?!« ruft Fignon. »Was sollen diese Fragen?«

»Es tut mir leid, aber ich muß mir ein Bild vom Ablauf der Situation machen können«, entgegnet Leblanc, er sitzt stocksteif auf der Sofakante und preßt die Worte durch seine Zähne, ein Meister des lippenschonenden Sprechens.

Ich streichle Sarahs Kopf mit der rechten Hand, die linke krampft sich um die Kassette in meiner Jackentasche.

»Wir kamen vom Strand«, murmelt Sarah plötzlich, Leblanc beugt sich nach vorne, um ihre Worte zu verstehen. »Wir kamen vom Strand, Mark rannte auf uns zu, erzählte uns, daß Carl sehr traurig sei, er mache sich Sorgen ... dann hörten wir ihn schreien ... und dann den Schuß ... und dann rannten wir ins Haus und fanden ihn ...«

Sarah weint, verbirgt den Kopf in meinem Schoß.

»Ist es das, was Sie wollten?!« schreit Fignon.

Leblanc läßt sich nicht irritieren, er, der jeden Tag das Brennen der Wunden in seinem Gesicht fühlt, ist unempfindlich gegen den Schmerz anderer, scheint mir. Er senkt nur den Blick für einige Sekunden, dann sagt er, ohne seine Lippen zu aktivieren: »Und es besteht kein Zweifel, daß es Herr Fraikin war ... der schrie ...«

Sarah hebt den Kopf, richtet sich auf, fixiert Leblanc, das Feuer brennt wieder in ihren Augen, bedrohlich: »Was reden Sie da!!« schreit sie. »Natürlich war es Carl, wer denn sonst!« Sie wendet sich von Leblanc ab, sieht mich an, hilfesuchend, zartes, liebes, hilfloses Feuer in den verweinten Augen. »Was will der von mir, Mark, was will der?« sagt sie auf deutsch.

Leblanc versteht nichts, stammelt: »Ich ... muß ... lediglich sicherstellen ...« Dann fängt er sich, nimmt Haltung an auf der Sofakante. »Glauben Sie mir, es macht mir keinen Spaß, diese Fragen zu stellen ...« Er wendet sich an Fignon, der tieftraurig und händeringend neben dem Sofa steht. »Sie können die Aussage von Frau Fraikin bestätigen?«

»Natürlich kann ich das!«

»Herr Fraikin schrie, dann fiel der Schuß?«

»Ja.«

»Herr Cramer ... war zu diesem Zeitpunkt draußen bei Ihnen?«

»Natürlich, das hat Sarah bereits gesagt. Was soll das alles? Ich begreife nicht, was diese Fragen sollen.« Fignon ist wirklich ratlos.

Leblanc läßt ihn links liegen, wendet sich an mich. »Herr Cramer, Sie waren doch mit Herrn Fraikin zusammen während des Nachmittages?«

»Das ist richtig, wir arbeiteten an Carls Biographie, die ich schreibe ... schreiben ... sollte ...«

Leblanc schweigt, meidet meinen Blick, absichtlich, scheint mir, er konzentriert sich auf den Ton meiner Stimme wie der Jäger auf den schleichenden Schritt seiner Beute.

»Wann und warum verfiel er in diese ... depressive Stimmung?«

Ich streichle Sarahs Kopf, Sarah, die Leblanc keine Aufmerksamkeit mehr schenkt und ihr Gesicht wieder in meinem Schoß verbirgt.

Ich habe ein gutes Gefühl jetzt, Leblanc, alter Jäger, ist so leicht zu durchschauen.

Sarahs Hand krallt sich in meinen Oberschenkel. Ich bin bald am Ziel.

»Wir kamen auf Jakob zu sprechen ...«, beginne ich, meine Stimme ist heiser und überschlägt sich ab und zu, ganz dezent, Ausdruck unterdrückten Entsetzens. »Jakob Röder, der vor einigen Tagen starb ... er war sein bester Freund ... Carl erzählte von einem seiner frühen Filme ... er war guter Laune ... und plötzlich sah er mich mit verändertem Gesichtsausdruck an und sagte, daß damals zur Premiere auch Jakob gekommen sei ... und dann erinnerte er sich daran, daß Jakob ihm einmal das Leben gerettet hat ... ich versuchte, ihn auf andere Gedanken zu bringen, bat ihn, mehr von dem Film zu erzählen, aber es war zu spät ... Carl kam nicht mehr los von dem Gedanken an Jakob, er redete wie im Fieber ... bat mich, in der Küche nach Tabletten zu suchen ... möglich, daß das nur ein Vorwand war, um mich loszuwerden ... ich weiß nicht ... ich sah dann Sarah, Bernhard und Marianna durch das Küchenfenster, rannte hinaus ... den Rest kennen Sie ...«

Leblanc nickt, betrachtet interessiert das einfallslose Muster des rot-braunen Wohnzimmerteppichs. Er bleibt so eine Weile, forscht nach Anzeichen der Verstellung in meiner Stimme, sucht verzweifelt die Unstimmigkeit im Ablauf des Geschehens.

Er scheint nichts zu finden.

Er schüttelt langsam den Kopf, sein Jagdfieber sinkt, seine blutigen Mundwinkel hängen herunter, Leblanc wird keine Beute machen.

Wie, fragt er sich, wie soll Cramer Fraikin umbringen, wenn er zum Zeitpunkt des Schreies und des Schusses mit den anderen im Garten steht?

Aus dem Arbeitszimmer kommen der junge Stumme, der Arzt und die beiden Spurensicherer. Die schütteln unmerklich den Kopf, woraus ich schließe, daß sie nichts gefunden haben, was ihr Mißtrauen erregte.

Leblanc erhebt sich, aus dem Ekzem auf seiner Backe läuft weißer Saft. Er geht hinaus auf die Terrasse, gibt den Schwarzgekleideten das Stichwort. Die stemmen ihren Sarg in die Höhe und gehen an uns vorbei Richtung Arbeitszimmer.

Leblanc verabschiedet sich von Sarah, die schlaff seinen Händedruck entgegennimmt, Leblanc spricht noch einmal sein Beileid aus und entschuldigt sich, aber die Fragen habe er stellen müssen.

»Schon gut«, sagt Sarah, sinkt wieder auf das Sofa, sitzt apathisch, das Kinn in die Hand gestützt, hat Leblanc schon vergessen.

Fignon tätschelt ihre Schulter, ich begleite die Beamten hinaus. Leblanc sagt nichts mehr, an der Haustür fixiert er noch einmal mein Gesicht, ich spüre seinen prüfenden Blick, erwidere ihn ungerührt, mein Mund ein schmaler Strich.

Leblanc schüttelt mir die Hand zum Abschied.

Seine Kollegen steigen bereits die Stufen hinab. Leblanc folgt ihnen. Er wendet sich nicht mehr um.

Ich bleibe im Türrahmen stehen, werde angerempelt von einem der Sargträger, der sich entschuldigt, ohne mich anzusehen.

Ich mache einen Schritt zur Seite, lasse die beiden Schwarzgekleideten passieren.

Ich sehe ihnen nach. Es ist keine leichte Aufgabe, den Sarg die fünfundsechzig Stufen hinabzutragen. Sie stolpern und straucheln, der Sarg schlägt gegen die Stufenkanten.

Unten rangeln sich Urlauber in Badehose oder Bikini um den besten Platz vor dem Leichenwagen.

Ich stehe im Schatten und verfolge in aufrechter Haltung und mit dem angemessenen feierlichen Gesichtsausdruck den traurigen Abschied Carl Fraikins, der noch nicht einmal die Möglichkeit hat, einen letzten wehmütigen Blick zu werfen auf sein *Haus zur hohen Kunst*.

4

Es wird zu Abend gegessen gegen sieben, wie an jedem Abend. Sarah sitzt auf dem Stuhl, auf dem sie immer saß. Marianna bringt klare Suppe, trägt die Schürze, die sie immer trägt. Gilbert sprengt den Rasen, ich sehe ihn durch das Glas der Terrassentür, mechanisch führt er die Handgriffe aus, mit versteinertem Gesicht. Der Rasen saftig-grün, die Abendsonne scheint ungerührt, zarter, roter Himmel. Der Kronleuchter spendet goldenes Licht, wie zuvor. Der Platz am Kopf des Tisches bleibt unbesetzt.

Die allgemeine Lähmung hält an, die Zeit steht.

Draußen prasselt das Wasser der Sprenganlage auf Blumenbeete, das Silberbesteck schlägt gegen Porzellan. Ansonsten Stille.

Sarah ißt nur ein paar Löffel, dann legt sie behutsam ihr Besteck auf die Serviette neben dem Teller. Sie sieht mich an mit großen, traurigen, ratlosen Augen, mattes Grün. Sie streckt mir ihre Hand entgegen. »Mark ... wenn mir nur jemand erklären könnte ... ich glaube, das ... würde mir helfen ... es ging ihm doch schon besser ... es war alles in Ordnung ... ich glaubte ...«

Ich lasse ebenfalls den Löffel sinken, nehme ihre Hand. Wir sitzen schweigend, sehen uns an.

Marianna trägt die kaum berührten Teller in die Küche, sie geht schwankend, wie in Trance.

Ich bin am Ziel, die Hindernisse sind beseitigt. Ich bin Cramer, Herr des *Hauses zur hohen Kunst*, Fraikin ist Vergangenheit. Sarah sucht mich mit verzweifelten Blicken, als liege in meinem Gesicht, in meinem falschen, aufmunternden Lächeln ihr einziger Trost. Mit den Tränen in den grünen Augen, mit dem Zug unterdrückten Schmerzes um den Mund, mit den Schweißperlen an den roten Haarwurzeln erscheint sie mir noch schöner, begehrenswerter als zuvor.

Mir sollte zum Feiern zumute sein, ich sollte heimliche Jubelsprünge machen in Gedanken. Ich sollte mich amüsieren über die Dummheit der anderen, die mich nicht erkennen hinter der Maske.

Ich kann es nicht, ich weiß nicht warum.

Ich bin müde, werde den Kopfdruck nicht los. Der Gedanke an Sarah, nackt, in meinen Armen, verstärkt nur den Schmerz.

Wie ein schweres Gewicht liegt das Wissen auf mir, daß ich die Fassungslosigkeit, die Trauer der anderen nicht teilen darf. Ich sehe, das wäre abwegig. Ich unternehme dennoch den halbherzigen Versuch, mir einzureden, daß ich teilhabe am allgemeinen Entsetzen, an der allgemeinen Lähmung, ich versuche, mich selbst zu täuschen, natürlich ohne Erfolg. Ich bin nicht Teilhaber, ich bin Verursacher des Leids.

Ich sitze da, halte Sarahs Hand und weiß nicht mehr, warum ich es getan habe, warum ich Fraikin erschossen habe. Ich weiß, daß ich mit Sarah schlafen möchte, immerhin. Ich weiß, daß ich ihre Lippen spüren muß, ich beiße ihren Hals, lecke die Tränen von ihrem Gesicht in Gedanken, trotz des Kopfschmerzes.

Ich weiß, daß Fraikin mir im Weg stand. Ich weiß, daß niemand mich stoppen wird jetzt, ich habe wieder dieses eigentümliche Gefühl, das mich begleitet seit einiger Zeit. Das Gefühl absoluter Kontrolle über die Situation. Mir kann nichts passieren. Ich bin unantastbar. Ich wußte immer genau, was ich tat, was ich tun mußte.

Die Situation kontrollierte mich, so gesehen.

Ich rede mir ein, daß ich alles rückgängig machen möchte, daß ich nichts lieber täte. Wie gerne würde ich Fraikin mit dem Schnippen zweier Finger lebendig machen, ich stelle mir vor, daß es nur eines Zeichens von mir bedürfe, um Fraikin das Leben zu schenken. Fraikin würde auf dem unbesetzten Stuhl am Kopf der Tafel sitzen, Geschichten erzählend. Sarah würde ihre Hand aus der meinen lösen, behutsam zwar und mit liebem Lächeln … aber sie würde sich ihrem Romeo zuwenden, würde an seinen Lippen hängen, als kenne sie die Geschichten nicht, die Fraikin erzählt. Abend für Abend, mit sonorer Stimme und immer gleichem Gelächter an immer gleichen Textstellen.

»Es tut mir leid, Mark«, würde Sarah sagen, einen Blick von mir auffangend. »Ich liebe ihn.«

Möchte ich das?

Wir sitzen schweigend, ich weiß nicht wie lange.

Marianna spült Geschirr, ohne zu singen.

Dann erhebt sich Sarah, sagt, sie sei müde. »Der Schlaf wird mich betäuben«, sagt sie.

Ich nicke.

»Ich danke dir, Mark«, sagt sie. »Für alles.«

Sie drückt meine Hand.

Sie sieht mich noch einmal an, bevor sie im Korridor verschwindet.

Gewaltsam unterdrücktes Feuer.

Bald, Sarah … bald.

Ich lese es in ihren Augen.

5

Nacht. Ich schwitze. Es ist dunkel, kein Mondlicht heute. Ich sehe die Konturen von Gegenständen, Stuhl, Nachttisch, Lampe. Über mir summt ein Moskito, mal laut, mal leise, von blindem, erbärmlichem Blutdurst getrieben.

Ich liege und denke nach, von Zeit zu Zeit gleite ich hinab in verschwommenen Halbschlaf, dann verlieren die Bilder ihren Sinn, sinnlose Traumbilder von erstaunlicher Deutlichkeit.

Ich sehe Röder, er hält mir einen Fisch vor die Nase. »Schau nur!« sagt er. »Schau nur.« Er lächelt, steckt den Fisch in meine Tasche, sagt: »Für dich, für dich. Ich mag dich doch.« Er wendet sich von mir ab, wirft seine Angel. Ich erschlage ihn mit einer Hand. »Ich mag dich doch«, sagt er, obwohl er tot ist.

Ich sehe Fraikin mit Cowboyhut, der spielt mit einem Revolver. »Tolles Ding, tolles Ding«, sagt er. Er schießt auf einen Mann, der krumm auf einem Pferd sitzt. »Idiot!« schreit er. »Idiot!« Er kommt auf mich zu, lachend, in Reizwäsche, gibt mir die Waffe. »Komm!« ruft er. »Komm!« Er stöhnt mit der Stimme einer Frau, grabscht nach mir. Ich erschieße ihn.

Dann erwache ich.

Ich möchte nicht mehr einschlafen, versuche, mich abzulenken, indem ich mir die Frage stelle, warum ich Fraikin getötet habe, warum Röder.

Ich weiß es nicht.

So lautet die erste Antwort, die, die mir sofort auf den Lippen liegt.

Ich weiß es nicht.

Ich weiß es nicht.

Klingt gut.

Ich frage mich, spaßeshalber, was Grewendorf oder Leblanc sagen würden in einem fiktiven Polizeiverhör, wenn ich ihnen diese Erklärung präsentierte.

Ich vermute, sie würden mich nicht verstehen.

Also gut, könnte ich sagen, also gut, wir wollen bei der Wahrheit bleiben, ich tötete Röder, weil er meinen Roman nicht mochte. Ich tötete Fraikin, weil ich mit Sarah schlafen will.

Zufrieden?

Nein?

Gut, gut, ich will es anders formulieren. Ich tötete Röder, weil ... er mich demütigte. Ich tötete Fraikin, weil ... ich mit Sarah schlafen muß. Muß!

Und Fraikin war alt.

Röder auch.

Ich sehe, Sie sind nicht zufrieden, ja, Sie, Herr Grewendorf, husten zum Zeichen ihrer Verachtung in ihr Taschentuch, und Sie, Leblanc, lassen mißmutig die blutigen Mundwinkel hängen.

Dann eben die Wahrheit, warum auch nicht: Röder, das ... das war ein Unfall, der Eimer rutschte mir aus der Hand! Das ist die reine Wahrheit, ob Sie das glauben oder nicht, ich hielt plötzlich den Eimer in der Hand, ich weiß ja nicht einmal, was ich tat, ich sah Röder auf dem Boden liegen und fragte mich: Was ist passiert?

Und Sarah, Sarah liebe ich. Sarah liebe ich. Keine Sekunde, in der ich nicht an sie denke.

Und wo wir schon bei der Wahrheit sind: Es tut mir leid.

Es tut mir leid. Sehen Sie, das kommt mir nicht leicht über die Lippen, die zittern dabei, ich bin es nicht gewohnt, die Wahrheit zu sagen, aber jetzt, schauen Sie, wie die Lippen zittern, wenn ich das sage. Es tut mir leid!

Ich verliere wieder das Bewußtsein, gleite ins Nichts hinab, verliere die Kontrolle über die Bilder.

Ich sehe Grewendorf, der hustet und lacht, legt mir Handschellen an, klopft mir auf die Schulter. Das alles im Büro Leblancs, aber Leblanc sehe ich nicht, dafür dessen jungen, stummen Kollegen, der jetzt ganz gesprächig ist. »So was tut man nicht, so was tut man nicht ...«, sagt er mit einfältigem Gesicht und quäkender Stimme. Grewendorf hustet und ruft: »Tut mir leid! Tut mir leid!«, wirft mich auf den Boden, tritt auf mir herum, ich stürze durch den Fußboden, tief ...

Ich erwache im Fallen.

Ich liege im Schweiß, mein Atem geht stoßweise, ich spüre mein Herz, lache trotzdem, ich kann mich nicht wehren gegen dieses Lachen, bin ihm hilflos ausgeliefert.

Würde ich sagen: Ich lache, weil ich traurig bin. Wer würde das verstehen?

Ich darf nicht mehr einschlafen, scheint mir, die Träume sind unerfreulich.

Über mir summt der Moskito, mal laut, mal leise.

Ich versuche, meine Gedanken zu ordnen, eine Kausalkette aufzustellen, Faktensammlung:

Röder hat mich ungerecht behandelt.

Ich dachte gar nicht nach.

Es war sehr leicht.

Es war gar nicht meine Absicht.

Ich hatte keine Angst.

Ich hatte keine Kontrolle.

Um Mißverständnisse zu vermeiden: Ich bin durchaus normal und gesund.

Fraikin war im Weg.

Ich liebe Sarah.

Nein, umgekehrt: Ich liebe Sarah, und Fraikin war im Weg.

Fraikin machte es mir leicht.

Die Gelegenheit war günstig.

Ich kontrollierte die Situation, aber nicht mich selbst.

Die Situation kontrollierte mich.

Ich bin ein Opfer der Umstände.

Schwarz wird sein.

Im übrigen ist das alles Unsinn.

Über mir summt der Moskito, mal laut, mal leise, meine Gedanken verwirren sich, ich verliere etwas den Faden, denke an Fraikin in seiner hellblauen Schlafzimmerwelt, Fraikin, der mir das »du« anbot.

Ich werde ernstlich wütend, schalte die Lampe an, die auf dem Nachttisch steht und suche die Wände nach dem Moskito ab. Mein Blick fällt auf das Bild mit den Anglern. Ich hänge es ab, weil ich den Moskito auf der weißen Tapete besser erkennen kann, auf dem Bild könnte er Zuflucht finden.

Ich sitze auf der Bettkante, bewege mich nicht, lasse die Augen wandern.

Ich sehe ihn nicht.

Ich werfe die Decke auf den Teppich, das Kissen, möglich immerhin, daß er sich darunter versteckt.

Ich sehe ihn nicht, nicht auf der weißen Tapete, nicht auf dem weißen Bettlaken. Ich höre das Summen, ganz nah, sehe ihn nicht.

Ich lösche das Licht, lege mich auf den Rücken, wage nicht zu atmen. Ich liege so einige Minuten, dann kommt er, summt direkt über mir, dann Stille, er sitzt auf meinem Gesicht. Ich richte mich auf, ruckartig, schalte das Licht an, weiße Wand, weißes Laken, kein Moskito.

Ich renne ins Bad, kein Moskito auf meinem Gesicht im Spiegel.

Ich kehre zurück zum Bett, setze mich auf die Kante, lösche das Licht. Ich höre das Summen, direkt an meinem Ohr. Ich schalte das Licht an.

Der Moskito ein schwarzer Punkt an der weißen Wand, bewegt sich nicht.

Ich suche nach einem geeigneten Gegenstand, da ist nichts, nur das Bild mit den Anglern, das auf dem Boden liegt. Ich nehme das Bild, die Zeit drängt, der Moskito hängt an der Wand nach wie vor, bewegungslos.

Ich ramme das Bild gegen die Wand, ein lauter Schlag, der Rahmen zerspringt, das Glas fällt in Scherben auf das Bett. Das Bild schwebt langsam, leicht gefaltet, Richtung Boden.

Ich untersuche die Wand. Kein schwarzer und roter Fleck zu sehen, alles weiß.

Der Moskito ist entkommen.

Ich lache, lache, lache.

Ich gehe ins Bad, nehme ein Handtuch, kehre zurück zum Bett, sammle die Scherben ein, lege sie in das Handtuch, vorsichtig. Der Tränenschleier vor meinen Augen erschwert die Arbeit.

Ich falte das Handtuch zusammen, lege es unter den Nachttisch, ebenso den zerstörten Rahmen.

Das Bild möchte ich zerreißen, dann besinne ich mich, schiebe es unter das Bett.

Ich lösche das Licht, lege mich auf den Rücken.

Kleine Scherben kratzen an meiner Haut, die habe ich übersehen.

Das stört mich nicht.

Ich schließe die Augen.

Schwarz.

Der Moskito summt über mir, mal laut, mal leise. Ich ignoriere ihn, lasse mich stechen.

6

Sarah kommt am frühen Morgen, kurz nach vier. Sie klopft nicht an. Ich höre, wie sie die Türklinke herunterdrückt, öffne die Augen. Ich weiß sofort, daß es Sarah ist, ich weiß, warum sie kommt.

Sie steht auf der Schwelle, im trüben, grauen Licht, das durch das Fenster dringt. Sie trägt ein langes, weißes Nachthemd, das ihren Körper verbirgt und ihre Absichten, die ich kenne. Sie hat geweint, ihre Augen sind ganz schmal und verklebt, das sehe ich, als sie langsam näher kommt, ich höre ihre Schritte nicht, sie schwebt.

Ihre roten Haare glänzen im blassen Licht, ansonsten grau. Die Morgendämmerung muß ohne die Unterstützung der Sonne auskommen. Regen trommelt gegen die Scheiben des Fensters.

Sarahs Augen brennen.

Ihr trauriges Gesicht ist bildschön.

Sie bleibt stehen am Bettrand, sieht auf mich hinunter. »Ich konnte nicht schlafen, Mark«, flüstert sie. »Ich lag wach die ganze Nacht ... Mark, hilf mir ...«

»Leg' dich zu mir«, sage ich. Ich ziehe sie zu mir hinunter. Sie klammert sich an mich, legt den Kopf auf meine Brust, streicht mit einem Bein an meinen Oberschenkeln entlang. Das Hemd rutscht nach oben.

Ihre Füße sind weich und kalt.

»Du schwitzt«, flüstert sie.

»Ich habe wenig geschlafen«, sage ich.

»Ich bin froh, daß du hier bist, Mark.«

Sie weint, ihre Tränen laufen auf meine Brust, kleben.

»Ich liebe dich, Sarah«, sage ich.

Sie hebt den Kopf, sieht mir tief in die Augen, so tief, sie will mir die Maske vom Gesicht reißen.

Ich höre den Sekundenzeiger der Weckuhr.

Dann lächelt sie, fährt mir durch die Haare.

Sie senkt den Kopf auf meine Brust, leckt ihre Tränen und meinen Schweiß. Ihre Zunge kitzelt.

Ich reiße sie herum, werfe mich über sie, ziehe sie nach oben. Wir sitzen uns gegenüber. Sie sieht mich an, lange. Sie sagt nichts, zieht langsam das Nachthemd aus, ohne den Blick von mir abzuwenden.

Ich lege meine Hand auf ihre nackte Schulter, die ist eiskalt. Sie zuckt zusammen unter meiner Berührung. Ich greife ihr in den Nacken, drücke fest zu, ihr Kopf fällt nach hinten. Sie sagt nichts. Ich ziehe ihre Haare, erst leicht, dann fester, dann mit beiden Händen, ruckartig. Sie stöhnt leise auf, stößt einen kurzen Schrei aus. Sie zieht mich nach unten, ich liege über ihr. Sie entfernt mit den Füßen meine Pyjamahose, umschlingt mich mit ihren Beinen. Ich schließe die Augen, beiße mich fest in ihrer Haut. Wir lieben uns schweigend …

Es dauert nicht lange. Danach schläft Sarah sofort ein. Ihr Gesicht ist bleich, sie atmet unregelmäßig und murmelt etwas, das ich nicht verstehe. Am Rücken blutet sie leicht, möglicherweise lag sie in einer der Scherben, die ich übersehen habe. Ihr Arm liegt auf meiner Brust. Ich schiebe ihn beiseite, vorsichtig, um sie nicht aufzuwecken. Sie merkt nichts, ihr Arm fällt schlaff auf die Matratze.

Ich bin müde, aber an Schlaf ist nicht zu denken.

Ich gehe zum Fenster. Es regnet nach wie vor, die Tropfen bilden Muster auf dem Fensterglas.

Über dem Meer hängt Nebel. Ich höre das Rauschen und Schlagen der Wellen, laut.

Sie rufen mich, wütend.

Zu lange haben sie sich in Geduld geübt.

Siebter Tag

1

Sarah erwacht in meinen Armen. Ich habe ihren Kopf in meinen Schoß gelegt, ihren Arm um meine Hüfte, vorsichtig, um sie nicht aufzuwecken, aber sie schlief fest, ließ alles geschehen, ohne sich zu wehren. Ich sitze aufrecht, starre Richtung Fenster, durch das inzwischen die Morgensonne fällt. Ich streichle gedankenverloren Sarahs Kopf, ihren Nacken, die Schultern, den wunden Rücken.

Ich habe die Scherbe behutsam entfernt.

Sarah blinzelt, braucht einige Sekunden, um sich an das Licht zu gewöhnen, dann hebt sie den Kopf, sieht mich an, als verstehe sie gar nicht, wieso ich neben ihr im Bett liege. Sie seufzt, erinnert sich offensichtlich, läßt den Kopf wieder in meinen Schoß sinken.

»Mark«, flüstert sie, »was haben wir getan?«

Ich schweige.

Sie bleibt eine Weile liegen, dann richtet sie sich schwerfällig auf, ihre Haare sind zerzaust, das Bettlaken hat rote Striemen hinterlassen auf ihrem Gesicht, ihre Lippen sind blaß und trocken. Sie sieht alt aus. Vorübergehend, natürlich.

Sie bemüht sich, mir den Rücken zuzuwenden, während sie sich erhebt und das Kleid nimmt, das auf dem Boden liegt. Sie beeilt sich, es anzuziehen.

Sie sieht mich nicht an, geht mit schnellen Schritten auf die Tür zu, möchte das Zimmer verlassen, ohne meinem Blick zu begegnen. Sie drückt schon die Klinke, dann besinnt sie sich. Sie wendet sich um, ruckartig, kommt auf mich zu, umarmt mich, drückt mich fest an sich, preßt einen Kuß auf meine Lippen. »Sei nicht böse, Mark«, sagt sie. »Ich bin nur ein wenig verwirrt ... es ist so viel passiert.«

Ich lächle, streichle ihre Wange. Sie schließt die Augen, inhaliert meine Berührung.

»Gib mir Zeit, Mark«, flüstert sie.

»Natürlich«, sage ich.

Sie drückt sich noch einmal an mich, dann löst sie sich, verläßt das Zimmer, ohne sich umzudrehen.

Ich bleibe sitzen, bewege mich nicht. Ein Gedanke zuckt auf, ein ganz unsinniger, das weiß ich: Ich bilde mir ein für ein, zwei Sekunden, daß ich der Normale bin im *Haus zur hohen Kunst* und die anderen verrückt, Gilbert in seiner Blumenwelt, Marianna mit ihren schiefen Opernarien, Fignon, der nicht an das Böse glaubt, Sarah, die mit mir schläft, um sich anschließend ihrer Nacktheit zu schämen. Alle verrückt. Dieser Gedanke geht an der Wirklichkeit vorbei, das weiß ich, ich bin mir überhaupt der Situation sehr gegenwärtig. Ich habe alles klar vor Augen jetzt, obwohl ich müde bin. Kausalketten sind untauglich.

Mein Entschluß ist gefaßt, endgültig. Die Wellen sollen mich haben.

Ich tue dann etwas, das ich gestern vergaß, ich erledige das, nur der Vollständigkeit halber. Ich hole die Kassette aus der Tasche meines dunkelblauen Leinenjacketts. Ich halte sie eine Weile in den Händen, sehe sie mir genau an, ich weiß nicht, warum. Dann lasse ich sie auf den Boden fallen und trete darauf herum, ich höre, wie sie bricht unter meinen wütenden Tritten. Ich ziehe das Band heraus und reiße es in tausend Stücke, bis es in Fetzen auf dem Boden liegt, die werfe ich in den Papierkorb.

Ich beruhige mich allmählich.

Beweisstück vernichtet. Leblanc kann kommen, ich werde ihn herzlich willkommen heißen und inständig bitten, mein Jackett zu durchsuchen, der Ordnung halber.

Mir ist schwindlig.

Ich öffne das Fenster, vom Meer kommt Wind, der bläst mir ins Gesicht, jagt kalte Schauer über meinen Rücken, angenehm. Die Wellen rufen, laut, wütend, nach wie vor.

Mein Entschluß steht fest, ich weiß nicht, was mich veranlaßt hat, die Kassette zu zerstören.

Ich kenne mich selbst nicht.

Über der Düne hängt der Regenbogen, ich könnte losziehen, kurz entschlossen, und sein Ende suchen.

2

Ein seltsames Bild bietet sich mir, als ich herunterkomme, hungrig, offen gestanden, und wohlwissend, daß es nicht gestattet sein wird, mit gutem Appetit zu frühstükken.

Ich weiß auch gar nicht, warum ich hungrig bin.

Hungrig und müde.

Sarah sitzt auf dem Stuhl, auf dem sie immer sitzt, ganz in Schwarz, elegante Trauer, und nichts deutet darauf hin, daß sie die erste Nacht nach dem Tode ihres Gatten nutzte, um mit einem anderen zu schlafen.

Ich mache ihr das nicht zum Vorwurf, es wundert mich nur.

Im übrigen schenkt sie mir ein sehr liebes Lächeln, in dem all die Sympathie liegt, die sie empfindet für den Mörder ihres Mannes. Ich weiß natürlich, daß es nur eine Frage der Zeit wäre, bis Sarah mir ganz gehören würde. Vielleicht würde ich ihr sogar sagen, daß ich Fraikin getötet habe. Irgendwann, in einem besonders harmonischen Moment, würde ich zu meinem Geständnis ansetzen, mit dieser trockenen Stimme wahrscheinlich, die nicht mir gehört. Ich frage mich, wie Sarah reagieren würde.

Gilbert werkelt bereits im Garten, die Sonne scheint, aber der Rasen ist noch naß, Gilbert trägt Gummistiefel und Handschuhe, an denen nasse, dunkle Erde hängt. Er arbeitet mit unbewegtem Gesicht und ohne die Leichtigkeit in den Handgriffen, aber er arbeitet, unermüdlich, seine ganz eigene Form der Trauerbewältigung.

Marianna nimmt am Frühstück teil, bringt ab und zu ein Tablett in die Küche und kehrt mit der aufgefüllten Kaffeekanne zurück, sie trägt ein enges, schwarzes Kleid, das ihre Körperfülle betont, das weite Schwarze, das sie trug in den vergangenen Tagen, ist schmutzig, vermute ich, ihr gehen tatsächlich langsam die Trauerkleider aus.

Ich esse mit gutem Appetit und Brechreiz, ein merkwürdiges Zusammenspiel, jeder Bissen, den ich hinunterschlucke, bereitet Schmerzen, ich esse trotzdem weiter.

Mir ist schwindlig nach wie vor, Sarah, die wieder meine Hand genommen hat und ab und zu einsilbige Worte an mich richtet, sehe ich nur verschwommen, durch einen Schleier, der vor meinen Augen hängt. Dieses verschwommene Bild wird von dem Schwindel verursacht, scheint mir, der mit meiner Wahrnehmung seine Spielchen treibt. Das Zimmer dreht sich von Zeit zu Zeit, ich sehe hinaus in den Garten, Gilbert steht auf dem Kopf, mit Rechen, Schaufel und versteinertem Gesicht, findet das offensichtlich normal.

Ich trinke einen Schluck Kaffee, streichle Sarahs Hand und schließe die Augen für einen Moment. Als ich sie öffne, hat alles seinen Platz gefunden, ich befinde mich wieder auf ebener Erde, auf dem Boden der Tatsachen, vorübergehend.

Gegen zehn Uhr, natürlich, kommt Fignon, fest entschlossen, die traurige Gesellschaft etwas aufzuheitern. Er setzt sich neben Marianna und versucht, sie davon zu überzeugen, daß das Leben schön ist, trotz allem.

»Wir sollten stark sein, wir alle«, sagt er.

Gegen elf Uhr kommen die unvermeidlichen Trauergäste, die Nachricht von Fraikins plötzlichem Tod hat sich natürlich herumgesprochen. Alle erscheinen, es ist eine Wiederholung dessen, was sich vor zwei Tagen abspielte, als man gemeinsam den tragischen Tod Jakob Röders beweinte. Die Bestürzung freilich, der Schmerz, ist dieses Mal, wenn nicht echt, so doch besser gespielt.

Der Chirurg kommt nicht auf die Idee, von einem Patienten zu erzählen, der in die Notaufnahme kam in dem Glauben, gerade Selbstmord begangen zu haben, und den er dann erfolgreich operiert hat. Der Rechtsanwalt hält sich zurück mit Mutmaßungen, ebenso die Gattin des Bankiers, die sich darauf beschränkt, von Zeit zu Zeit auf die Gnade Gottes hinzuweisen. Carl bleibe ein Gotteskind, daran ändere auch seine unbedachte Tat nichts, damit meint sie Fraikins Entschluß, aus eigenem Antrieb und ohne die Genehmigung Gottes aus dem Leben zu scheiden.

Ich wundere mich, daß Sarah nicht auf den Gedanken kommt, ihr ins Gesicht zu schlagen. Ich bin wohl nicht derjenige, dem es zusteht, das für sie zu erledigen. Sarah jedenfalls sitzt apathisch auf dem Sofa und läßt alles über sich ergehen.

Der Rechtsanwalt kann sich irgendwann doch nicht mehr beherrschen und sieht sich genötigt, eine kleine Diskussion in Gang zu setzen. »Deutete denn, wenn ich fragen darf, irgend etwas darauf hin, daß Carl … gewissermaßen gefährdet war … Sie verstehen … er war doch ein sehr lebenslustiger Mensch …«

»Sie sagen es! Sie sagen es!« ruft die Bankiersgattin, erleichtert, daß jemand den Anfang gemacht hat. »Wir waren alle so erschüttert, weil … weil er doch gar keinen Grund hatte … natürlich ging ihm die Sache mit Jakob sehr nahe, aber … er hatte doch Sie, Sarah … und … und er hatte uns, seine Freunde!«

Wenn ich nicht so müde wäre und alles durch diesen Schleier sehen würde, dann würde ich jetzt lachen. Laut loslachen müßte ich und der guten Frau den Schädel einschlagen ohne weiteres, nur um sicherzustellen, daß sie ihr falsches Geschwätz nicht fortsetzen kann. Ich vermute, niemand könnte mir das übelnehmen, vielleicht der Rechtsanwalt, der seinen Gesprächspartner verlieren würde. Und ihr Ehemann natürlich, aber der, scheint mir, ist wieder nicht ganz nüchtern, möglich, daß er den Tod seiner Frau für ein Trugbild seiner angeheiterten Phantasie halten würde.

Im übrigen werde ich die Gattin des Bankiers ohnehin nicht umbringen, ich spiele nur mit dem Gedanken, spaßeshalber.

Ich wäre auch gar nicht in der Lage, irgend etwas dergleichen zu tun, mir fallen die Augen zu alle zwei Sekunden, und wenn ich sie öffne, steht das Zimmer auf dem Kopf. Am Gespräch beteilige ich mich nicht, selbst, wenn man mich direkt anspricht, schweige ich, nicke nur. Man nimmt mir das nicht übel, im Gegenteil, alle betrachten mich mit wohlwollendem Mitleid. »Haben Sie gesehen«, werden sie später sagen, »haben Sie gesehen, wie sehr Herr Cramer sich Carls schrecklichen Tod zu Herzen nahm. Ein echter Freund.«

Die Gäste verabschieden sich dann, die Lähmung, die über dem Haus liegt, wirkt allzu bedrückend. Es gibt auch nichts mehr zu sagen, und es ist so schwer zu schweigen. Das Schweigen macht sie ganz nervös, sie sagen irgend etwas Unsinniges, nur um nicht schweigen zu müssen.

Alle drücken Sarah die Hand und suchen nach den richtigen Worten, die niemand findet, weil es sie nicht gibt. Dann gehen sie die Stufen hinab, ich sehe ihnen nach, sie inhalieren die frische Luft, halten die Gesichter in die Sonne. Sie lachen schon wieder über irgend etwas, als sie auf die Straße treten.

Fignon bleibt noch eine Weile, ausgerechnet ihm, dem Redner, fällt das Schweigen jetzt nicht schwer. Er sitzt neben Marianna, streichelt ihren Arm und hilft ihr beim Zubereiten des Mittagessens, klare Brühe mit ein wenig Fleisch.

Wir essen auf der Terrasse, die Sonne scheint auf unsere Teller, vom Strand dringen leise die hysterisch begeisterten Rufe der Kinder herüber, die sich ins kalte Wasser werfen. Fignon sagt von Zeit zu Zeit aufmunternde Sätze, die verpuffen wirkungslos.

Gilbert beeilt sich mit dem Essen, er bedankt sich und kehrt zurück in den Garten, säubert das Schwimmbad, das Wasser plätschert leise.

Der Himmel hellblau.

Ich höre das Rauschen und Schlagen der Wellen, laut und wütend. Ich möchte weinen, aber ich kann nicht.

Fignon verabschiedet sich nach dem Essen, er drückt fest Sarahs Hand, kündigt an, daß er wiederkommen wird. Sarah erlebt dann einen kleinen Zusammenbruch, sie sackt in sich zusammen, nachdem der letzte Gast gegangen ist. Ich stütze sie.

»Ich bin müde, Mark, ich sollte mich hinlegen«, flüstert Sarah. Sie macht sich los, sackt sofort wieder ein. Ich fange sie auf, begleite sie ins Schlafzimmer, bette sie auf dem hellblauen Bettlaken in der hellblauen Welt.

»Ich bin so froh, daß du hier bist«, sagt sie.

Ich streiche leicht über ihren Kopf, lächle sie an. Ich wende mich noch einmal um, bevor ich das Zimmer verlasse. Sie hat die Augen geschlossen, ihr bleiches Gesicht ist weich und entspannt, möglich, daß sie schon schläft.

Ich stehe im Korridor.

Die Tränen kommen, plötzlich. Mein Gesicht verzerrt sich, ich kann gar nichts dagegen tun, mein Mund steht weit offen, ich werde hin- und hergeschüttelt wie eine Marionette, ich wische meine Augen, aber es kommen immer neue Tränen.

Das Telefon klingelt, zwei-, dreimal, dann nimmt Marianna den Hörer ab. »Ja, natürlich, einen Moment«, höre ich sie sagen. »Herr Cramer, Herr Cramer«, ruft sie mit gedämpfter Stimme, um Sarah nicht zu wecken. Sie steht am Ende des Korridors. »Herr Cramer, Telefon für Sie. Es ist Johanna, Johanna Röder.«

»Natürlich, sofort«, sage ich, bezwinge den Weinkrampf. Marianna reicht mir den Hörer.

»Johanna, bist du das?« sage ich, meine Stimme ist rauh, überschlägt sich.

»Ja, hallo, Mark. Schön, deine Stimme zu hören.«

Mein Magen zieht sich zusammen, mein Gesicht verzerrt sich wieder, aber ich beherrsche mich.

»Mark, bist du noch da?«

»Natürlich, Johanna.«

»Mark, es geht um das Testament ...«

Alles dreht sich, mir kommt zu Bewußtsein, daß Johanna noch gar nichts weiß, sie weiß nicht, daß Carl ...

»... Mark, zunächst einmal möchte ich dir sagen, daß es mich freut für dich, ich freue mich, daß Jakob dich bedacht hat in seinem Testament ... du weißt ja, daß er dich sehr gemocht hat ...«

Mir wird schwarz vor Augen.

»Ich wollte dich fragen, ob du in den nächsten Tagen kommen wirst wegen der Formalitäten ... ich wollte nur sichergehen, denn ... wahrscheinlich kommt ihr ja auch zum Begräbnis ... ihr kommt doch?« Ihre Stimme bricht.

»Natürlich«, sage ich mechanisch.

»Das freut mich ... ja, es ist eine schwere Zeit für mich, Mark ...«

»Johanna ...« beginne ich.

»Ach, Mark, bevor ich das vergesse ... Frau Gräf, Jakobs Sekretärin, hat angerufen, sie erkundigte sich nach dir wegen des Romans. Sie haben im Verlag nach dem Manuskript gesucht, aber nichts gefunden, und bitten dich, ihnen ein Manuskript zu schicken, weil Jakob vor einigen Wochen angekündigt hatte, den Roman, falls du ihn rechtzeitig abschließen würdest, möglicherweise schon im Herbst zu veröffentlichen ...«

»Natürlich.« Alles dreht sich, alles dreht sich. »Ich werde ihnen bei nächster Gelegenheit ein Manuskript zukommen lassen ... aber Johanna ...«

»Was, Mark?«

»Ich muß dir etwas sagen, etwas Schreckliches ...«

»Was denn, Mark?«

»... Carl ... ist gestorben ... gestern ...«

Johanna schreit kurz auf und röchelt am anderen Ende der Leitung. »Nein, Mark, nein ...«

»Ich ... es tut mir so leid ... er ... hat sich das Leben genommen ...«, Brechreiz, »... wegen Jakob ...«

»Nein ... nein, das darf nicht sein ...«

»Johanna, wir, Sarah und ich und Marianna, wir werden dennoch zu Jakobs Begräbnis kommen, wir werden dort sein ... auch Fignon wird kommen, das hat er versprochen, du kennst doch Bernhard Fignon ...«

Johanna weint. »Das ist zuviel ... entschuldige, Mark ...«

»Wir werden kommen, Johanna, nächste Woche ...«

»Ja ... entschuldige, das alles ... ist einfach zuviel für mich ... ach, Sarah, ist Sarah da ...«

»Sarah schläft.«

»Ja, gut, gut ... das ist gut ... Mark, ich werde mich wieder melden … später, sag Sarah …, sag ihr, daß es mir … so leid tut, sag ihr das …«

»Natürlich, Johanna.«

»Auf Wiedersehen, Mark.«

Ich sage nichts mehr, sie hat die Verbindung bereits unterbrochen.

Ich gehe die Treppe hinauf in mein Zimmer. Ich bin müde. Ich öffne das Fenster, lasse den lauen warmen Wind die Tränen trocknen.

Ich ziehe das Jackett aus, das Hemd, die Hose. Ich lege mich auf das Bett, flach auf den Rücken. Ich schließe die Augen.

Ich gebe mich dem Gefühl der Reue hin, dem Gefühl des Schmerzes. Ich weiß, es ist nur die halbe Wahrheit, ich genieße dieses Gefühl, ein halbes Gefühl ist das, ein Gefühl, das auf halbem Wege hängen bleibt. Auf halbem Wege wird aus dem Weinen ein Lachen.

Ich weiß nicht, warum das so ist. Ich habe nicht die Kraft, darüber nachzudenken.

Ich lache.

Ich sinke ins Nichts hinab.

3

Der Mann, dem ich das Leben schenkte, der schlief im trüben Licht der Parkplatzlampe, der war auf der Flucht, nein, er war nicht auf der Flucht, man hätte annehmen können, er sei auf der Flucht, aber eigentlich wußte er gar nicht genau, warum er fuhr, nachts, zwischen Paris und Orléans.

Der Mann fährt einfach, die Fußraumheizung funktioniert tadellos. Nichts zu spüren von der Kälte draußen.

Der Radiosprecher befragt eine Anruferin zum Thema: Vergewaltigung in der Ehe.

Der Mann kann sich kaum halten vor Lachen.

Der Mann ist reichlich betrunken und fragt sich: Habe ich's getan? Oder habe ich geträumt?

Er war zu dieser Party gefahren. Ohne rechte Lust zu haben.

Eigentlich kennt er diesen Wohlfahrt kaum. Oder sollte er sagen: *Kannte?*

Er lacht wieder, bis ihm die Tränen in die Mundwinkel laufen.

Obwohl das ja eine ernste Angelegenheit ist, sagt er zu sich, mit gespielt strenger Miene.

Dann lacht er wieder, kann kaum noch die Fahrbahn sehen, wegen der Tränen in den Augen.

Sie sei mit dem Messer auf ihn losgegangen, sagt die Frau im Radio.

Der Mann verliert etwas den Faden und fährt eine Weile. Spürt, wie die unangenehm klebenden Tränen trocknen auf seinem Gesicht.

Er beschließt dann, seine zweifellos abhanden gekommene Selbstkontrolle durch sachliche Faktensammlung zurückzugewinnen.

Also, er ist Rechtsanwalt, aus eigenem Antrieb geschieden, kinderlos, erfolgreich, hat sich einen ansehnlichen Kundenstamm aufgebaut, ganz hohe Tiere darunter, sogar ein bekannter Filmregisseur. Einer seiner Klienten ist oder war Wohlfahrt.

Besser nicht lachen, die Tränen kleben so.

Wohlfahrt war ihm richtig dankbar gewesen, hatte ihn gleich zu seiner Party eingeladen, weil er eine unerfreuliche Angelegenheit mit Unfall und Fahrerflucht glänzend gelöst hatte.

Der Mann war hingegangen, hatte elegant schwätzende Menschen kennengelernt.

Es war recht langweilig gewesen.

Wohlfahrt lebt oder lebte sehr angenehm, zweistöckiges schneeweißes Haus mit zwanzig Räumen für sich und seine Ehefrau Susanne, die Wohlfahrt Susan nennt oder nannte, um auf seine Amerika-Aufenthalte aufmerksam zu machen.

»Ich hoffe noch immer, daß er zurückkommen wird«, sagt eine Frau zum Radiosprecher. »Das wünsche ich Ihnen von ganzem Herzen«, entgegnet der Radiosprecher und sagt den nächsten Titel an.

Eigentlich kennt oder kannte der Mann Wohlfahrt kaum.

Er würde sich zu gerne Gewißheit verschaffen, ob er sich das alles nur einbildet oder ob es wirklich passiert ist.

Er lacht dann doch wieder, als er sich an Wohlfahrts dummes Gesicht erinnert, kurz vor dem Sturz.

Wenn er sich recht erinnert, hatte Wohlfahrt ihn vertraulich auf die Seite gezogen, hatte ihm angeboten, ihm doch auf einen Sprung in sein Arbeitszimmer zu folgen, er wolle ein Fläschchen edlen Weines öffnen, nur für ihn, das sei er ihm doch schuldig. »Das war großartige Arbeit, Mann, glauben Sie mir, wenn das an die Öffentlichkeit gedrungen wäre.«

Das Arbeitszimmer: Im zweiten Stock, Balkon Richtung Garten.

Der Mann findet Wohlfahrt nicht unsympathisch.

Der Wein schmeckt außerordentlich gut.

Kein Grund, Wohlfahrt vom Balkon zu stoßen.

»Dürfte ich einen Blick auf den Garten werfen, Herr Wohlfahrt?« hatte er gesagt.

Wohlfahrt hatte sofort die Tür zum Balkon geöffnet, hatte bereitwillig nähere Auskünfte erteilt über den Pflanzenbestand seines Gartens.

Wohlfahrt war ohne weiteres in die Tiefe gestürzt, als der Mann ihm den leichten Schlag versetzt hatte.

Ein plumper Aufprall. Die Gäste im Wohnzimmer reagierten gar nicht, der Mann hatte leise das Stimmengewirr gehört, die klirrenden Gläser.

Er war wieder nach unten gegangen, hatte sich verabschiedet.

Wo denn ihr Mann sei, hatte Susan gefragt.

Oben. Kommt gleich. Muß leider gehen.

Ach, bleiben Sie doch noch, Herr Winkeladvokat.

Alle Gäste im Chor: Ja, bleiben Sie doch noch.

Der Mann: Tut mir leid. Auf Wiedersehen. Grüßen Sie Ihren Gatten.

Der Radiosprecher warnt vor einem Geisterfahrer auf einer Autobahn. Der Mann fährt auf einer anderen Strekke, die Meldung betrifft ihn nicht.

Die Tankstelle kommt ihm wie gerufen.

Ob er irgendwo telefonieren könne, fragt er den jungen Mann hinter der Kasse.

50 Meter rechts, direkt vor der Gaststätte, Kartentelefon.

Der Mann fährt die 50 Meter mit dem Auto, weil es so kalt ist.

Wohlfahrts Nummer steht im Adreßbüchlein.

»Wer ist da, bitte?« fragt die Stimme am anderen Ende der Leitung. Nicht Wohlfahrt.

»Könnten Sie mich mit Herrn Wohlfahrt verbinden?« fragt der Mann.

»Mein Name ist Blum«, sagt der andere. »Ich bin Mitarbeiter der Kriminalpolizei. Bitte sagen Sie mir ihren Namen.«

Der Mann legt auf.

Setzt seine Fahrt fort.

Er weiß jetzt wenigstens, daß er sich das Ganze nicht eingebildet hat.

Es dauert eine Weile, bis die Fußraumheizung wieder Wärme spendet.

»I love you, really love you«, singt die weiche Frauenstimme im Radio. Der Mann kennt das Lied, summt mit. Die Melodie gefällt ihm ...

Er legt dann eine Pause ein, weil er müde ist, gegen drei Uhr, auf einem Rastplatz zwischen Paris und Orléans.

Der Mann, dem ich das Leben schenkte: Ein Mörder.

Wir beide, Leidensgenossen auf nächtlicher Fahrt.

So könnte es gewesen sein.

4

Ich verschlafe den Tag, ausgerechnet diesen, meinen letzten.

Marianna ist bereits mit dem Zubereiten des Abendessens beschäftigt, Gilbert sitzt auf dem Sofa im Wohnzimmer und schlürft Tee. Er mußte seine Arbeit unterbrechen, denn draußen regnet es. Über dem Haus hängen Wolken, keine Spur von Sonne, die werde ich nicht mehr sehen.

Sarah kommt, mit kleinen Augen und bleichen Wangen, im Bademantel. Sie geht auf schwachen Beinen, hat den Tag verschlafen, ebenso wie ich.

»Ich habe schreckliche Kopfschmerzen«, sagt sie leise. Marianna hört es trotzdem, sie eilt herbei mit einem Wasserglas, in dem bereits die zerfallende Tablette schwimmt.

»Danke, Marianna«, flüstert Sarah.

Sie geht, um sich frischzumachen und anzuziehen. Sie kehrt zurück, ganz in Schwarz natürlich, mit gewaschenen Haaren, zartroten Lippen und dezent geschminkten Augen.

Marianna serviert das Abendessen, klare Brühe wieder, dieses Mal mit Ei, Marianna, scheint mir, ist der Meinung, daß man klare Brühe zu essen hat in Trauerzeiten.

Sarah ißt nur einige Löffel, greift nach meiner Hand. Ich betrachte ihr verweintes, blasses Gesicht, die roten, nassen Haare fallen ihr in Strähnen auf die Schultern.

Wassertropfen laufen in ihren Nacken, auf ihre Wange, in ihre Mundwinkel. Die großen, tiefen Augen sind traurig, brennen nicht, blasses Grün.

Sie ist sehr schön.

Es reizt mich nicht, ein zweites Mal mit ihr zu schlafen. Ich weiß nicht, warum.

Ich streichle ihre Hand. Sarah lächelt abwesend und hält mit der freien Hand ihren Kopf.

Marianna nimmt die Teller, Sarah bittet um eine weitere Schmerztablette. »Ich habe das Gefühl, daß mein Kopf zerspringt«, flüstert sie. »Kennst du dieses Gefühl, Mark?«

»Ja«, sage ich.

»Die Tabletten helfen nicht ...«

»Ich werde dir helfen«, sage ich, nehme sie bei der Hand und führe sie zum Sofa, bette ihren Kopf in meinem Schoß. Ich massiere ihren Kopf, ihren Nacken. Sarah schließt die Augen.

»Das ist sehr schön, Mark ...«, flüstert sie. »... es wird schon besser ...«

Marianna bringt das Glas mit der Tablette, aber Sarah ist bereits eingeschlafen. Ihr Atem geht langsam und regelmäßig, sie stöhnt leise von Zeit zu Zeit.

Ich streichle Sarahs Rücken, ihre Schultern, ihre Wangen, und schaue hinaus in den Garten. Marianna räumt die Küche auf, ohne zu singen. Gilbert rennt draußen auf dem Rasen herum, im strömenden Regen, sammelt seine Arbeitsgeräte ein.

Ich sitze einfach nur da und lasse die Stunden vergehen, ich bemühe mich, nichts mehr zu denken. Gilbert kehrt triefend naß ins Haus zurück. Wenige Minuten später wird der Regen schwächer, die Sonne bricht noch einmal durch, das freut mich. Ich stehe nicht auf, um nach dem Regenbogen zu suchen. Irgendwann setzt die Dunkelheit ein vor meinen Augen, legt sich über die Farben des Tages …

Marianna löscht das Licht in der Küche, geht schlafen, ebenso Gilbert. Sie werfen noch einen besorgten Blick auf Sarah, einen freundlichen, dankbaren auf mich.

Sarah schläft tief.

Draußen ist alles schwarz, über mir hängt der Kronleuchter, der spendet gedämpftes, goldenes Licht. Ich höre das Rauschen und Schlagen der Wellen, laut und wütend.

Ich trage Sarah in ihr hellblaues Schlafzimmer, ich gehe ganz langsam, um sie nicht aufzuwecken. Ich ziehe ihr das Kleid aus. Sie murmelt im Schlaf und krallt sich in das hellblaue Kissen. Ich lege vorsichtig die Decke über sie.

Sie öffnet kurz die Augen, starrt mich an, dann dreht sie sich auf die Seite, ihr Atem geht regelmäßig.

»Es tut mir leid, Sarah«, sage ich. Das ist theatralisch, ich weiß. Sie wird sich nicht daran erinnern, morgen.

Ich schließe behutsam die Tür, gehe zurück ins Wohnzimmer, lösche das Licht des Kronleuchters.

Ich öffne die Terrassentür, trete hinaus. Es regnet nicht mehr, dafür herrscht stürmischer Wind, der die Bäume Richtung Erde biegt. Ich gehe langsam die fünfundsechzig Stufen hinab.

Die Wellen rufen, dumpf und fordernd.

Aus der Disco dringen monotone Schläge, in der Kneipe wird gelacht. Mir ist kalt.

Ich werde schwimmen, Richtung Horizont, so weit meine Kraft reicht, spaßeshalber.

Die Wellen werden mich schlucken auf halbem Wege.

Nichts wird sein.

Schwarz wird sein.

5

Rotes Licht in regelmäßigen Abständen. Das sehe ich von unten, unter den Wellen, die mich hin- und herschleudern, das Wasser war kalt, sehr kalt, als ich hineinging, jetzt ist mir schon warm. Ich spüre meine Kleider nicht mehr, erst war es mir unangenehm, daß sie sich festsogen an meiner Haut, aber jetzt spüre ich sie nicht mehr.

Ich werde hin- und hergewirbelt, hilflose Marionette. Ich schlucke Wasser, huste, lache.

Der nasse Sand klebte an meinen Füßen, als ich die Düne hinabging, ich ließ die Schuhe am Ende des Steges liegen. Die Wellen rauschten und schlugen, aufgepeitscht von Sturmböen, die meinen Körper, meinen Kopf Richtung Erde bogen, als wollten sie mir das Genick brechen.

Ich stand eine Weile am Rand des Wassers, nicht, um meinen Entschluß zu überdenken. Ich stand einfach nur, hielt halbherzig Ausschau nach dem Horizont, der kaum auszumachen war in der Dunkelheit und in weiter Ferne. Ich wußte, daß ich das Ende der Wasserfläche nicht erreichen würde.

Ich stand einige Minuten und ließ die Ausläufer der Wellen meine Waden streicheln. Dann ging ich hinein, langsam, war nicht in Eile …

Das rote Licht sendet der Leuchtturm, in regelmäßigen Abständen, er läßt sich da nicht irritieren. Ich sehe es nur von Zeit zu Zeit, wenn die Wellen mich nach oben schleudern, dann bin ich knapp unterhalb der Wasseroberfläche oder tauche kurz auf, in der Hoffnung, Atem zu holen.

Ansonsten falle ich in tiefe Schlünde, es ist dunkel, wie ich vermutet hatte. Dunkel und desinteressiert auch der Himmel, keine Sterne. Den Mond sehe ich auch nicht, möglich, daß er ins Wasser gestürzt ist, eine kleine gelbe Scheibe, niemand hat es bemerkt.

Wenn ich an die Oberfläche geschleudert werde, versuche ich, gegen die Wellen anzuschwimmen, spaßeshalber. Mein Vorhaben, Richtung Horizont zu schwimmen, mußte ich aufgeben, wie vermutet, da ich vollständig die Orientierung verloren habe, ich weiß nicht, wo das Wasser bricht.

Ich schwimme gegen die Wellen und lache, es ist ein so aussichtsloses Unterfangen. Sie wirbeln mich nach oben und stürzen sich auf mich nach zwei, drei Armzügen, die ich, strampelnd und nach Atem ringend, mehr in der Luft vollführe als im Wasser.

Ich muß ein lächerliches Bild abgeben.

Ich warte darauf, nichts mehr zu fühlen.

Ich lasse mich treiben.

Das Merkwürdige ist, daß ich trotzdem denke, in klaren Bildern. Ich führe stille Selbstgespräche, bin regelrecht geschwätzig, erzähle mir Geschichten. Ich rede mir ein, daß ich unsterblich bin, die Wellen, behaupte ich, geraten bereits in blinde, ungläubige Wut, weil sie in mir einen unbezwingbaren Gegner gefunden haben. Die Wellen führen einen aussichtslosen Kampf, es hat nur den Anschein, als würden sie mich nach Belieben hin- und herwirbeln wie eine Stoffpuppe. In Wirklichkeit habe ich ein As im Ärmel, irgendeine Waffe, die mir eine Meerjungfrau zusteckt, verträumt lächelnd, im letzten Moment, wenn alles verloren scheint, im dunklen Zentrum des Strudels.

Ich denke nicht an Röder, nicht an Fraikin. An Sarah denke ich, kurz, ich bilde mir ein, daß sie schläft in diesem Moment und von mir träumt. Ich denke an den schwerreichen Amerikaner, von dem Fignon erzählte, dieser Trottel, der sich eine Autobahn baut, nur um Autos zu überholen, abends, wenn er nach Hause kommt.

Ich schließe die Augen, werde nach oben gerissen und nach unten, ich atme, wenn sich die Gelegenheit ergibt.

Ich warte darauf zu sterben, nichts zu sehen, schwarz zu sehen, ich hoffe doch, daß es schwarz sein wird und nicht das aufgedunsene Gesicht von Röder, nicht das von Fraikin, die ich ins Nichts befördert habe ohne Grund und ohne es wirklich zu wollen.

Schwarz möchte ich sehen, schwarz ...

Stattdessen sehe ich Lichter, vor meinen Augen, Lichter aller Art ... ein Regenbogen, in allen Farben, der blendet mich ... grell, dann ist es nur noch gelbes Licht, dann weiß.

Ich höre ein dröhnendes Geräusch, reiße die Augen auf. Ich sehe ein Schiff, ein riesiges, weißes Schiff, direkt vor mir, ich kann hineinschauen in den großen Saal, in dem Männer stehen in schwarzen Anzügen und Frauen in Ballkleidern, der Saal ist golden beleuchtet, eine Band spielt Schlager, die irgendwann mal beliebt waren, die Musiker starren ins Leere, schauen gar nicht auf ihre Instrumente. Es wird Champagner getrunken, gelacht und getanzt.

Oben an der Reeling steht ein Pärchen, engumschlungen, in blassem Mondlicht, ich dachte, der Mond sei ins Meer gefallen. Die Frau versucht, sich der Umarmung zu entziehen, aber der Mann hält sie fest, preßt seinen Mund auf ihren. Die Frau schreit, der Mann packt sie am Hals, ihr Kopf fällt zurück, ihr Haar hängt über dem Geländer

Richtung Meer, sie schlägt mit den Armen, droht hinabzustürzen. Ihr Haar ist rot, es könnte Sarah sein ... aber Sarah schläft.

Ich sehe nicht, was mit der Frau passiert, weiß nicht, ob sie sich losreißen kann oder ob der Mann sich eines besseren besinnt oder ob er sie ins Meer hinunterstößt. Die Szene liegt plötzlich im Dunkeln, als sei das Bühnenlicht erloschen zum ungünstigen Zeitpunkt, eine Wolke, scheint mir, hat sich vor den Mond geschoben, von dem ich ohnehin dachte, er sei ins Meer gefallen.

Ich höre das Dröhnen, das Schiff nimmt Fahrt auf, wendet nach rechts, setzt seine Reise fort, wohin auch immer. Die hohen Wellen prallen ab an den mächtigen, weißen Seitenwänden, das Schiff schaukelt ein wenig hin und her, schüttelt die Wellen ab wie lästige Bittsteller, mehr nicht. Ich sehe noch einmal in den Ballsaal hinein, da wird getanzt nach wie vor, ich sehe eine Frau ganz in Blau, die läßt sich vom Rhythmus der Musik treiben mit geschlossenen Augen und glücklichem, breitem Lächeln. Das Gesicht ihres Tanzpartners sehe ich nicht. Bald sehe ich auch die Frau nicht mehr, nur noch das matte, goldene Licht, das den Saal beleuchtet und das immer kleiner wird, bald nur noch ein heller Punkt in der Dunkelheit, könnte ein fallender Stern sein. Dann verschwindet das Schiff abrupt aus meinem Blickfeld, stürzt ins Nichts, den Abgrund hinunter, an dem das Wasser bricht.

Ich sehe schwarz.

Ich öffne die Augen.

Ich liege am Ufer.

Die Ausläufer der Wellen spülen den Sand von meinen Kleidern.

Ich liege so eine ganze Weile. Vergegenwärtige mir, daß ich lebe. Ich lache, es ist dieses Lachen, das sich durch meinen ganzen Körper wühlt, einem Brechreiz ähnlich, dieses Lachen, das mein Gesicht verzerrt und das ich nicht kontrollieren kann. Ich versuche mich zu wehren, winde mich, kralle mich fest im nassen Sand. Aber ich lache, ich schreie, lache.

Dann erhebe ich mich, sacke sofort wieder ein, ein Krampf im linken Fuß. Ich warte, bis der Krampf nachläßt, dann gehe ich die Düne hinauf, meine Schuhe liegen noch auf dem Holzsteg, ich ziehe sie an. Die Kleider saugen sich in meine Haut, beißen sich hinein, kalt und naß, eiskalter Schüttelfrost. Haare und Sandkörner kleben in meinem Gesicht, der spröde, trockene Geschmack des Sandes liegt auf meiner Zunge. Mein Jackett ist eingerissen an der Schulter.

Ich stolpere über die eigenen Füße.

Ich lache, komme kaum zum Atemholen.

Ich bin tatsächlich unsterblich.

Vor der Disco stehen junge Männer und junge Frauen, rauchend, reden lässig über Nichtigkeiten, tauschen unernste Küsse. Die Worte bleiben ihnen im Halse stecken, als sie mich sehen. Sie starren mich an.

»Ich liebe es, nachts zu schwimmen, besonders, wenn Sturm herrscht«, rufe ich, winke ihnen zu.

Ihre Münder stehen offen für ein, zwei Sekunden, dann ruft eine der jungen Frauen: »Ein Verrückter!« Die anderen stimmen ein: »Was für ein Spinner!«, »Hat man so was schon gesehen!?« Sie lachen, etwas gezwungen, irritiert nach wie vor.

Ich hebe meinen Blick, suche den Himmel ab nach Mond oder Sternen, sehe nichts. Mir wird warm allmählich.

Ich höre Schritte hinter mir, die kommen näher, ich wende mich nicht um, warte, dann klopft mir einer auf die

Schulter. Fignon, natürlich. Er ist wieder angetrunken, seine Augen sind gerötet, sein Blick ist hitzig, seine Stimme bebt vor Erregung. »Mein Freund, mein Freund, ich sah Sie, ich kam gerade aus der Kneipe, Sie haben mich glatt übersehen, ich habe eine Idee, lassen Sie uns ins Casino fahren, sofort, ich habe ein gutes Gefühl, es muß ja weitergehen, mein Freund, das Leben ist doch zu schön. Nachts, mein Freund, nachts, überfällt mich immer diese Traurigkeit, verstehen Sie, wegen Carl ... und Jakob ... dann muß ich ... irgend etwas unternehmen, lassen Sie uns ins Casino fahren!«

Fignon bemerkt offensichtlich gar nicht meinen Zustand, hält es für normal, daß ich aussehe wie ein Schiffbrüchiger.

»Lassen Sie uns ins Casino fahren!« bettelt er nur, das ist eben seine Form der Trauerbewältigung.

»Natürlich, Bernhard!« rufe ich. »Glänzende Idee!« Ich lege meinen Arm um seine Schulter, er lächelt glückselig. »Wunderbar, Mark, wunderbar!« Er taumelt, wankt. »Ich habe zuviel getrunken, Mark, kein Zweifel. Es ist dieses traurige Gefühl der Leere ... gestern noch haben wir mit Carl gesprochen und jetzt ... aber es muß ja weitergehen ...«

Wenig später stehen wir am Fuß der fünfundsechzig Stufen. Ich bitte Fignon, unten zu warten, ich müsse mich schnell umziehen.

»Ah ja, ihr Anzug ist ganz naß«, sagt Fignon.

Ich gehe die Stufen hinauf. Er habe ein gutes Gefühl heute, er werde gewinnen, ruft Fignon mir hinterher.

Ich betrete das Haus durch die Terrassentür, gehe die Treppe hinauf in mein Zimmer. Ich ziehe den Anzug aus, lege ihn zum Trocknen auf den Boden, ein Handtuch darunter, um den Teppich zu schonen. Ich kämme den Sand aus meinen Haaren, bespritze mein Gesicht mit Wasser. Ich ziehe einen anderen Anzug an, auch der ist dunkelblau, dazu ein weißes Hemd.

Es dauert einen Moment, bis ich mich darauf besinne, wo ich das Geld verwahrt habe. Richtig, in der Seitentasche meines Koffers. Ich nehme das Geld, 190.000 Francs, eingerissene, vielfach gefaltete Scheine, Papierfetzen, wenn nicht eine Zahl darauf stünde, die ihren Wert anzeigt.

Ich schaue aus dem Fenster, sehe Fignon, der hüpft von einem Bein auf das andere, ganz Dynamik und Unternehmungslust, erhitzt grinsend, im Licht der Straßenlaterne.

Ich gehe hinunter, den dunklen Korridor entlang, ich passiere das Arbeitszimmer, in dem Fraikin starb. Ich gehe Richtung Schlafzimmer, öffne die Tür zu Sarahs hellblauer Welt. Sarah schläft, ihr Atem geht regelmäßig, das blasse Licht des Mondes scheint auf ihr Gesicht. Sie lächelt im Schlaf. Möglich, daß sie von mir träumt.

Ich schließe behutsam die Tür, gehe mit schnellen Schritten Richtung Wohnzimmer, das Lachen wühlt sich nach oben, ich unterdrücke es, möchte niemanden wekken. Ich verlasse das Haus durch die Terrassentür, lasse dem Lachen freien Lauf und renne, ich renne über den nassen Rasen, rutsche aus ein-, zweimal, macht nichts.

»Kommen Sie, mein Freund, kommen Sie!« ruft Fignon schon von weitem. Ich renne die Stufen hinab, nehme die Gefahr eines Sturzes in Kauf, ich sehe die Hand nicht vor den Augen, ich überspringe zwei, drei, vier Stufen mit einem Schritt. Ich lache.

Schwarz kann warten bis morgen.

Liebe könnte bedeuten: den Tod eines anderen mehr zu fürchten als den eigenen

Jan Costin Wagner
Schattentag
Roman
194 Seiten • geb./SU
€ 17,90 (D) • sFr 31,90 • € 18,40 (A)
ISBN 3-8218-0756-3

Sein Haus, seine Familie, seine Firma – und sein Augenlicht. All das verliert der Protagonist in Jan Costin Wagners neuem Roman buchstäblich über Nacht. Ein Leben endet, eines beginnt. Denn ausgerechnet am Tag der Katastrophe, im Krankenhaus, trifft der plötzlich Erblindete seine Jugendliebe Mara wieder. Gemeinsam mit ihr sucht er auf einer grünen Insel, in einem roten Holzhaus, umgeben nur von Himmel und Wasser, einen neuen Anfang.

Doch das scheinbare Glück ist fragil.

»Jan Costin Wagner collagiert und rhythmisiert höchst kunstvoll poetische Bilder, Dialogfetzen, Alltagssituationen; … Knapp und wahrhaftig, zärtlich und traurig erzählt er von der geistigen Grenzerfahrung eines Mannes, dem die Wirklichkeit entglitten zu sein scheint. Kein Wort zu viel, kein falscher Ton.« **Deutschlandfunk**